Chong Tuteng

虫图腾

③疑云虫重

【闫志洋◎著】

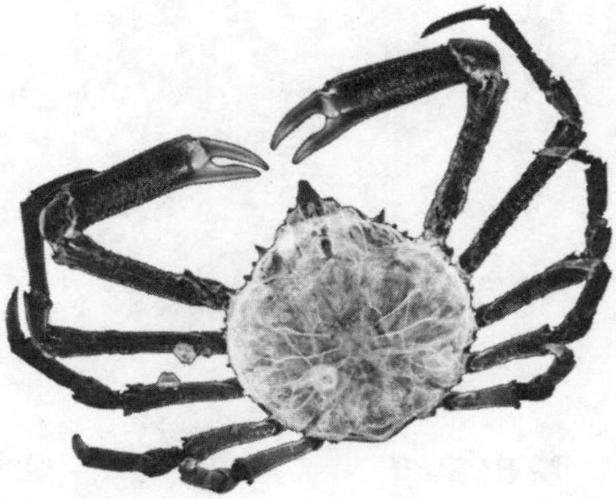

九州出版社
JIUZHOUPRESS

目录

Contents

· 001　引子

· 017　一　北平城，墨玉初现世

· 033　二　黄河岸，蒙古死之虫

· 049　三　雾隐镇，蚊狮斗死虫

· 065　四　乱坟岗，隐秘遗百年

· 085　五　雾漫山，萤火虫之惑

· 101　六　安阳城，揭秘百年身

· 115　七　遇鬼镇，重重灭门案

· 133 八 兰州城，巧破毒虫计
· 149 九 辨真伪，勇闯北风寨
· 169 十 豢死虫，绝境逃生天
· 183 十一 缘石斋，骨肉再相逢
· 201 十二 破凶镇，凶域变湖泽
· 217 十三 凶蛊虫，驱虫家族人
· 235 十四 百年惑，崎岖新疆路
· 255 十五 火焰山，迷雾欧阳宅

引子

Foreword

也许大多数人都有过这样的感觉，那就是某个场景让你觉得似曾相识，明明不曾发生过却隐隐觉得在什么地方遇见过，或者是在梦中吧。而此时此刻我便产生了这样的感觉。

当我瞥见她的那一刻，血液几乎凝固了，我连忙匆匆离开座位，慌乱地下了楼梯回到车里，任凭手机如何狂乱地响着也不敢再接那个电话。我脸色苍白，颤抖地将手机关机，开着车回到了宾馆。

这件事发生在2008年的那个夏天，在爷爷潘俊住进医院一周之后。在此期间我将爷爷所讲的那个故事告诉过很多朋友，大多数人不置可否地摇头，或许那个故事太过于离奇，已经超出了现实的范围，除了一个人，他就是听过这个故事的很多人中的一个，我未曾见过面的"朋友"——童亮。

这位老友告诉我如果能将这个故事讲出来，一定非常吸引人。几经考虑，我终于接受了他的建议，将这个故事整理出来。而就在我刚刚决定之后的第三天，我接到了童亮的电话。

"兄弟，有个人想见你！"童亮在电话中如是说。

"想见我？"我有些诧异地问道。

"对，一个对你那个故事感兴趣的人！"童亮的语气颇为神秘，"而且貌似她也知道一些关于驱虫方面的事情！"

"好！"听到驱虫两个字我立刻答应了，收拾好行李之后，我便启程来到了北京，与那个人约好在三环外的一家名叫四川图腾的饭店会面。

我早早地来到饭店等着，说实话我有些忐忑，一来是要见素未谋面的童亮，二来是关于他口中的那个对我的故事极为感兴趣的人。

在我坐下来大约半个小时之后，我瞥见门口有一男一女走了进来，我的目光瞬间被男孩身边的女子吸引住了，恐惧、窒息，当时我的脑海一片空白，我简直都忘记自己是如何在众目睽睽之下逃出了四川图腾。

坐在车里，我的电话响个不停，我知道是童亮打来的，我颤抖地将电话丢在一边，最后关掉了手机。

回到宾馆之后我立刻冲了一个热水澡，打开手机，有十几个未接来电，全部是童亮打来的。我鼓足勇气拨了回去。童亮有些生气地说道："兄弟，你放我鸽子啊！"

我沉默片刻说道："我见到你们了！"

"你见到我们了？"童亮有些诧异地重复道，"那为什么……"

"如果你方便的话来一趟我住的宾馆，有些事情我想和你单独谈谈！"我特意将"单独"两个字咬得极重，他立刻明白了我的意思，略微停顿了一下说道："好吧，你住在哪里？"

大约一个小时之后，童亮出现在我的门外，我的感觉果然没错，当时陪同在那个女子身边的男孩果然是童亮，虽然相识不久，却一直深交，简单寒暄几句便步入了正题。

"今天既然你已经到了，又为何忽然离开呢？"童亮奇怪地问道。

"还记得我曾经和你说过的那件事吗？关于十几年前我的经历！"我一面说一面点上一根烟，幽幽地说道。

"你是说……"童亮未说完，我便将自己的左腕伸出，在我的左腕上有一处明显的伤疤。童亮看到那处伤疤之后，整个人都怔住了，"你所讲的都是真的？"

我点了点头，长叹了一口气说道："对于我来说那个夜晚永远是不堪回首的！"

"那晚你究竟遇到了什么事情？"童亮好奇地追问道。

“那晚……”我叹了口气，走到窗边，此时外面下起了蒙蒙细雨，霓虹在细雨中显得有几分梦幻，童亮坐在窗前的电脑桌前，一直注视着我，静静地听我陈述着那晚所发生的事情。

那是十几年前一个盛夏的夜晚，刚刚放了暑假的我被送到北蒙的老家，与爷爷一起居住。此前爷爷在我的印象中一直都很模糊，也许正是因为这种模糊，爷爷也变得很神秘，只记得他不论冬夏始终穿着一身黑色的衣服。

与爷爷居住并非是一件快乐的事情，因为他从不会笑，脸上始终是那一副冰冷的表情。那个夏天的夜晚，我忽然从噩梦中惊醒，发现爷爷不在旁边，我清晰地记得那晚的月亮格外大，格外圆，明晃晃地挂在前面不远处的山坡上，我穿上衣服小心翼翼地走出门去。

北蒙位于燕山山脉的群山之中，本来人家也不过十数户而已，爷爷所居住的地方更是在这村子的最里端，与外面的人家基本隔绝开来。我站在门口，白花花的月光落在我身上，虽然是盛夏时节，但这山中的夜风吹过身上依旧是凉飕飕的，有些寒意。

我环顾四周却并未发现爷爷的踪迹，一时间我有些害怕，焦急地在屋外寻找着爷爷，一种不祥的预感在胸口萌生出来，我扭过头在屋子中寻找着，鬼使神差般地来到房子后面的院门口，平日里这个院子总是上着锁，不过这天晚上那扇门却微微地开着，几乎没有思考我便推开了那扇门，心想爷爷恐怕就在这院子里面。

走进院子，里面有一间小屋子，像是柴房，我蹑手蹑脚地来到门口，轻轻地推了一下，那扇门竟然在“吱呀”一声之后敞开了。屋子不大，里面只有一张桌子，在那桌子的下方隐约透射着淡淡的光，我走近一瞧，竟然发现在那桌子下面有一个小小的入口。我小心翼翼地沿着梯子向下面走去，随着身体逐渐进入，一股凉飕飕的冷气从下面袭来，我微微将衣服裹紧，小心翼翼地走下楼梯，谁知那梯子上布满水汽，我脚下一滑，一个趔趄从楼梯上滚了下来，顿时觉得胳膊一阵阵酸痛。

我一面揉着胳膊一面抬起头，谁知恰在此时我整个人都怔住了，在我的眼前竟然平躺着一具女尸，是的，那个女子躺在一张床上像是熟睡一般，看样子不过二十岁出头，双眼微闭，相貌精致。我站起身来试探着伸出手轻轻在那女子的身上碰了一下，谁知那女子忽然一把死死地抓住了我的手，她锋利的指甲瞬间刺破了我的皮肤，我只记得鲜血汩汩地从我的手腕处流淌出来，接着所有的记忆都开始渐渐地模糊了下去。

当我将这一切一五一十地告诉了童亮之后，他一直低着头沉默着，良久之后才说道："原来这一切都是真的！"

我点了点头。

"因此你离开了北蒙，直到今年才再次回到那里是吗？"童亮追问道。

我点了点头，又摇了摇头。其实在那之后还发生了一些事情，只是因为事情也许说出来更难以让这位兄弟相信，因此我选择了谎言："算是吧！"

"那……这跟你见那个女孩子有什么关系呢？"童亮不解地说道。

"也许你不会相信，但这绝对是个事实！"我沉吟几秒之后，一字一句地说道，"那个女孩和那具女尸竟然长得一模一样！"

我的话音刚落外面忽然闪过一道红色的闪电，紧接着一声巨响，似乎整个楼都在巨响中震撼，我和童亮面面相觑，或许这是什么不祥的征兆。

雷声过后，童亮忽然脸色苍白地站起身对我说道："沐洋兄，有件事我忘记和你说了！"

"嗯？"我诧异地望着童亮，与此同时我的房门竟然传来了一阵敲门声，我的心一下子沉了下去，"难道是她？"

童亮无奈地点了点头，站起身走到门口轻轻地打开了房门，一个上身穿着白色T恤，下身穿着牛仔裤，长发披肩的女孩子出现在了我的面前。

我与那女孩子四目相对，屋子里的空气瞬间凝固了。过了片刻童亮才清了清喉咙说道："沐洋兄，这就是我和你说的……"

"你就是潘沐洋？"未等童亮介绍完，女孩子便径直走到我的面前，我下意识地向后退了两步，微微地点了点头。

女孩脸上露出一丝惊喜的表情，她笑着说道：“终于见到你了！”她如释重负般地说道。

“你是……”

“呵呵，我的中国名字叫欧阳子月！”女孩子说着一口流利的汉语，这点让我始终无法将她与一个外国人联系在一起。

“对了沐洋兄，忘记告诉你了，她是日本华侨！”童亮介绍道。

“你刚刚说你姓欧阳？”我追问着。

“呵呵，嗯，如你所料，我就是火系驱虫师的后人，不过现在我就职于日本的一家文化公司，主要负责与中国的一些出版社合作，出版一些日本作家的书籍，也正因为如此才和童亮相识，后来他提起你的那个故事，我便拜托他帮我找到你！”欧阳子月客气地说道。

“哦，原来是这样！”虽然是这样，但我的脑海中却在思考着另外一个问题，那就是她怎么和那具女尸长得如此相似，难道那具女尸是……我不敢继续想下去。

“关于你所说的那个故事，是道听途说还是确有其事？”欧阳子月一双清澈的眸子望着我，让我防备的心瞬间融化了，我伸出右手轻轻将袖子捋起来，露出那两道伤疤，她盯着我手腕上的伤疤，目光复杂地摇了摇头，“她……果然还在！”

“她？”我和童亮几乎异口同声地问道，之后两个人四目相对。

“难道你知道我爷爷密室中那具女尸的来历？”我迫不及待地问道。

欧阳子月点了点头，正在此时，她的手机不失时机地响了起来，欧阳子月接通电话，口中说着日语，大概十分钟，欧阳子月忽然停住了，她犹豫了一下扭过头注视着我，那种目光让我有种不自在的感觉。

“电话里的人想和你说句话！”欧阳子月语气恳切地说道。

“可是……”我望了望身边的童亮说道，“可是我不会日语！”

“没关系……”说着欧阳子月将手机递给了我，我疑惑地接过手机放在耳边，里面传来了一个老人的声音。

整个晚上，我都被一种似真似幻的感觉包围着，这里是三元桥旁边的一家酒吧，我蜷缩在一张舒服的沙发上，沙发后面是一个棕色的落地窗，童亮坐在我的对面，接了那个电话之后欧阳子月便匆忙离开了。

“沐洋兄，那个电话是谁打来的？”几杯酒下肚之后，童亮终于忍不住问道。

“唉，一个我都不敢相信至今还活着的人！”我长叹了一口气，点上一根烟扭过头，目光透过那棕色的落地窗看向窗外。

“亮，我决定将这个故事写成小说了！”我像是忽然想通了一样说道。

“嗯，好哇！想好名字了吗？”童亮一直对我的作品极为支持，此刻见我终于想通了颇为欣慰地说道。

我舔了舔嘴唇，恰在这时，落地窗外面闪烁着一排巨大的红色荧光灯——“四川图腾”。我说：“就叫《虫图腾》吧！”

童亮想了想之后，点了点头。

第二天，我如约来到了欧阳子月公司不远处的一家咖啡厅，她早已经等在那里了。见到我之后，欧阳子月显得格外热情，在服务员端上一杯咖啡之后，她终于打开了话匣子。

“沐洋君，其实昨天晚上我一直在忐忑，唯恐今天你不会来！”欧阳子月说话的风格一直都是开门见山，省去了所有的客套。

“呵呵。”我淡淡地笑了笑，“只是我不知道爷爷究竟会不会接受！”

“嗯，我知道。所以我今天把你约到这里，也是希望能先见见潘老先生！”欧阳子月恳切地说道。

我低下头有些犹豫地说道：“让我再考虑一下吧，现在已经是爷爷最后的日子了！”

欧阳子月显然有些失望，不过她颇为理解地点了点头。接下来的一天，她带着我了解了一下由他们代理的一些日本作家的作品。

傍晚的时候我回到了北京某军医医院，走进特护病房，爷爷正安详地躺在床上双眼微闭，父亲坐在他前面的沙发上手中摆弄着一根烟，显然医院禁止吸烟的规定将他折磨得够呛。

我轻轻地推开门，父亲立刻抬起头，微笑着拍了拍我的肩膀，拿着烟走了出去。我点了点头坐在沙发上，父亲刚刚关上房门，爷爷便睁开了眼睛，他望着我说道："沐洋，你见到什么人了是吗？"

我诧异地望着眼前的爷爷，简直不敢相信自己的耳朵，"爷爷，您……您说什么？"

"唉，你应该见过一些人了吧！"爷爷长叹了一口气说道，"这个人也是驱虫师，在你不知不觉的时候她已经在你身上留下了记号，或许现在你已经知道在你身上留下伤口的那个人是谁了吧！"

"咦？"我错愕地望着双目微闭的爷爷，似乎这个老人对所有的一切都早已了然于心了。

"爷爷，我只是不懂为什么她……"我抬起头小心地望了一眼爷爷接着说道，"为什么她会被您藏在密室里！"

爷爷长叹了一口气，脸上掠过一丝悲伤的神情，他顿了顿说道："沐洋，推我出去走走吧！"

我连忙点了点头将轮椅推了过来，爷爷双手支撑着身体从床上坐起来，我刚要上前搀扶，谁知却被爷爷一摆手挡住了，我识趣地向后退了两步，爷爷这才艰难地坐在了轮椅上，我推着他走到住院部后面的花园，在一棵梧桐树下停了下来，阳光和煦地洒在爷爷身上，对爷爷来说住院的生活简直生不如死，他闭着眼睛像是享受着一般。

忽然爷爷伸出左手做了一个"夹"的手势。我会意，爷爷是想抽一根烟，但是大夫曾千叮咛万嘱咐不准爷爷再吸烟了，对于一个肺癌晚期的患者来说吸烟无异于火上浇油。我摇了摇头，咬着嘴唇说道："我没带烟！"

"呵呵！"爷爷微微笑了笑，说道，"沐洋，知道吗？你永远是个不会说谎的人，对于我来说吸烟和不吸烟，也许只是少活一天或者多活一天的事情。"

我沉吟了片刻，将一根烟点燃，看看四下无人便递到爷爷手里，爷爷吸了一口烟，忽然剧烈地咳嗽了起来，我连忙上前，爷爷微微摇了摇头，说道：“沐洋，你过来！”

我好奇地走到爷爷面前，只见爷爷从怀里拿出一个用红布包裹得严严实实的纸包，递给我说道：“这个你带上，如果看到那个人就把这个纸包交给那个人，这辈子我是不会再见那个人的！”

“爷爷……”我诧异地望着爷爷，只见他吸了一口烟，闭上双眼冲着我微微摆了摆手，示意我离开，自己坐在阳光里享受着那缕温暖。

我将红色的包裹放在自己的包里，正要出去，恰好与父亲迎了个正着，父亲一脸愁容地望着远处的爷爷，手中拿着一张化验单。

“爸爸，怎么了？”此刻我已然从父亲的表情中察觉出了一些端倪。

“大夫说你爷爷恐怕只有一两周的时间了！”爸爸轻声说道，但之于我却如同惊雷一般。

“真的……真的只有一两周了吗？”我知道这个问题等同于没问，父亲点了点头，递给我一支烟说道，“沐洋，这段时间你最好不要出行，多陪陪他吧。”

我吸了一口烟，诺诺地点了点头，抬起头看着眼前的爷爷，他始终保持着那个姿势沐浴在阳光中……

“你们怎么能在这里抽烟呢？”一个身材高挑的女护士走过来，一把夺过我手中的烟丢在地上用力地踩了一脚说道，“你们没看到后面的牌子吗？”

我顺着她手指的方向，看到那里果然有个禁止吸烟的牌子，我无奈地和父亲对视了一下，只见那个小护士向爷爷的方向走了过去，爷爷的指尖还夹着半截烟，她走到爷爷身旁站了一会儿，声音柔和地说道：“您是不能吸烟的！”

爷爷抬起头，顺从地将手中的烟递给那个女护士，那个女护士接过烟，寻了一个垃圾箱丢了进去，推着爷爷轻声说道：“昨天晚上您去了什么地方？”

这声音虽然很轻，但是却让我身体一颤，昨晚应该是父亲在守夜，我扭过头望着父亲，他一脸凝重地望着爷爷，显然他也听到了刚刚那护士所说的话。

“爸，昨天晚上……”我向父亲询问道。

父亲无奈地摇了摇头，似乎对昨天晚上所发生的一切毫无半点记忆。

与欧阳子月约定的时间是第二天的中午，我醒来的时候手机正不停地狂叫着，我迷迷糊糊地接通了电话，那边便传来了欧阳子月的声音。

“ohayo！（日语：早安）”欧阳子月轻声说道。

“哦，早上好！”我坐起来半靠在床上随手抽过一根烟叼在嘴里。

“您……”欧阳子月有些犹豫地问道，“您决定了吗？”

“嗯！”我坚定地说道，“一会儿我们在机场见吧！”

“那实在是太感谢您了！”欧阳子月显然没想到我会如此痛快地答应，过了一会儿接着说道，“那老先生他呢？”

我咬了咬嘴唇说道：“恐怕他不太想见那个人！”

“哦！”欧阳子月的语气中显然带着几分失落，不过片刻之后她依旧打起精神说道，“不过能见到您，我相信他一定会十分开心的！”

“呵呵！”我微微笑了笑，瞥了一眼放在床头的那个红色布包，里面的东西究竟是什么呢?

大概用了三个小时，我终于来到了首都机场，将车停在地下停车场之后，欧阳子月便打来了电话，她告诉我她在候机大厅等着我。

来到候机大厅的时候，我见欧阳子月穿着一身合体的淡紫色连衣裙，与昨天见到的那个干练的女孩子完全判若两人，此刻她站在候机大厅门口，手中攥着手机焦急地等待着，见到我之后她便向我挥了挥手。

我们两个人来到候机大厅的出口处，欧阳子月抬起头望着头顶上的数字牌。

“他大概什么时候到？”我望着欧阳子月说道。

“哦，大概还有半个小时的样子！”欧阳子月有些抱歉地说道，“让您和我一起来等实在抱歉！”

我摇了摇头说道：“没事。”话虽如此，其实我心中依旧有些忐忑，电话中的声音是个老人，我已经大抵猜出了他的身份，可是心里却总有一丝不安，似乎这个人的到来会改变什么。

大约半个小时之后，一架飞机降落在了首都机场，片刻之后，出口处便挤满了接机的人，欧阳子月站在护栏外面向内中张望着，脸上时不时露出期待，接着是失望的神情。

待那些人都走光了之后，欧阳子月抱歉地望着我说道：“抱歉，他们应该坐的就是这班飞机，怎么会……”她扭过头，柳眉微颦地说道，忽然她像是看到了什么，眼前一亮，脸上立刻出现了笑容，拉着我向后面飞奔而去。我就这样被她拉着奔到门口的时候，一个看上去七十多岁但精神矍铄的老者，戴着一副棕色眼镜站在我和欧阳子月的面前，在他身后站着两个三十岁左右的年轻人，提着行李和包裹，看来是他的随从。

“爷爷，您来了！”欧阳子月深深鞠了一躬，然后抱住眼前的老人，而我则呆呆地站在一边，观察着眼前这位日本老人，忽然我发觉那个老人也在用同样的目光上下打量着我。

“爷爷，这就是……”还未等欧阳子月说完，那老人上前一步一把抓住我的左腕，将我的衣服向上撸起，左腕上的伤疤立刻露了出来，那老者痛苦地皱着眉头，轻轻摘下眼镜，两行泪从他的眼眶流淌了出来，他向后退了一步，然后深深地鞠了一躬郑重其事地说道：“对不起！”

他这一连串奇怪的举动让我一时间竟然有些不知所措，我上前一步，想要去搀扶眼前的老者，谁知他却厉声道：“请你不要动！”

话毕，他毕恭毕敬地跪在我的面前，双眼始终盯着我手腕上的那两道伤疤，似乎他并不是给我下跪，而是给我手腕上的那两道深深的伤疤下跪。

于是在首都机场便出现了这样的一幕，一个年过古稀的日本老人跪在一个二十多岁的年轻人面前，不明就里的人将我们团团围住，我甚至能感到人群中那种不可思议的眼神落在我身上的灼热感。

过了良久老者才站起身来，有些歉意地说道：“我们走吧！”

围观的人顺从地让出一条路，随从走在前面，老者在欧阳子月的陪同下跟在他们后面，而我则一直跟在最后，似乎还没有彻底从刚刚那一幕清醒过来。一直到坐上车，我才从人们那奇怪的眼神中逃脱，而我此时也渐渐清醒了过来。

这是一辆加长的黑色别克，我坐在老人和欧阳子月的对面，欧阳子月的手始终放在老人的手中，而老人却一直望着窗外，不时发出一声声低低的叹息。

"爷爷，您多久没回过北京了？"欧阳子月似乎要打破这死一般的沉寂。

"六十年，六十年啊！"老者重复着，"全变了，以前的所有都变了！"忽然老者像是想起了什么一样抬起头说道，"孩子，你爷爷……"

"爷爷，对不起，好像潘爷爷不想见您！"欧阳子月十分内疚地说道。

听到这话之后老者脸上的神采顿失，像是霜打的茄子一般，他沉沉地低下头，过了片刻自顾自地笑了笑说道："他……始终还是不肯原谅我啊！"

虽然我想安慰眼前这个老者，但是却始终找不到什么合适的话，或许他们那一代人的事情对我们来说永远是个谜，即便能揭开其中的秘密，也未必能看懂他们的心境。忽然我想起爷爷在临行前给我的那个红色布包，我连忙从包里拿出那个布包递给老人说道："这个……是爷爷让我交给您的！"

老人听到我的话眼睛放光，立刻来了精神，慌忙伸出手接过那个红色的布包，那个瞬间他整个人都怔住了，片刻之后，他小心翼翼地将手中的那个布包一层层地剥开，只见一个翠绿色的一指长、上面有两个小孔的哨子出现在他的掌心，几乎与此同时，老人的呼吸变得急促起来，身体不停地颤抖着，他双手捧着那枚哨子，良久之后，才深深地吸了两口气："谢谢，谢谢潘哥哥，谢谢！"老者望着窗外不停地重复着。

回到他们下榻的酒店，立刻有几个护士走了上来，其中一个人推过来一张轮椅，谁知老者却拒绝坐上去，他极为抱歉地告诉我，由于输液的缘故让欧阳子月先陪我待一会儿。我点了点头，刚刚实在看不出这个精神如此矍铄的老人竟然还需要输液。

在这家酒店二楼的一家星巴克里，欧阳子月和我的面前各放着一杯咖啡，她始终在用勺子搅拌着那杯咖啡，一副欲言又止的样子，终于她忍不住说道：

“请你……请你带我去见你爷爷，我想当面求求他，求他见我爷爷一面！”

我轻轻地摇了摇头，对于爷爷的性格我再了解不过了，一旦决定的事情是绝不会改变的。

“求求你了！”欧阳子月一把抓住我的手说道，“其实爷爷已经病入膏肓，早在十几年前便一直卧床不起了，最近忽然来了精神，完全像是换了一个人一样，大夫说恐怕他的大限已到，人忽然这么精神也许便是回光返照。我知道爷爷一生的心愿便是能回到中国，能当面见见潘爷爷！”

我咬着牙想了想然后说道：“好吧，那我再试试吧，不过……”

谁知我的话音未落，欧阳子月已经从椅子上站了起来，深深地鞠了一躬说道：“那就拜托您了！”

她的举动让我有些骑虎难下，我无奈地笑了笑。晚餐的时候我又见到了那个老者，他的脸上一直保持着微笑，似乎精神极佳。

晚上在我即将离开的时候，老者一直将我送上车，推开车门的瞬间，老者将一本书还有一个信封递给我说道：“拜托将这两件东西带给潘哥哥！”

我拿着那两样东西，犹豫片刻，微笑着点了点头，抬起头看到欧阳子月正用一种几近哀求的目光望着我，我明白她眼神中的意思，我还以微笑，坐进车里。

见到爷爷的时候已经是晚上十点多了，父亲因为有事暂时让弟弟来陪床，我进来的时候弟弟已经倒在沙发上睡着了。爷爷看见我微微笑了笑说道：“见到他了？”

我点了点头，坐在爷爷旁边的椅子上，将今天见面的经过一五一十地告诉了他，最后拿出那本书还有那个信封。爷爷接过那本书，上面写着《百年虫史》，叹了口气，接着将书放在一旁，打开信封，几张黑白照片从里面掉了出来，爷爷一下子怔住了，他小心翼翼地将那些照片拾起来说道：“沐洋，把灯打开！”

我连忙将灯打开，爷爷将几张照片放在眼前轻轻摩挲着，照片已经泛黄，但依稀可以辨认出上面的几个人，其中一个女孩长得竟然与欧阳子月毫无二致，更确切地说也许她便是爷爷藏着的那具女尸吧。

爷爷目不转睛地看了片刻之后，将那几张照片轻轻地放下，长叹了一口气，照片从他的腿上滑落下来，一张照片飘然从床上落在地上。我小心翼翼地将那张照片拾起，就在我看到那张照片的瞬间整个脑袋都在嗡嗡作响。那是一张黑白照片，照片拍摄地应该是一个山坳中的荒草地，在那郁郁葱葱的荒草之间，隐约能看到一根草的形状与周遭完全不同，这根草没有叶子只是孤零零地向上生长着，与周遭的环境显得有些格格不入。而顺着那根草向下望去，虽然由于角度的关系光线比较模糊，但依旧能辨认出那根草下面的东西，竟然……是一颗人头。

爷爷似乎发觉了我神情的变化，扭过头接过那张照片看了片刻，然后双目微闭沉吟片刻说道："沐洋，记不记得我曾经和你说过的人草？"

"人草？"我的脑子在快速地搜索着这个词，没错，爷爷在几天之前曾经和我说过一些关于人草的事情，瞬间我似乎明白了什么，又向爷爷手中的那张照片瞥了一眼，难道那就是爷爷说的人草？

爷爷似乎看出了我的疑问，默默地点了点头说道："没错，这就是人草！"

我盯着那张照片出神，原本以为爷爷所说的人草根本不存在，没想到世界上果然有如此离奇的植物，而让我更加好奇的是，在当时的条件下究竟是谁拍摄了这张照片，以至保存至今？看着爷爷已经双眼微闭，鼻孔中传来一阵均匀的呼吸声，我将那几张照片整理好，轻轻站起身退出了病房。

走出医院的时候已经过了午夜，不知何时下起了淅淅沥沥的小雨，雨不大，缠绵悱恻缭绕在周围，就如同那些纠缠在我心中的谜团一样，牵牵连连，却始终找不出头绪。

人草真的存在？那张照片究竟是谁拍摄的？还有他们在离开安阳去往新疆的那段时间究竟发生了什么？为什么那具尸体会被爷爷保存在北蒙的密室中？所有的疑问一直萦绕在我的心头，想到这里我停下脚步，站在路边的天桥上，正在此时我的手机忽然响了起来，我拿出手机，上面竟然是欧阳子月的号码，看看时间此时已经是凌晨一点多了，她怎么会这么晚给我打电话呢？

我接通了电话，听筒里传来了欧阳子月急促的喘息声，“您能不能和潘爷爷求情，见见我爷爷！”听得出来她情绪非常激动，一时间我竟然不知道该如何拒绝她，因为爷爷的态度似乎始终没有转变的意思。沉默了几秒之后，就在我刚要开口的时候欧阳子月抢在我的前面说道，“爷爷恐怕熬不过今晚了！”

她的话如同一把锋利的匕首，瞬间刺入我胸口那个最柔软的部位，只是让我疑惑的是今天见到她爷爷的时候明明还好好的，怎么会如此突然？

“求求你，这是爷爷临终前最后一个心愿了！”欧阳子月声音嘶哑，已经几近哭腔，我咬了咬嘴唇，斩钉截铁地说道：“我再试试，一会儿我联络你！”

回到医院的时候我的心里有些忐忑，推开房门弟弟一激灵从沙发上坐起来，而爷爷始终安静地躺在床上，双眼微闭。我轻轻走到爷爷的身旁，犹豫着应该如何开口，正在这时爷爷睁开了双眼正好与我四目相对，瞬间原本鼓起的勇气全部消失殆尽了。

“沐洋，你……”爷爷狐疑地盯着我说道。

我咬了咬嘴唇，最后将刚刚欧阳子月打来电话的事情一五一十地讲给了爷爷，出乎我意料的是他似乎并不惊讶，神情依旧平静如初，过了一会儿才说道：“把我的衣服拿来吧！”

午夜过后的北京霓虹闪烁，但是路上的车却并不多，按照欧阳子月指明的路线，车子很快便停在了他们所下榻的宾馆前面，我撑着伞将爷爷请下车，欧阳子月和两个保镖早已等在宾馆的门口，见到我们马上迎了上来。

“潘爷爷……”欧阳子月轻声喊道，爷爷微微笑了笑，跟着他们来到了那老者的房间。

此时房间中的气氛异常紧张，几个护士在焦急地忙碌着，站在门口能隐约看到床上的老者脸上戴着一个大大的氧气罩，欧阳子月走上前去向一个大夫模样的人询问道：“我爷爷现在状况怎么样？”

大夫无奈地摇了摇头叹了口气说道："唉，人现在还在昏迷中，他的身体状况能支撑到现在已经算是个奇迹了，如果不长途跋涉的话说不定还能再撑两天，可是现在……"

欧阳子月一个箭步冲到床边跪在床头轻轻地喊着："爷爷，爷爷你快醒醒，你看我终于把潘俊爷爷请来了，您睁开眼睛看看啊！"

可是任凭欧阳子月如何叫喊，老人却始终躺在床上双眼紧闭。爷爷站在门口长叹了一口气，缓步走上前去将欧阳子月扶起之后坐在床边，将手按在老者的手腕上，片刻之后从衣袖中掏出一个黄色的布包，打开里面是数枚银针。爷爷抽出一根银针插入老者的眉心，轻轻捻动，又拿出一枚银针插入老者的风池穴。一会儿工夫，老者的手指轻轻颤抖了两下，缓慢地睁开了双眼，那浑浊的目光在与眼前这位老人接触的瞬间便恢复了光彩。爷爷望着刚刚苏醒的老者，缓缓地拔出两枚银针，刚要将手撤走，谁知那老者不知从何处来的力气一把抓住了爷爷的手，嘴唇颤抖，两行浊泪从眼角处缓缓流淌了下来。

"潘……潘哥哥……"这声音几乎是在嗓子眼里回荡，如果不仔细听的话根本无法听清。

爷爷点了点头微微笑了笑，却始终一言不发。

老者挣扎着，似乎是想从床上坐起来，可是刚刚那紧紧的一抓早已经透支了身体里所有的力气，爷爷轻轻按住他的手示意他躺好，他微微地点了点头。

"我以为此生再也见不到你了！"老人声音呜咽，泪水打湿了枕巾。

爷爷摇了摇头依旧不发一言。

"以前的事情是我对不起你们，害了所有的人！"老者忏悔道，"等我知道自己错了的时候却已经无法挽回了！"

"六十年了，一代人的时间，过去的事情就忘了吧！"爷爷长叹了一口气说道，"现在你我都已经到了这把年纪，该休息了！"

老者听了爷爷的话欣慰地点了点头，像是真的疲倦了一样，长出一口气，眼睛微微闭上，片刻工夫，屋子中的仪器传来了一声尖锐的刺鸣声，老者的心跳停止了。爷爷站起身走到窗前，身后的大夫在紧张地忙碌着，窗玻璃上映出爷爷眼角中的一丝泪水。

老者的葬礼被安排在第二天，爷爷因为身体的关系没有参加，却让我转告欧阳子月当天晚上到爷爷住的病房来。

我静静地坐在爷爷的对面，夜晚缓缓拉开了黑色的帷幕，一只夜枭从头顶飞过，如同黑夜的使者一般，俯瞰着这片神秘而怪异的大地，而在这深山之中的一个狭小的院落中有祖孙两个人正在追忆着百年前的往事。

一 北平城，墨玉初现世

午夜刚过，繁星洒在暗黑色的天幕上，夜风吹过，宛若无数只眼睛一般，一眨一眨的。这夜幕之下的北平城显得格外安静，终于摆脱了一天的喧嚣沉沉入梦，在素有“东富西贵”的北平西城区，一所内外三进的院落中，却传来了一声尖刺的电话铃声。

梨木雕花大床上的一对男女被这突如其来的电话铃声惊醒，女人习惯性地将手盖在男人的耳朵上，心想这烦人的电话响一阵便会停歇。可谁知事与愿违，这该死的电话像是催命一般响了一遍又一遍。男人早已经醒了，此刻将女人的手向一旁一推，气冲冲地冲下床，拿起电话便道：“催催催，催命呢？还让不让老子睡觉？”

电话那边却不生气，传来了一声轻微的咳嗽声之后，吸了一口气道：“我是来救你的！”

这个声音犹如晴天霹雳一般，将气冲冲的男人从梦中惊醒，他的语气立刻恭敬了起来：“对不起，原来是阁下您，您有什么吩咐？”

电话那边的男人沉吟片刻说道："今晚就是你的死期！"那人电话中的语气不重，却听得眼前这男人浑身冷汗连连，他清楚地知道对方是什么人，更清楚他绝不会在这半夜三更来和他开这种玩笑。

男人感觉自己的膝盖像是一下子被蒸熟了，立刻软了下来，跪倒在地，声音中充满了哭腔地说道："您……您一定要救我一命！"

"呵呵！"电话中的人似乎对这种哀求毫不在乎，过了良久才说道，"我救不了你，但是有一个人可以救你！"

"谁？"绝望的男人似乎瞬间抓到了一根救命的稻草，怎肯放弃。

"你！"这个字说得简短而有力。

男人打开台灯，半卧在床上，嘴里叼着一根烟，颤抖的右手捏着一根火柴，却迟迟没有划亮，酣睡的女人被台灯晃醒，见他始终叼着烟卷发愣，额头和双手溢出涔涔冷汗，不禁有些惊讶地说道："发生什么事情了吗？"

"啊？"男人这才缓过神来，喉头上下颤了颤说道，"没事，你早点睡吧。"与此同时划亮了火柴，深深地吸了一口烟，稍微冷静了一下，瞥了一眼女人，见她始终目不转睛地望着自己，这才尽量让自己平静地说道，"现在几点了？"

女人伸长脖子向自己旁边床头柜上的钟望了望，说道："已经快两点了，明天警察局不是还有事吗？快点睡吧！"

谁知男人的身体猛然战栗了两下，将手中的烟蒂掐灭在一旁的烟灰缸中，把被子撂到一旁快速穿上衣服，女人望着男人奇怪的举止，却始终一言不发。直到最后男人将手枪掏了出来，拔下弹夹细细检查一番的时候，女人才忍不住问道："这么晚还要带枪出去？"

男人将枪别在怀里，一面穿着外套一面说道："你安心睡觉吧，天亮我就回来！"说完男人戴上一顶帽子匆忙关上门走了出去。

外面繁星似锦，黑色的天幕，闪烁的星光像是有人特意擦拭一般，男人将大门锁好之后并没有开车，而是钻进了旁边的一个黑乎乎的小巷子中，男人一面走一面警觉地竖起耳朵谛听着身后的动静，这个小巷子有百米深，在巷子的另一面则是宽敞的大路，男人拐过一个巷角，隐约见到一辆黑色的轿车停在巷口，他略微放慢了脚步有些迟疑地用手在腰间的配枪处摸了摸。

冷汗顺着脊背缓缓流淌，男人在电话里说得很清楚，这将是最后一次找他，如果他事情办得好的话，以后就不会再来麻烦他了，同时他也知道这一次绝不会像之前一样轻松。他走到轿车前面，车门缓缓打开，一个手中拄着一支文明棍、帽檐拉得很低的人正坐在车里，口中叼着一根上等雪茄。

那人用手中的文明棍指了指一旁的座位，男人会意地坐上车随手关上车门。大概半个小时之后，男人从车上下来恭敬地望着那辆黑色轿车缓缓离去，渐渐消失在茫茫夜色之中。男人见那轿车离开之后这才松了一口气，他看了看腕上的手表此时刚刚三点，距离天明还有一个多小时。他知道现在还来得及，他要完成这件事需要一个人，一个现在还被关在牢房中的人。

想到这里，男人转身走进深巷，坐上自己的车向北平东城炮局胡同驶去，这炮局胡同内的监狱原是北平陆军监狱，日本人进入北平城中之后，这监狱虽然表面上与之前无异，但是男人知道，在这所看似平常的监狱地下，有两个用混凝土浇筑的异常坚固的牢房，牢门是一寸厚的钢板，那牢房中没有通风口，只有一盏昏黄的电灯，终日不见阳光。至于被关在那两间牢房中的人，男人却有所耳闻，虽然日本人将那两个人的存在遮掩得密不透风，但他始终是北平城警察局的局长，因此他还是知道他们的大致情况的。

这两人的身份都极为特殊，这点从他们被关押的监狱的严密程度不难看出，其中之一便是男人今天要去见的人，他曾有幸见过被关在内中的人的档案，虽然只有薄薄两页纸，寥寥数百字又写得极其隐晦，但凭借男人这么多年的经验依旧嗅出其中浓重的阴谋味。内中之人年过古稀，可这个人几乎有三十年是在这样被囚禁的状态下度过的，日本人将此人从东北带到北平然后秘密安排于此，而且几乎每个月都会有人来对这个老人进行威逼利诱，明眼人一看便能知晓，在他身上一定藏着一些日本人极想知道的秘密。至于关在另外一间牢房中的人，男人却不得而知，那个人竟然连档案也没有。

车子在北平城中疾驰着，向东城炮局胡同二十一号而去，炮局监狱门口是一个小小的岗楼，与北平城中绝大部分监狱不同的是，这里的守卫是清一色的日本人。男人将车停在门口，立刻有两个荷枪实弹的日本兵小跑着奔了过来，站在车前，男人拿出工作证，日本兵疑惑地接过证件，上面写着：北平警察局局长方儒德。

日本兵看完之后，立刻双脚立正行了个军礼，挎上枪，双手将证件呈上去，然后冲着身后挥挥手，两个日本兵将摆在门前的路障除去，方儒德这才微笑着开着车驶进监狱。将车停下之后，方儒德看看时间还有一刻钟天便要亮了，他要赶紧见到那个人。

方儒德坐在车里咽了咽口水，他知道即便现在自己是北平警察局局长，但如果想见那个人也绝非易事，弄不好真的会搭上自己的性命。他摸了摸自己腰间的手枪，心想如果能顺利完成任务则罢，如果日本人翻脸也绝不能让他们抓住自己，自己了断总比被这群小日本折磨死要好得多。

大概三分钟之后，方儒德才推开车门，站在外面扯了扯衣角。他迈开步子向监狱内走去，在监狱的门口有一个办公室，里面的人是监狱长。方儒德在门口停了一下，然后轻轻叩击了两下房门，片刻之后里面传来了一阵脚步声，随着“吱呀”一声门轴轻微地转动，那扇门打开了。

一个身材魁梧、脸色黢黑、留着小胡子的日本军官出现在方儒德的面前，这人与方儒德有过一面之缘，不过此刻在此地见到方儒德，脸上露出了诧异之色，过了片刻那日本军官才站直了行了个军礼道：“方局长！”

方儒德微微笑了笑，一双小眼睛眯成了细缝：“嘿嘿，山田监狱长别来无恙！”说着从口袋中拿出烟递给山田，山田轻轻地摆了摆手拒绝了。方儒德的烟在半空停了两秒，然后识趣地掏出一根叼在口中点燃。

“方君，你今天到访是为了什么？”山田操着一口并不流利的汉语说道。

方儒德将手中的火柴在空中晃了两下，熄灭之后说道：“我今天来提审一个犯人！”

“哦？”山田显然有些诧异，按理说方儒德虽然是北平警察局局长，但却无权提审这炮局监狱的犯人，除非经过特高课特批。

未等山田说话，方儒德又从口袋中掏出一张字条递给山田，这张字条是刚刚在车上那人给方儒德的，并叮嘱他将这张字条交给山田，山田是绝不会为难他的。其实方儒德早已猜到字条的内容了，只是当他真正打开字条瞥见松井尚元几个字的时候，还是不禁惊出一身冷汗，这松井尚元岂是等闲之辈，他是北平城特高课的一号头目。方儒德有些后悔，应该先看看这张纸条，或者应该让那人改写另一个人的名字，如果这张字条一旦被发现是伪造的，那么自己便命在旦夕了。

山田接过字条，眉头紧皱，打量了一番，又抬起头看了看方儒德，一头雾水地凝住眉头，之后又将字条仔细看了一遍，方儒德虽然表面镇定，可是心中早已打起鼓来，右手放在腰间。大约三分钟，山田抬起头微笑着说道："方君，我立刻派人带你去见那个人，不过……"山田上下打量了一下方儒德，最后目光落在了他的腰间说道："你不能携带武器！"

方儒德虽然心中极不乐意，却也只是微笑地掏出手枪递给山田，之后山田对着外面喊了一句，一个日本兵快步奔了过来，行了一个军礼，山田叽里咕噜地说了几句日语，那日本兵一直不停地点着头然后"哈衣"一声。

"方君，他会带你去见那个人的！"山田扭过头对方儒德说道，"我还要打个电话！"

方儒德连连点头，跟着那日本兵向监狱内中走去，这炮局监狱并不算大，但在这北平城中的名气却不小，因为此前日本人集中营式的管理，此时这个原本不大的监狱更变成了一个劳工中转站，最多的时候关押过三千多人，而这些人最终会经过天津塘沽港经海运运至日本各地。方儒德随着日本兵穿过前面的两排房子，后面则是一个高高的塔楼，这里关押的都是重刑犯，其中最著名的便是吉鸿昌。此刻方儒德顺着那塔楼的台阶往下走，一股阴冷之气从下面不停地向上涌，带着浓重的臭味和霉潮味，方儒德一面掩着鼻子一面跟在日本兵的后面，走下台阶，不太宽敞的走廊黑乎乎的，只有头顶数盏昏黄的灯，却照不了多远。那两间混凝土浇筑的监狱立在走廊的最深处，相对而建。

厚厚的铁门上挂着一层厚厚的铁锈，就连那门上的铁锁也生满了锈，只在铁门下面有一个小小的开口，应该是平日里送食物所用吧！那日本兵站在门口从怀里掏出一串钥匙，之后在那把巨大的铁锁上捅了一会儿才将门打开，那日本兵用尽全力将铁门移开一道可供一人进入的缝隙，然后挺直身子行了个军礼。

方儒德捏着鼻子点了点头，从门缝向内中望去，一股浓重的骚臭味从里面猛冲出来，差点将方儒德熏得晕过去，他连忙掩住鼻子心中暗骂道：他娘的，要不是该死的任务，打死老子也不会来这种鬼地方。他侧着身子钻进牢房，这牢房并不大，里面阴冷潮湿，墙角甚至还挂着霜。在他面前是一张铺着稻草的铁床，地上散落着纸屑，近前的一张桌子上散落着奇形怪状的物件，却看不到这牢房之中的人。

方儒德扶了扶眼镜，向四周望了望，忽然发现在那铁床的床脚处竟然连着一根铁链子，顺着那铁链子的方向望去，在牢房的东北角有一个黑乎乎的东西在蠕动着，方儒德走进牢房，这时那个黑乎乎的东西语气低沉地说道："又换人了？"

这句话听得方儒德一头雾水，只见那个身影姗姗从角落中走了出来，他双手中端着一个裂了一角的搪瓷罐，一面走一面将罐子中的水一饮而尽，方儒德再次向四周望了望，原来在牢房墙角的霜已经融化成水，刚刚那人便是在那里接水！

老者喝完水之后，已经抱着那个罐子坐在了桌子前面，此时方儒德才看到这老者形容枯槁，须发斑白，破衣烂衫，脸上和裸露的胳膊上均是一道道深深的疤痕，新旧叠加惨不忍睹。

"是在这里还是去审讯室？"老者一双乌黑的眸子似乎具有某种穿透力一样，看得方儒德浑身不自在。方儒德微微笑了笑，扭过头看看牢房门口，见那个日本兵一直在门外，便向老人走过去，在他耳边轻轻说道："有个人让我给你带来一件东西，说你看到那东西立刻就明白了！"

老者瞥了方儒德一眼，似乎毫不在意。方儒德背对着门口，将手伸进口袋，从中拿出一个小木盒，放在桌子上，一见那木盒老人的眼睛中立刻焕发出了光彩，他一把夺过木盒轻轻摩挲着木盒上面的雕花麒麟纹，像是一个旧友一般。

“他有没有什么话要带给我？”老者偏着头问道。

“嗯，黄沙已至，金门待开！”方儒德照着车上之人所说，一字未改地告诉了老者，只见那老者闻言，身体在剧烈地颤抖，两行热泪从眼角流淌了出来，嘴唇微抖，过了良久，才双手紧紧抓住手中的那个盒子道：“五十年了，足足等了五十年！”

说罢老者将那个盒子放在桌子上，随手拿起一根被自己扭得奇形怪状的铁丝放在手中快速地折曲着，手法敏捷而精巧，毫无半点滞涩，顷刻之间那根铁丝已经被他折成了一把宛若利剑一般的钥匙，他小心翼翼地将那把铁丝折成的钥匙插进木盒上的小孔之中，在盒子的四角轻轻拍了几下，只听一声轻微的“咔嚓”声，老者脸上露出一丝欣慰的微笑。

方儒德也一脸好奇地望着老者手中的那盒子，接着老者将盒子打开，里面是一块通体乳白、色阳质润的玉块，唯一遗憾的是，在那浑然一体的美玉正中有一个小小的如同墨点般的黑点。

“如果没有那点瑕疵的话，真是一块无价之宝！”方儒德平日里也是个古董油子，见这一方美玉不禁啧啧惋惜道。

只见老人轻蔑地瞥了他一眼，然后目不转睛地盯着眼前的那块有一处瑕疵的美玉不屑地说道：“哼，俗人之见，能帮我找一个水碗和一根蜡烛吗？”

方儒德虽然心中不快，但也无可奈何，悻悻地扭过头走了出去，与那日本兵比画了半天，日本兵会意地很快便拿来一个白瓷水碗还有半截蜡烛。方儒德接过一应物事回到牢房，只见此刻老者正背对着自己，半弓着身子盯着眼前的桌子。

方儒德将水碗放在桌子上，才见原来老者已然将美玉放在盒子之上，拿过蜡烛从盒子处用手丈量四五指的距离，然后将蜡烛按在预先设定好的位置，之后扭过头对方儒德说道：“把你的火柴给我，让外面的鬼子把牢房的灯关掉！”

老者语气之中毫无半点客气，方儒德听得心中颇为恼火，但也没有办法，只得照办。他将火柴盒丢在桌子上，自己走出去让日本兵将牢房内的灯关闭，瞬间房间内黑乎乎一片，伸手不见五指，活脱脱一座坟墓一般。

正在这时他的耳边传来“哗”的一声，一粒火星从老人的手中迸出，瞬间跳跃成一簇火焰，老者点燃了蜡烛。方儒德顺着光线望去，不禁心中一颤，在那蜡烛对面的墙壁上竟然隐约映出一副沙漠之状，昏黄的落日余晖，远近高矮不齐的沙丘，让人看了真是有种妙不可言之感。正在此时，那老者将手伸进水碗中，从内中取了些许水，滴落在那美玉之上，瞬间那原本凝固的画面似乎晃动了起来，那落日似乎在缓缓下沉，而那沙丘上的沙土似乎是被狂风卷起，一瞬间画面上铺天盖地，巨大的沙暴席卷了整幅画面。忽然那画面又停在了远处，老者再次用手取了些水，这次是一滴滴地滴在美玉之上，和之前一样，那画面再次晃动了起来，那狂沙散尽，沙漠之中竟然出现了一片翠绿。

方儒德这才心中暗叫，果然是一件宝贝物事，老人将那美玉拿下来装在盒子之中道：“把这个交给那个人吧！”

方儒德将那盒子藏在衣服之中，连连点头，然后退出了牢房，谁知刚一出牢房，却见几个荷枪实弹的日本兵早已经站在门口。方儒德心知不妙，山田刚刚一定是看出了那张字条的破绽，或者那会儿他所说的电话正是打给松井尚元的。

“方局长，山田队长在接待室等您！”一个中国翻译皮笑肉不笑地说道。

方儒德虽然心中早已害怕得要死，脸上却依旧硬撑着，下意识地摸了摸自己的腰，才忽然想起在进来的时候自己的枪已经交给了山田那个狗日的，这下恐怕想饮弹自尽也不可能了。方儒德眯着眼睛笑道：“山田队长找我有什么事？”

“去了你就知道了！”翻译讳莫如深的态度如同一盆冷水浇在方儒德的头上，他咬了咬牙跟着一群日本士兵去接待室。

走进接待室的时候山田正在接电话，他示意方儒德坐下，自己却在不停地对着电话点头，偶尔嘴里叽里咕噜地说几句日语。一旁的方儒德却如坐针毡，这小日本的葫芦里究竟卖的什么药？他向四周环顾，发现自己的配枪就在山田的办公桌上，不禁横下一条心，如果山田真的发现了破绽，自己立刻夺枪自尽。

大约十分钟的样子，山田终于挂断了电话，他微笑着坐在办公桌前，将方儒德的那张字条摆弄在手里说道：“方君，这张字条你是从松井先生手里拿到的吗？”

方儒德一听不妙，冷汗瞬间从脊背冒了出来，他定了定神道：“是的，哪里不对吗？”

山田听完方儒德的话，从椅子上站了起来走到方儒德的身边道：“这么说方君与松井先生相熟？”

方儒德微微点了点头，此刻他早已心乱如麻，脑海中一片空白，只知道机械地点着头。

山田若有所思地点了点头，然后对身边的一个日本兵说了几句什么，那个日本兵听完之后便离开了接待室。此刻这房间之中便只剩下山田与方儒德两个人，方儒德忽然灵机一动，此时正是夺枪的大好时机，想到这里他忽然从座位上站了起来，三步并作两步向山田的办公桌走了过去。

就在方儒德刚伸出手准备去拿那把枪的时候，电话忽然响了起来，方儒德连忙将伸出的手缩了回去。山田快步走到电话前，拿起电话一面望着方儒德，一面听着电话不停地点着头，过了一会儿山田挂断电话，与此同时那个日本兵从外面走了进来，手中多了一个盒子。

“方君，这里有一些东西是准备带给松井先生的，只是我一直没机会与他谋面，所以还要劳烦方君您帮我送一趟！”山田说着将那个礼盒递给方儒德。

方儒德接过礼盒，一颗悬着的心总算是落了地，他连忙微笑道：“放心吧，下次我见到松井先生的时候一定会交给他的！”

“拜托了！”山田深深地鞠了一躬，方儒德说道：“现在我可以走了吗？”

“是的！”

方儒德长出一口气，双手抱着那个礼盒刚迈出接待室的门，谁知山田忽然喝住他道：“方君，留步！”

方儒德心头一惊，扭过头见山田手中拿着自己的配枪从接待室走了出来说道：“这是您的枪！”

“你瞧我这脑子！”方儒德轻轻拍了一下自己的脑门，心想刚刚一定是过于紧张才会出现这样的纰漏。他接过枪致谢之后终于回到了车里，瞬间，身体像是忽然被抽空了一般松懈了下来，刚刚那情况无异于在鬼门关逛了一圈，在车子启动之后他飞也似的离开了炮局监狱。

方儒德没有回家直接回到了警察局，他临行之前小心翼翼地将那个已经打开的盒子放在自己的后备厢里，和之前一样，他知道在他下班的时候那个盒子就会神秘地消失，取而代之的是一些解药，至于究竟去了哪里那不是方儒德应该知道的，他只需要知道自己又能活一段时间了。

刚进警察局方儒德便发觉气氛似乎有些不对，他刚一推开办公室的门，发现一个人正背对着自己坐在沙发上。

“墨玉？”滚滚黄河水从青藏高原源头携带着滚滚黄沙，穿越大半个中国，冲破层层峡谷奔涌而下，形成了这“黄河奇观”——壶口瀑布。奔涌的河水卷积着泥沙，猛冲入这瀑布之中，升腾起淡淡的水雾。在壶口瀑布那巨大的岩石之上站着一男两女，还有一个十来岁的孩子。

“冯师傅，你说的墨玉究竟是什么东西？”说话的女孩十八九岁的样子，长得不像中原女孩般文静却别有一番味道。

“唉！”说话的是一个四十多岁的中年男子，皮肤黝黑，外表刚毅，一看便是历经沧桑之人，“一言难尽啊！”冯万春叹了口气说道，“燕云姑娘，你见过火系驱虫师的秘宝吧！”

欧阳燕云柳眉微颦，想了片刻依稀想出个轮廓，然后模棱两可地点了点头，“冯师傅，其实秘宝一直锁在一个雕花麒麟的盒子里，至于里面究竟是什么东西，我却从未见过。”

“呵呵，这就对了！”冯万春微微地笑了笑，脸上的线条在太阳之下显得更加刚毅，他从上衣兜掏出一根烟叼在嘴里，娓娓说道，“毕竟你爷爷也不知道开启那秘宝盒子的办法！”

“咦？这是为什么？”燕云诧异地望着冯万春说道。

“恐怕你爷爷只是个秘宝的保管者吧！”说话的是站在燕云身后的另外一个女孩，这女孩看起来与燕云年龄相仿，只是表情更显得冷淡，此前她始终双目空洞地望着滔滔的河水发呆，此时一语惊人，显然刺痛了燕云，她咬了咬嘴唇想要辩驳，但仔细想想这女孩说的似乎也有些道理。

“对，段丫头说得没错！”冯万春坐在一块黑色的石板上说道，“你爷爷确实只是那秘宝的一个守护者而已！”

“是真的？”燕云嘴巴大张着问道。

“唉，正如金无偿所说，这火系的秘宝盒子也是金家先人穷尽一生智慧所造，那盒子的机关极其精巧，内中所盛之物是春秋墨家至宝，名叫墨玉！”冯万春一面说，一面口中吐着烟雾。

“原来秘宝是一块玉！”欧阳燕云若有所思地重复道。

“对，这个宝字拆开便是盒子与玉，因此叫作秘宝也并不为过。”冯万春叹了口气说道，“据说那墨玉是一块通体浑然的美玉，之所以称之为墨玉是因为在那玉的身上有一个针眼大小的黑色墨孔。”

“这么一块玉会有什么用？”燕云接着问道。

冯万春接过话茬说道：“早年间曾经听说，驱虫师家族起源于西域的一座消失的古城，而那块墨玉，似乎与那座消失之城有某种关联！”

“传说，那座古城一夜之间消失得无影无踪，所有关于驱虫师家族的秘密都起源于此。得到这墨玉之人，才能依照墨玉的指引找到消失的古城。但是先人曾有言在先，如若不是万不得已绝不要开启那座古城，否则后果不堪设想！”

“会有什么后果呢？”这次疑惑的是段二娥。

冯万春摇了摇头。

“如果现在秘宝落在了日本人的手中，想必他们已经得到墨玉了！”燕云有些担心地说道，谁知冯万春却轻蔑地笑了笑说道：“欧阳姑娘你多虑了，我们的先人为了防止有人打开古城，因此将秘宝盒子的开启之法留给了土系驱虫师，只有土系驱虫师在临终之前才能将那方法传给下一代君子！”

“这么说冯师傅您知道秘宝开启的方法喽？”燕云不得不佩服先人们惊人的智慧，谁知冯万春却无奈地摇了摇头，“恐怕这世上再也没有人能打开秘宝了。”

“啊？”燕云和段二娥都颇为惊异地望着冯万春。

“唯一能开启秘宝之人就是我的父亲，只是他早在三十年前便已经失踪了，这么多年我找遍了大江南北，却始终未发现关于他的任何线索，恐怕早已经不在人世了！”冯万春叹了口气说道。

“那日本人如果强行打开秘宝？”燕云咬着嘴唇，眉头皱紧，又开始担心了起来，冯万春摇了摇头，“秘宝一旦被强行打开，内中的墨玉会立刻碎成粉末，也就毫无意义了！”

“我到现在才知道秘宝是什么！”燕云若有所思地点了点头，沉默良久叹了一口气说道，“冯师傅，潘哥哥让我们和他在什么地方会面？”

冯万春将手中的烟蒂丢掉，站起身来说道：“潘俊让我们在天水城等他！”说完他抬起头，看了看头顶上的日头，此时已经过了晌午，壶口腾起的水汽幻化出一道彩虹，罩在瀑布之上，“咱们也该上路了，早点赶到天水城先等着潘俊！”

说罢，冯万春牵过一旁的黑马，将金龙抱起放在马上，之后翻身上马。而欧阳燕云与段二娥二人也各自上了自己的马。一行人且行且走，只是燕云却始终愁眉不展，自从上次与潘俊分开已经足有半个月了，至今却始终杳无音信，她有些担心潘俊的安危。几次向冯万春询问潘俊的去向，而冯万春却只是摇头，一副讳莫如深的样子。其实让燕云心里觉得不是滋味的还有一点，那就是与潘俊同时失踪的还有一个人，那就是时淼淼。

她骑在马上与段二娥并驾齐驱，跟在冯万春的后面，忽然她咬了咬嘴唇，猛然在马背上拍打一下，那马吃痛向前狂奔两步跟上冯万春，凑到冯万春身边说道：“冯师傅，您究竟知不知道潘哥哥去了什么地方？自从我们离开安阳之后已经大半个月了，而潘哥哥却杳无音信！”

“呵呵！”冯万春微笑着说道，“丫头，你不用担心，潘俊这小子聪明得紧，想必现在已经在天水等着我们了！”

燕云皱着眉头想了想，虽然不太相信冯万春所说的话，但至少冯万春说得没错，以潘俊的聪明，总是能在险境之处化险为夷，可即便这样，燕云心中始终不快，想到潘俊此刻正与时淼淼两个人独处，心中就有种说不出来的苦闷。

而她却全然没注意到冯万春的神情，此刻冯万春也是一头雾水，这半月之间冯万春一面要安抚欧阳燕云与段二娥二人，不想让她们看出破绽，一面心中暗自祈祷潘俊早日归来。他轻轻地拍着马背放慢了速度，滔滔黄河水翻滚奔腾而下，打在旁边黑黢黢的巨石之上，碎裂成无数水珠，那夜安阳城外的记忆也随着那腾起的水雾，一点点浮现在脑海深处。

这件事要从他们刚刚离开北平说起，在一行人离开北平之时，潘俊曾暗中拜托冯万春调查一件事，而这件事与始终跟在他们身边的水系驱虫师时淼淼有关。潘俊告诉冯万春，他父亲在世之时曾经提起过一些关于水系时家的事情，七十年前水系时家曾发生过一场火灾，那时候潘俊的祖父曾亲赴时家，赶到的时候才发现，眼前竟然是一片断壁残垣，瓦砾无存。据当地人说，几日之前的一个深夜，时家宅门里忽然燃起了一场大火，大火烧了三天三夜，大火熄灭之后，从宅院中发现了七十二具被烧得面目全非的尸体，根本无从辨认长相。但时家当时的确是有七十二口人。

潘俊祖父在时家停滞半月有余，希望能找到关于时家老宅火灾的蛛丝马迹，更重要的是希望能找到时家的幸存者。但结果却让潘俊祖父大失所望，那时家上上下下七十二口像是根本没有逃亡的念头，全部烧死在了大火之中。

半月之后潘俊祖父悻悻地回到北平，此事从此之后便不了了之了。直到潘俊第一次听到时淼淼这个名字，他的心头一动，虽然他相信祖父绝不会有错，但眼前的这个女孩子手中确实握着青丝，而她也会水系时家的那门千容百貌的绝学。于是在离开北平之时，潘俊暗中拜托冯万春亲往水系时家湘西故居走一趟。

而冯万春也依照潘俊的嘱托亲往湘西，虽然已经过去了整整七十年，但是这时家旧宅依旧是断壁残垣，荒草蔓生。他四下打听关于时家的事情，当年经历过那场火灾的人大多已经过世。就在冯万春准备离开湘西的时候，忽然听闻有个八旬老者与水系时家颇有渊源。

于是冯万春立刻找到了老者，在一栋两层的破旧木阁楼之中，冯万春见到了传闻之中的老者，他穿着一件灰布上衣，双目失明，孤苦伶仃地生活在这座破旧的阁楼之中，因为年久失修，木制阁楼早已经开始发黑了。

在冯万春表明来意之后，那老者显得极为冷漠，他自顾自地回到了房间之中闷闷地吸着一个用竹筒做成的水烟。冯万春站在门口，两个人始终沉默不语，耳边只有老人吸水烟时发出的“咕噜噜”的声音。过了良久老人才将水烟放在一旁说道：“这事情都过去七十年了，我大抵都已经忘了，您还是回去吧！”

冯万春咬了咬牙说道：“老先生，我只是想问您知不知道时家是否还有后人在世？”

“后人？”老者嘴角上扬，冷笑了一声说道，“一场莫名其妙的大火，全家七十二口人像是事先商量好了一样，全部死在了火灾之中，哪儿还有什么后人啊？时家……绝后了！”

闻言冯万春长叹了一口气，从口袋中摸出几块大洋放在老人的桌子上，提着马鞭正准备向外走，谁知老者忽然开口说道：“知道我这双眼睛是怎么瞎的吗？”

冯万春猛然一颤，连忙停住脚步，望着眼前双目失明的老者，那老者又点上一袋水烟说道：“这话在我心底压了七十年，足足有七十年，在你之前曾有无数人来问过关于时家的事情，那时候我年轻，怕得要命，所以始终不曾说过。”

“唉，不过现在我老头子已经是黄土埋到脖子上的人了，如果再不说的话恐怕就真的要带进棺材里了！”老者说完像是壮了壮胆子一样说道，“我母亲是时家的奶娘，当年我也经常与时家的少爷在一起玩，所以与时家很是熟络。时家的规矩颇多，除时家人之外极少有人能出入时家，但时家老爷却是一个善人，经常布施。因为极少有人进入过时家，因此坊间对于时家便更觉神秘莫测，说时家之人会一种妖术可以控制人的心神。而那场火灾来得也颇为蹊跷，时家像是预先知道会有一场劫难一般，在火灾来临前几日便散尽家财，将所有的家奴佣人全部遣散，时家人闭门谢客。几天之后的一个深夜忽然火光冲天，犬吠四起，几乎全村人都跑了出来，只见时家宅门之内燃起了熊熊烈火，想去救火的人根本靠不到近前。大火烧了三天三夜，始终没有一个人从时家旧宅逃出。”

老者一面说一面吸着水烟：“而唯一曾经进入过时家火场的人便是我，因为我母亲之前一直生活在时家，那夜见时家着起火，我便匆忙穿上衣服向时家奔去，虽然火势凶猛，再加上时家的大门牢不可破，救火的人不得而入，而我却知道在时家的后院有一处小洞，可以容得下孩子钻进去。就这样我进入了时家，几乎所有的房子都着起火来，浓烟冲天，我在火光中慌乱地叫喊着，但是声音很快便被噼里啪啦瓦砾碎裂的声音掩盖住了。忽然我记起之前来到时家宅门之时，曾经进过母亲所住的屋子，于是撒开两腿便向那屋子的方向跑去，可是刚跑出数十步我又停下了脚步，我之前进去的时候有人引路，此时四面火光冲天，而时家宅门里院落更是错综复杂，任我如何也分不清东南西北。就在此时我隐隐地感到身后似乎有些异样，我连忙扭过头，谁知在那大火之间竟然依稀走出一个人影，虽然距离我有数丈之遥，但依旧让我身上颤颤发抖。忽然我的眼前闪过一道白光，脸上传来一丝凉意，接着我的眼前便黑了下去。片刻之后一阵钻心的疼痛才从眼眶传来，我双手捂着自己的脸只觉得黏糊糊的，我一面呼喊一面跌跌撞撞地摸到那个洞口，一点点从里面爬出来，而我的双眼便在那天晚上失明了。至于我的母亲……”老者长叹了一口气说道，“从那之后也不曾回来过！”

冯万春听了老者的话之后，心中顿生疑惑，此前他在潘俊的言语之中未曾听到过关于那个黑影的事情，只是这个黑影究竟是什么人？难道是水系时家的人？冯万春百思不得其解，与此同时，老者一层层揭开厚厚的床垫从下面翻出一个红布包，他将那个包捧在手中沉吟片刻递给冯万春说道：“这个东西你拿走吧！”

“老人家，这……这是什么东西？”冯万春接过小小的红布包，诧异地望着眼前已经失明的老者说道。

“这是当时我在时家宅门里捡到的一样东西，虽然不知道是什么，但是我想应该与时家的火灾有关，你带回去吧！这么多年这个东西一直压在我的床头，就像一块烫手的山芋，让我几十年来寝食难安，现在这个东西交给你，我也终于可以休息了！”老者说着靠在床头的墙上，手中紧紧地握着自己的水烟袋，似是睡着了一般。冯万春愣了一会儿，轻轻拆开布包，忽然他的眼睛像是被什么东西刺了一下，连忙将布包重新包好揣在怀里，向老者告辞，谁知那老者全然没有反应，一个不祥的念头瞬间闪过脑海，他伸出手指探了探那老者的鼻息，老者竟然已经在不知不觉中断了气。

在安葬了老者之后，冯万春这才匆匆返回到石门，之后他将在湘西所见所闻一一告诉了潘俊，唯独没有提及这老者最后所遗留之物。

二 黄河岸，蒙古死之虫

在离开安阳的那个夜晚，冯万春紧随潘俊来到了门外，此时时淼淼正在外面的一棵古槐之下祭祀吴尊，她燃着香，手中掐着一把黄钱，表情依然冷若冰霜，潘俊悄无声息地走到时淼淼的身旁，弓下身子拿起地上的一把纸钱，一片片丢在眼前的火堆中，潘俊沉吟片刻说道：“时姑娘，你知道水系时家在七十年前惨遭灭门，早已经不复存在，你究竟是什么人？”

时淼淼微微一颤，抓着纸钱刚刚伸出的手停在半空，而潘俊始终若无其事地烧着纸钱，气氛忽然紧张了起来，那一直在树上聒噪的螽斯，也仿佛被眼前的气氛压抑住了，变得悄无声息。

过了良久，一阵夜风吹过，将眼前已经渐渐熄灭的火堆吹散，时淼淼这才缓过神来微微笑了笑，将手中的纸在旁边的蜡烛上点燃，丢在已经吹散的火堆上说道：“呵呵，你是从什么时候开始怀疑我的身份的？”

“很早！”潘俊直起身子，仰望着头顶上被夜风撩动的槐树枝，“从我见到三千尺开始！”

“那你为何不在那时就拆穿我？”时淼淼背对着潘俊蹲在地上，拿过旁边的一坛子酒打开上面的盖子。

“因为我不知你是敌是友，更何况我始终不相信，偌大的湘西水系驱虫师家族就那样在一夜之间消失得无影无踪了！”潘俊说的确实是实话，这也是当初他为何要拜托冯万春调查的原因，驱虫师家族历经数百年风雨飘摇，时代更迭却始终存在于世，无论如何也无法想象却因为一场大火而消亡，沉默片刻潘俊走到时淼淼的身后说道，“时姑娘，你究竟是不是时家后人？”

正在此时，一阵嘈杂的脚步声传入了冯万春的耳朵，他眉头微皱，听得出来那脚步声应该还在四五里之外，有百余人之众，从步伐的声音判断，那些人应该是全副武装，而且他们似乎正是向这里而来。

潘俊也是一愣，显然也听到了数里之外的脚步声，他连忙转身向回走，正好与冯万春迎了个正着：“冯师傅，你也听到了吧？”

“嗯，看样子是来者不善！”冯万春向四周打量了一番说道。

“看来我们的行踪已经被发现了。”潘俊有些焦躁地说道，自从一行人离开安阳城之后便一直东躲西藏，因为松井赤木的死，日本人如同疯狗一般开始大肆复仇，大批的日本兵从四面八方涌来。

“冯师傅，你先带着燕云和段姑娘他们离开这里！”潘俊说着攥了攥拳头。对方的人数众多，而且此时已经迫在眉睫，如果想要这几个人同时从此地逃脱，却绝非易事，冯万春在潘俊说完这句话之后，便已经知晓潘俊言下之意是要孤身将追在近前的日本人引开。

“小子，还是让我老冯去，你留下带着他们，我老冯已经是个死过不止一次的人了！”冯万春说着拍了潘俊的肩膀一下便要代他而去，谁知正是此时，只听耳边一声烈马长嘶，二人几乎同时扭头向后一看，只见此刻时淼淼已然骑在马上站在距离他们数十步之外。

“丫头，你做什么？”冯万春抢在潘俊前面上前一步便要阻止，只见时淼淼微微一笑，手中的鞭子在马屁股上一拍，胯下那匹白色烈马一吃痛又是一声长嘶，前腿一跃便向前面猛冲过去。

潘俊见此情景思索片刻之后道："冯师傅，我去追时姑娘，如果能够脱险我们在天水城会合！"说完之后，潘俊奔到一旁拴马的树旁解开缰绳催马而去。冯万春连忙扭头回到旧屋之中，将尚在梦中的欧阳燕云与段二娥叫醒，一行人向西疾驰而去。刚行几里便听闻身后传来一阵杂乱的枪声，燕云本想回去找潘俊，却被冯万春阻止了。他知道凭借着潘俊的聪明，那些日本人应该奈何不了他才对。

一尾青色鲤鱼从河中一跃而起，又"扑通"一声扎入水中，飞溅起的水花将冯万春从记忆中惊醒，金龙也是眼前一亮，这孩子从小在将军圃长大，每年只有在雨季来临之时村前的水沟才会涨满水，见过的鱼不过寸许，当下这条巨大的鲤鱼让金龙大喜，惊叹道："段姐姐，你快看那条大鱼！"

冯万春扭过头，笑着对金龙说道："小子第一次见到这么大的鱼吧！"

金龙连连点头，冯万春微笑着止住马，翻身从马背上一跃而下，脱下上衣一个猛子便钻进那滔滔黄河水之中，再一个小小的浪花之后，人早已经踪影全无了。岸上几人停下马焦急地望着滚滚的河水，水面上波澜起伏，良久未有动静，段二娥抓着金龙的手心已经溢出汗水，金龙却望着那闪动的河水两眼直冒光。

忽然水面上扬起一个浪花，接着一个黑色物事从水中飞出，直奔金龙而来，他一直注视着水面，此时见那黑色物事登时伸出双手，那物事直接落在了金龙怀里。原来是一尾青色鲤鱼，那鲤鱼足有六七寸长，在金龙怀中依旧翻腾挣扎，金龙死死抓着那尾鲤鱼，脸上笑得如荷花一般。这时冯万春才从水底钻出来，游到岸边道："小金子，喜欢吗？"

"嗯，嗯！"金龙诺诺地应道。

"冯师傅的水性真好啊！"燕云赞叹道。

"嘿嘿，老冯我从小就在松花江里嬉耍，早就想试试这黄河水了！"冯万春笑道。

"冯师傅，您见过这种鱼吗？怎么看着像是一只鸽子啊？"段二娥望着金龙手中的那尾鲤鱼好生奇怪地问道。

“咦？”经她一提醒，冯万春也意识到了这点，此鱼头小，口呈扁平状，体扁长，前部圆，筒形，后部侧扁，体背古铜色。端详片刻，冯万春不禁面露喜色道，“哈哈，没想到运气这么好，早听人说这黄河上游有一种名贵的鱼，叫作鸽子鱼，没想到今天还真让咱们遇上了！”

“鸽子鱼？”段二娥与欧阳燕云二人不禁异口同声地说道，此时越看那条鱼越像是一只欲展翅的鸽子。

“对，这鱼也叫铜鱼。不过大多数人叫它鸽子鱼。”冯万春兴奋地说道，“看这条鱼的分量少说也有十年了，晚上让你们尝尝我老冯炖鱼的手艺！”

“果然好身手啊！”这声音忽然从他们身后传来，一行人闻言扭过头，但见一个背着个羊皮浑脱（浑脱：由囫囵脱下的羊皮经浸水、暴晒、去皮、扎口、灌入食盐和香油等一系列的炮制工序制成），年纪在五十岁上下的“筏子客”正缓缓向这边走来，一面走一面说道，“这鸽子鱼可是个好东西，如果到前面的镇子里可以卖上个不错的价钱！”

“这条鱼真的有这么好？”燕云显然有些疑惑地问道。

“哈哈，姑娘一看便是外地人，难道你没听说过那句老话吗？叫天上的鹅肉山里的鸡，比不过黄河的鸽子鱼。”老者一面笑着一面将身后的浑脱扔在地上说道，“这鸽子鱼当年可是贡品啊！”

“嘿嘿，既然是这样，那晚上咱们就要尝尝冯师傅这过人的手艺了！”燕云虽然平日里对吃喝并不挑剔，可是经由那筏子客一番吹捧，对眼前这条鸽子鱼的妙处也多出了些期许，“对了，您知道这边最近的落脚处在什么地方吗？”

“前面走大概三十里有个镇子，过往的人经常住在那里。”筏子客说到这里沉吟了片刻，欲言又止地将身后的浑脱放在地上，转身走入身后的密林之中，想必是去寻其他的浑脱。这浑脱乃黄河之上独有的交通工具，一个羊皮筏子少则需要三四个，多则十几个，由浑脱托起筏子，在黄河之中畅游。

冯万春闻言之后，带着一行人沿着黄河一旁的小路快马加鞭，向那皮筏客所说的小镇疾驰而去，燕云与段二娥则一直跟在后面。

这一路上燕云始终闷闷不乐，她心中还在为潘俊的安危担忧，虽然冯万春再三告知燕云，潘俊一定会在天水城等着，但那一夜狂乱的枪声每每都在睡觉的时候让燕云从梦中惊出一身的冷汗。

按理说那三四十里路对于他们胯下的良驹来说并不算远，只因脚下的路坎坷不平，坑坑洼洼，因此走起来并非易事。一直到日暮西沉之时，他们才隐约看到前面的那座镇子，这镇子左右各靠一山，镇子被夹在这两山之间，东面曲折小径直通官道，而西面则是汹涌黄河。到达镇子之时已然是入夜了，本应灯火通明，只可惜眼前情景与之前所料大相径庭。

此时偌大一个镇子竟然漆黑一片，耳边只有远处黄河传来的隐约水声，而镇子之中竟然静得如同一片墓地。

燕云紧了紧衣服，双手牵着缰绳咬着嘴唇说道："冯师傅，这个镇子怎么让人感觉阴森森的，不会是座鬼镇吧？"

燕云是说者无心，但段二娥却听者有意，她猛然一激灵，黑暗中的表情有些僵硬，从小她便对神鬼之事颇有些敬畏，此时一听不禁顿生寒意。

"确实有些奇怪，按理说现在应该是刚刚吃过饭，怎么也不会这般安静啊！"冯万春心下狐疑，这个镇子着实蹊跷得紧。他想了片刻说道，"燕云，你留在这里保护段姑娘和金龙，我先进镇子里看看！"

"冯师傅，还是我去吧！"燕云话音刚落，双腿轻轻在马肚上一夹，胯下那匹马飞也似的向镇子狂奔而去，冯万春想要阻拦却也已经来不及了，只能骑在马上站在镇子外面的高岗上向外眺望，只见一个黑影快速地逼近镇子。

燕云在快进入镇子的时候略微放慢了速度，此时月亮早已挂在半山腰，月光洒在镇子中，黑色的建筑显得格外冰冷，镇子前面是一个巨大的牌楼，上面的字早已经模糊不清了，只有一个"雾"字依稀可辨，在那牌楼的两侧有两个黑乎乎的东西在夜风中轻轻摇曳，发出沉重的"吱吱"声，一种不祥的预感在燕云的心中悄然而生，她咬紧牙，双手紧紧扣住手中的缰绳，缓缓接近那两个黑影。

当她靠近时，顿时愣住了，果不出所料，在那牌楼两侧悬挂的竟然是两具尸体，尸体身上的衣服似乎被人用刀刮得破烂不堪，下面还残留着斑斑血迹，想必这二人并没有死去多久，望着那两具尸体，燕云只觉得后背发冷，眼前的这个镇子究竟发生了什么事情？

她牵着马走过牌楼，前面是一条容得下两辆马车并行而过的街道，只是此刻却空无一人，显得格外阴森，夜风犹如黑色的鬼魅从街道对面吹来，穿过墙壁发出“嘶嘶”瘆人的声响。燕云骑在马上心中多少有些惊慌，这偌大的镇子怎么会一个人也没有呢？

正在此时，燕云的耳边忽然响起一阵窸窣的脚步声，虽然那声音轻微得几乎被夜风淹没，然而燕云依旧警觉地扭过头，只见她身后的一扇木门微微晃动着。燕云从马背上跳下，蹑手蹑脚地向眼前的木门走过去，那窸窣的脚步声在燕云靠近门口的瞬间戛然而止。她沉吟片刻，伸手轻轻在木门上推了一下，谁知那木门早已摇摇欲坠，经由她这样一推便轰然倒地，紧接着一个黑影从那扇木门后面向燕云扑了过来，燕云手疾眼快向后退了两步，那黑影一下扑空倒在地上，一动不动了。

月光之下，燕云终于看清那个黑影竟然是个中年汉子，这人与那吊在牌楼上的人一样遍体鳞伤，凝结的血块已经结成了痂，覆盖在头上。燕云轻轻地推了一下躺在地上的那人，那人猛然惊醒，一把抱住燕云，身体剧烈颤抖，缓缓抬起头，那是一张沾满血污形容枯槁的脸，一双眼睛深深塌陷在眼窝中，他的嘴唇微微颤抖着一把将燕云推开大声说道：“走，快走，快……快离开这里！”

“什么？”燕云不解地望着眼前这个精神几近崩溃的男人奇怪道，“怎么了？这镇子究竟发生了什么？”

燕云的话音刚落，只听耳边传来了一阵凄厉的惨叫，这叫声是从镇子深处传来的。燕云站起身，循着那惨叫的声音望去，过了一会儿她的耳边传来了一阵熟悉的笛声，燕云猛然一颤，这笛声她再熟悉不过了，那是火系驱虫师用来召唤皮猴的。难怪这镇子会变成这般模样，燕云这时低下头，那中年汉子已然昏迷不醒了。她弓下身子，吃力地将那汉子架起，此时他才又苏醒过来。

“你还能动吗？”燕云见那汉子醒来轻轻地说道。

汉子的身体还在不停颤抖着，吃力地点了点头。

“我扶你上马，和我一起离开这个镇子！”说完，燕云双手用力扶起汉子，让汉子双手扶着马背吃力地爬了上去。正在此时，远处传来了一阵凄厉的叫声，那叫声幽怨凄惨，如鬼魅夜枭一般，紧接着几个黑影从四面向镇子狂奔而来。那马被这叫声惊住，一声长嘶，前腿高高跃起，未等燕云上马便扭头沿着来时之路狂奔而去。

燕云心头一惊，未等反应过来，那些硕大的皮猴早已进了镇子，燕云环顾四周，匆匆向后退了几步，退进那扇倒了的木门后面，皮猴叫喊着从燕云的身边倏忽而过。燕云迟疑了一下，掏出随身携带的匕首从木门中走出，贴着街道向那些皮猴的方向快步追了过去。

皮猴的速度极快，几个黑影眨眼间便消失在镇子深处的宅院之中了。燕云脚上加快速度，她心中一直有些疑惑，虽说出了安阳之后，日本人一直在追查着他们的行踪，但自从离开了河南之后，接连数日连半个日本人都不曾见到，这些日本人又是如何得到的消息，悄悄潜伏在这黄河沿岸的小镇子之中呢？

还有那村口悬挂的两具尸体，那尸身之上虽然伤痕累累，血肉模糊，但燕云知道那绝非皮猴所为，更像是被人用刀一刀刀割开的。而且如果这些日本人是埋伏在此，准备袭击他们的话，为什么却迟迟不动手。

这所有的疑问一股脑冲进燕云的脑海，经过安阳之行，燕云做事已经不像之前那般鲁莽而不计后果，想要解开那些谜团，只能跟着那些皮猴看个究竟了。

在镇子中间一座黑色的木制阁楼前面，燕云放慢了脚步，因为她听到那皮猴“呼呼”的喘息声了，她蹑手蹑脚地摸到门口，贴在门上向内中张望。

偌大的院子之中横七竖八地躺着几具穿着中山装的血肉模糊的尸体，那些人的脸早已经血肉模糊辨认不清，而在院子里站着四只硕大的皮猴，这些皮猴比燕云家的皮猴要大出一圈，它们弓着身子，目光冰冷地望着前方。在皮猴后面的墙上半靠着一个日本人，口中含着一截笛子，想必这些皮猴就是他召唤来的。

那些皮猴弓着身子，喉咙中发出“咕噜噜”的声响，脖子后面的绒毛根根直立，这显然是如临大敌前的状态。燕云顺着那些皮猴的方向望去，不禁倒吸了一口冷气，冷汗涔涔从脊背冒了出来，跌跌撞撞地向后退了两步，却不慎跌倒在地发出声响。最左边的皮猴立时竖起耳朵，瞬间，一股黑色带着腥味的液体向那只皮猴喷了过来，未等它躲闪，那液体全部喷在了皮猴的身上，接着是一阵痛苦的嚎叫声，那液体如同硫酸一般啃噬着皮猴的身体，吃痛的皮猴躺在地上打着滚，痛苦地呻吟着。

余下三只皮猴见同伴倒地，齐刷刷地向眼前的怪物猛扑过去，燕云趁此机会站起身拼命向镇子外面狂奔而去，她终于知道这个村子为何会成为这般模样了，这绝不是皮猴所为，而是另外一种东西！那些东西燕云曾经见过，她知道无论任何人，即便是凶猛的皮猴与之遭遇也只有死路一条，想到这里，她脚下的步子越来越快，恨不得立时离开这个村子。

正在此时，燕云的耳边传来了一阵窸窸窣窣的声响，那声响像是有什么东西在地下快速地挖掘着，燕云心知不妙，脚下的步子更快了，谁知正在此时，地面一阵剧烈地晃动，只见前面几步远的地方一扇木门轰然倒塌，接着一个黑乎乎的东西从地下钻了出来，立在燕云面前。燕云双手紧紧握着那把匕首，在与那怪物隔着四五步远的地方停了下来。

眼前竟然是一条巨大的虫子，看上去有一两米长，如同一条成年蟒蛇般粗细，肉色的头上长着三四根触角，圆形的脑袋上生满了一圈锋利的牙齿，一双血红色的眼睛生在那牙齿之间。它上身直立，虎视眈眈地盯着眼前的燕云。燕云屏住呼吸，她深知眼前这怪物的厉害，一着不慎恐怕就会落得刚刚那只皮猴的下场。

月光之下，一人一虫在街口对视，燕云右手握着短刀，左手轻轻摸到怀里的短笛，但却始终没有掏出来。即便是将皮猴召唤来，恐怕也只能是白白送死。她观察着眼前的怪物，那怪物似乎也在静观其变，并不急于动手。燕云知道它是在等待着时机，一旦自己分神，它便会忽然发起致命的一击。

正在此时，远处传来一阵马蹄声，那马蹄声迫近，只听一个男人大声喊道："燕云！"燕云闻声向对面望去，谁知那怪虫见燕云稍微松懈，立刻向前一弓身，一股黑色的液体从怪虫的口中奔涌而出。燕云连忙低下头，避开了那股液体，谁知她刚一低下身子，顿时觉得胸口像是被人猛击了一下，瞬间整个人都麻木了，未等她反应过来又是一击，这次的力道比刚刚还大，自己整个人被击出数米远，而那怪虫竟然原地未动，她趴在地上眼皮沉重地望着前面的街道，只见一匹马飞奔而至，接着她便什么也不记得了。

冯万春一直站在镇子外面的高岗之上，点上一根烟焦急地等待着燕云的动静，一连抽了两根烟，却始终未见燕云归来，心里早已生了草。这时他见一匹马向这方向奔来，连忙丢掉手中的烟蒂，本以为是燕云，但当那匹马走到近前一看却是一个浑身是血、虚弱不堪的男人，他心知不妙，将段二娥与金龙安顿好之后，立刻驱马向镇子狂奔而去。他刚一进镇子便被牌楼上的两具尸体吸引住了，正在此刻，他听到门板碎裂的声音，连忙骑着马向镇子深处奔去，谁知刚走出几百米，便见燕云与一只虫子对峙着，他刚喊了一声，只见燕云便被击出数米远。他连忙催马而上，谁知那怪虫立刻扭过头向他而来，身体猛然一抖，一股黑色的液体从口中喷涌而出，冯万春连忙勒住缰绳，那液体虽然未击中马头，却擦着马肚子划过，瞬间那匹马的肚子被划开了一道伤口，一股难闻的腥臭味顿时从伤口散发出来。那马吃痛，身体剧烈地颤抖了两下。

却说这冯万春也是骑马高手，他心知不妙，一手扶着马背，身体稍一用力就从马背上跳了下来。几乎与此同时，那马像是被什么东西击中一般，狂嘶一声，前蹄腾空而起，那马蹄正对着眼前的怪虫而去，那怪虫没想到这匹马会有如此一招，根本没来得及躲闪，那圆形的头被马蹄重重地一踩，血浆迸出，同时那匹马也倒毙在地，再无声息。

冯万春来不及多想，奔到燕云身旁，将昏迷不醒的燕云背在身后，便向镇子外面狂奔而去，刚奔出几百米，只听那镇子深处便传来一声尖叫，冯万春的脚步略微迟疑了一下，又加速向前奔去。

光线稍微有些刺眼，燕云缓缓地睁开双眼，模糊地看见段二娥正注视着自己。见到燕云苏醒，段二娥满脸微笑地说道："冯师傅，燕云醒过来了！"

话音刚落，冯万春便从对面笑呵呵地走了过来，手放在燕云的额头上，轻轻抚摸了一会儿笑道："哎呀，总算是没事了！"冯万春长出一口气说道，"潘俊那小子在离开的时候把你们两个丫头和金龙交给我，让我保护好你们，如果你们哪一个出了事，我真不知道如何向潘俊交代啊！"

"让大家担心了！"燕云虽然已经苏醒，却始终面无血色，浑身无力，昨晚那一幕依旧历历在目。

"对了燕云姑娘，冯师傅把昨晚上的情形都讲了一遍，那么危险你怎么不召唤皮猴啊？"段二娥问道。

燕云微微笑了笑长出一口气，摇了摇头道："奎娘从小跟着我和弟弟，可是来到中原奎娘也死了，我召唤出来不过是让它们白白送死，那又何必呢？"

"白白送死？"段二娥疑惑地望着欧阳燕云，又扭过头看了看冯万春。冯万春从燕云的话中听出了些许端倪，拿过一个凳子坐在上面，望着燕云说道："丫头，那怪虫你见过吗？"

燕云将头扭向窗外，窗外一棵桑树在微风中轻轻摇曳着，斑驳的树影透过敞开的窗口洒进屋子，如同燕云那碎裂的记忆，虽然是在盛夏时节，但想起那段回忆燕云依旧禁不住颤抖了起来，楚楚可怜地抬起头咬着嘴唇说道："是的，我见过那种怪虫！"

"燕云，你没事吧！"段二娥察觉到燕云情绪的巨变，连忙握住燕云的手，只觉燕云双手如同冰水一样冰冷。

"火系驱虫师家族一直以豢养皮猴为主，我们从小便开始学习驱虫之术。"燕云一只手轻轻地捂住嘴，让自己暂时镇定下来，接着说道，"长大之后，就算是豺狼虎豹这些动物我们基本也都可以驯服，唯独一种虫无法驯服！"

"你说的就是昨晚的那只怪虫？"段二娥追问道。

燕云连连点头说道："是的，那种虫名叫蒙古死亡之虫，一直生活在蒙古和新疆交界的戈壁沙丘之中，虽然皮猴凶猛异常，但是一旦遭遇蒙古死亡之虫，也只能是以卵击石！"

"真没想到那东西竟然如此厉害！"冯万春踌躇着，随手抽出一根烟点燃，若有所思地说道。

“是啊！”燕云确定地说道，“那蒙古死虫极其凶猛，极少有人能驯服，它们不但体形巨大，牙齿锋利，而且它们的毒液能喷射数丈之远，沾上者皮肤会迅速溃烂，这还不止，在它们的牙齿之间还生长着像是眼睛一样的东西，那些东西能瞬间将人击晕，甚至将皮猴直接击毙！”

“原来是这样！”冯万春若有所思地说，他的脑海中想起昨天自己那匹马倒毙的症状，以及那匹马踩在那死虫身上它竟然不躲避，原来是因为如此，“只是……丫头，这蒙古死虫既然没有眼睛，是如何识辨方向和猎物的？”

“震动！”燕云一字一句地说道，“蒙古死虫的表皮虽然极其坚硬，但是它的身体是分成一节一节的，节与节之间是它们身体最脆弱最敏感的地方，那些地方不但能感知地面的震动，甚至人类说话的声音它们都能察觉得到！”

“但是燕云姑娘！”段二娥皱着眉头回忆着燕云刚刚所说的话道，“既然蒙古死虫一直生活在沙漠戈壁地带，这里距离新疆还有千里之遥，那些死虫怎么会出现在这里呢？”

段二娥的话如同一把锋利的匕首一般，刺入燕云内心最柔软的部位，她身体微微颤抖着紧紧抓着段二娥的手，拼命地摇头道：“别问了，求求你们别再问了，我不知道，不知道死虫怎么会出现在这里！”

冯万春隐约察觉到了什么，点了点头，然后站起身拍了拍段二娥的肩膀说道：“你陪陪燕云吧！”说完自顾自地向对面走去，在对面的那个屋子之中躺着一个重伤者。

此人看年纪三四十岁的样子，满脸血污，身上亦是伤痕累累，血迹已经将衣服和伤口黏连在了一起，冯万春只得用温水将血痂冲散再敷以草药。这一切都停当之后，那汉子依旧昏迷不醒，冯万春探了探他的脉搏见并无大碍，只是惊吓过度，刚刚放下男人的手，燕云便苏醒了过来。

此刻，冯万春刚刚走进对面的屋子，猛然发现床上竟然空荡荡的，接着耳边传来一阵劲风，幸而冯万春身手敏捷身体微微向一旁一侧，一个黑影从他的身后闪了过去，接着冯万春反手一把正抓在那男人的手腕上，轻轻一翻，那男人便被制伏在地。

“啊！”男人吃痛惊叫了一声。

“你要干什么？”冯万春手上的力道加大，那人咧嘴龇牙道：“你是什么人？”

此时，住在隔壁房间中的段二娥已经搀扶着欧阳燕云从房间中走了出来，那汉子半弓着身子瞥见欧阳燕云，连连说道：“放开我，快放开我！”

冯万春只觉这汉子虽然莽撞，但是却浑身伤痕累累，三下五除二便可以制伏，于是便将手松开。谁知那汉子的手刚被放开，便三步并作两步向段二娥和燕云的方向而来。

段二娥是柔弱女子，虽然深知金家驱虫术之妙，却着实手无缚鸡之力，而此时燕云又刚刚苏醒，应对眼前这大汉也有些困难，二人向后退了两步。哪知这汉子来到二人面前，上下打量了一下段二娥之后，又将目光移向燕云，“扑通”一声跪倒在地道：“多谢恩人的救命之恩！”

此话一出，二女才算是松了一口气，燕云连忙将那人扶起来说道：“不需如此，你是那镇子上的人吗？”

汉子爽快地摇了摇脑袋，瞥了一眼冯万春说道：“我不是那个镇子上的人，只是走垛的，现在日本人查得太严，所以每次都会在雾隐镇打尖儿住店，可是没想到昨天晚上却发生了那件事！”

“昨天晚上怎么了？”冯万春立刻追问道，那汉子瞥了冯万春一眼，“哼”了一声，又转向燕云的方向望去，燕云见此情形接着问道：“昨天晚上发生了什么事？”

“我们是昨天上午到的这里，按照惯例每次来此处都会住上一晚。可是到了下午村子里忽然来了一群日本人，他们将所有人都赶回了家中。谁要是慢一步那就是个死，你们刚进镇子的时候，应该看到牌楼上那两个被吊死的人了吧！”汉子憨憨地说道。

“嗯！”燕云虽然心中有些疑惑，但还是想听这汉子继续说完。

“本来我们和跺爷一直盘算着怎么才能离开镇子，那伙日本人的人数不多，本想着趁着天黑下来的时候，我们放下货物偷偷摸出村子，等着那些日本人离开之后再回来取走货物。谁知道天才刚刚黑下来，我们正要离开，忽然一只怪虫从地下钻了出来，就那么一眨眼的工夫……”汉子说到这里有些哽咽，厚厚的嘴唇微微颤抖着，“一小会儿的工夫，跺爷和几个兄弟就被那怪虫杀了！”

“余下的人纷纷拿上家伙且打且退，可是谁知道那虫子那么凶残，不一会儿又有两三个人被杀了，我也被那巨虫扑住，那牙齿就像是无数把锋利的尖刀，直接刺到我的身上，不一会儿我就昏了过去！”汉子一口气说完之后，双手抱着头蹲在地上。

“哎，你真是命大，幸好是昏迷了过去，如果你想要逃跑的话，恐怕现在早已经命丧黄泉了！”燕云将那汉子扶起说道，“你老家在什么地方？”

汉子抬起头望了望燕云说道：“甘肃！”

“嗯，我们正要……”

谁知燕云的话一出口，便被冯万春打断了：“段丫头，你先扶着燕云回去休息吧！”

燕云迟疑地望着冯万春，只见冯万春点了点头，燕云似乎明白了些什么，倘若如她刚刚来到中原之时一定会问个究竟，不过在经历了之前的许多事情后，此时的燕云较之当初便沉稳了许多。

待段二娥扶着燕云离开之后，冯万春将那汉子扶起问道：“你叫什么名字？”

“咋了？”汉子一脸凶相地瞥了冯万春一眼说道，“我叫啥关你啥事？”

冯万春笑了笑说道：“哈哈，你真的是甘肃人？”

“我骗谁也不会骗我恩人啊！”汉子说话的口气显然根本没把冯万春放在眼里。冯万春却也并不生气掏出一根烟递给汉子，那汉子瞥了一眼，摆了摆手拒绝了，冯万春自顾自地点上香烟说道：“我叫冯万春！”

汉子见冯万春吞云吐雾的样子甚是享受，想了想伸出手，冯万春有些诧异地望着汉子伸过来的手不明所以，那汉子憨笑道：“烟……”

“你不是说不要吗？”冯万春心想，这汉子刚刚必是怕这烟中有毒，此时见自己抽并无大碍这才向自己索要，冯万春笑了笑，抽出一根烟递给那汉子，然后又掏出火柴给汉子点上。那汉子深深吸了一口烟，脸上的表情颇为惬意。

“我叫乔荣。”汉子低头吸烟，闷头闷脑地说道。

“哈哈，原来是乔兄弟！”冯万春笑了笑站起身来。那汉子吸了几口烟，觉得这烟草之中夹杂着一种浓郁的香味，那香味醇厚入口之后竟直冲头顶，眼前之景顿时有些恍惚，他摇摇晃晃站起身来，想拼命睁大眼睛，却根本无济于事，身体早已不听使唤。只见此时冯万春轻轻拍了拍汉子的肩膀，汉子便倒在冯万春的肩膀上。

冯万春连忙将乔荣背进隔壁的房间之中，然后三步并作两步来到这边的房间说道：“燕云，你的伤没有大碍吧？”

燕云点了点头。

“那就好，你们收拾一下，我们现在就离开这里！”说完冯万春走出房间，自从来到这里之后，金龙便一直在院子之中玩耍，冯万春走到院子之中见金龙此刻站在院子中的那棵槐树之下，手中拿着几根干草正在喂马。冯万春将金龙抱上自己的马，不一会儿燕云在段二娥的搀扶之下缓缓走出房间，见院子之中只有冯万春与金龙，不免心生疑惑向后退了一步往隔壁的屋子望去，只见那汉子此时正躺在隔壁的房间中酣睡。

“冯师傅，我们不带上他吗？”燕云担心地说道。

冯万春摇了摇头，示意二人上另外一匹马，因为冯万春的马之前已经被蒙古死虫所杀，所以只能是两人同乘一匹。他们缓缓离开这座已经破败不堪的院落之后，沿着小路一路向西而去。

“冯师傅，你是不是觉得刚才那人有什么问题？”燕云坐在马上心有不甘地说道。

冯万春沉默了片刻叹了口气说道：“其实也没什么不妥之处，只是他出现得太突然了，而且恰恰是甘肃人，我之前答应过潘俊，要安全地带你们三人到甘肃，所以路上还是尽量少出一点意外比较好！”

燕云点了点头，冯万春的话确实有理，那些日本人既然能提前来到那个镇子埋伏在里面，显然是他们的行踪已经暴露了，究竟如何暴露的虽不可知，但是可以确定的一点是，日本人始终不肯放过他们。

他们骑着马刚走出四五里路，只听身后传来一声巨响，冯万春连忙勒住缰绳向身后那响声的方向望去，只见他们刚刚离开的村子烟雾弥漫，火光冲天，那火光中不时传来连绵不断的犬吠声。

三　雾隐镇，蚁狮斗死虫

犬吠声在北平城的东交民巷区此起彼伏，大批军警和日本宪兵向此间赶来，方儒德坐在一辆黑色的轿车中，车窗子拉着一层薄薄的白色窗帘，眼镜后面的那双小眼睛一直滴溜不停地乱转。

他不知究竟发生了什么事情，但是从眼前的情形来看，这里一定是出了什么大事。军警的汽车在东交民巷区最里面的小巷口停了下来，方儒德的车紧随其后，刚一进入东交民巷区，方儒德便感受到眼前的气氛异乎寻常地紧张。

在街道的两旁每隔一米全部是荷枪实弹穿着土黄色军装的日本宪兵，在他车前面停着数辆军绿色的卡车，每辆卡车上都站着十五个日本兵。在巷口甚至摆放着路障和重机枪，凭着多年的经验，方儒德敏感地察觉到一定是出事了，而且这件事绝不会小。

他推开车门，刚一走下车，便见身后又驶来一辆黑色轿车，那轿车方儒德再熟悉不过了，那是松井尚元的座驾。见那车驶来，方儒德连忙退后两步，双腿笔直，头微微低下鞠躬，那车似乎并不在意身边的人，径直驶向巷口。

车子刚刚停稳，一个日本兵便从副驾驶的位置上推门出来，小心翼翼地打开车子的后门，而让方儒德备感惊讶的是，那车子里出来的人竟然不是松井尚元，而是一个戴着礼帽穿着整齐的黑色中山装的年轻人。

虽然那年轻人下了车并未回头，但方儒德隐约觉得那背影却如此熟悉。那年轻人将帽檐微微拉低之后，快步走进前面的那条深巷。

就在此时，北平城其他几个区的警察局局长陆续赶到了现场，几个人虽然极少往来，此刻却都显得极为熟络，站在一起低声寒暄，互相揣度着日本人将他们叫到此处的缘由。只是方儒德一直眯着眼睛盯着巷口，脸上始终挂着不咸不淡的微笑。

“方局长，你和松井先生走得最近，知不知道为什么忽然叫咱们过来？”其中一个个子不足一米七，肥头大耳，酒糟鼻子的中年男人问道。

方儒德知道此人是西城警察局局长，多年前也只是一个惯偷，后来却不知为何阴差阳错地坐上了西城警察局局长的位置，虽然方儒德对此人嗤之以鼻，但脸上却丝毫没有表现出来，微笑着摇了摇头，一副讳莫如深的样子。他太清楚这个世道了，慢说是自己毫不知情，即便是真的知道自己也不会说，这样命还可能会长一点。更何况此刻他也有些心不在焉，这一路之上，方儒德一直在思忖着今天早晨的那件事，那个人为什么会忽然出现在自己的办公室里？

正在此时，方儒德见一个日本宪兵急匆匆地从巷子中小跑出来，在几位警察局局长面前停了下来，行了一个军礼说道：“哪位是方局长？”

“啊？”方儒德一愣向前走了一步道，“我是方儒德！”

“方君，请您跟我进来一下！”说着那日本兵走在前面，方儒德一头雾水，不知这些小日本的葫芦里究竟卖的是什么药？站在他身后的几个警察局局长都用一种复杂的目光望着方儒德的背影，或是羡慕，或是担忧。

方儒德跟着那日本宪兵径直走进前面的巷子，这个巷子并不算太深只有两百多米，这巷子的另外一个出口早已用砖堵死，一米多宽的过道两旁，半米便站着一个日本兵，使得本来很狭小的过道更显逼仄，不过这倒更让方儒德坚信了此前判断的正确性，这个小小民巷区一定是发生了什么大事，否则日本人不会如此这般地如临大敌。

日本兵带着方儒德走入小巷深处，在巷子的中间部位有一个小门，两个日本兵把守在两端，门敞开着，带路的日本兵驻足在门口伸手将方儒德让了进去。方儒德迟疑了一下向前走了一步，走进那道门之后，身后的日本兵轻轻将门关上，方儒德心头一惊，心想难道是早晨去炮局监狱的事情被发现了，想到这里，不禁冷汗顺着脖颈向下流淌，他下意识地摸了摸腰间的配枪。

眼前的院落很大，左右都有月亮门，地道的老北京四合院的格局，在月亮门的门口都站着日本兵。正在方儒德犹豫是向左还是向右的时候，一个身影忽然从月亮门右边缓缓走了出来，方儒德见到那人不禁一惊，两股战战，几欲逃走。

“方局长，别来无恙啊！”那人双手背在身后，脸上的肉都以鼻子为重心做着集合运动，迈着四方步逼近方儒德。

方儒德吓得浑身是汗，慌忙摸着自己腰间的配枪，汗水自两颊缓缓淌下来道：“你……你……你别过来！你他妈是人是鬼？”

“哈哈！”那人笑了笑说道，“这青天白日的哪里会有什么鬼啊，当然是人了！”

这话让方儒德的心稍微踏实了许多，只是眼前这人明明已经死了，怎么又会忽然出现在自己面前呢？

“金顺，当时在乱坟岗的时候你分明已经死了！”方儒德道出了心中的疑惑，只见眼前的金顺微笑着说道：“那只是一个局而已，早已经料到潘俊他们会找到我，所以我早有准备！”

听完金顺所说，方儒德不禁回想起来，那次他们回到警察局之后金顺的尸体便离奇失踪了，不过那个年代失踪尸体也司空见惯，所以并未查找这尸体的下落。不过另一个问题立刻又冲进方儒德的脑海，即便金顺真的没有死，可怎么会出现在这里呢？

“呵呵！”金顺笑了笑说道，“我知道方局长心里一定有很多疑惑，不过你先跟我来吧！”说着，金顺笑眯眯地带着方儒德向右边的月亮门走去，跨过那座月亮门，里面摆着一张桌子，一个穿着一身黑色和服的日本老人正襟危坐在院子中的椅子上，手中把玩着一把手枪。方儒德一眼便认出了眼前之人便是松井尚元。

方儒德三步并作两步走到松井尚元近前，鞠了一躬道："松井先生！"

松井尚元的目光始终痴迷地望着手中的枪，对于方儒德无动于衷，一时间方儒德有些尴尬。过了片刻，松井尚元才缓缓抬起头，将那把枪如珍宝一般收了起来，说道："方局长，今天你所听到的都将是大日本帝国的最高机密，如果有半句话泄露出去，就只有死路一条！"

方儒德知道，这句话从松井尚元口中说出绝不是危言耸听，他犹豫了一下点了点头说道："松井先生请说！"

"金先生你应该听说过吧！"松井尚元冷冷地说道，方儒德连忙点了点头，他早就听闻，在这日本军界有两个赫赫有名的女人，而且颇为巧合的是这两个女人都姓金，其中之一是金壁辉，也就是松岛芳子；而另外一个金先生名叫金素梅，而这个金素梅相对于金壁辉来说更加隐秘，见过她的人寥寥无几，很多人相信金素梅只是日本军界虚构出来的人物，此人根本不存在，或者是金壁辉的另外一个版本。

直到这话从松井尚元口中说出的瞬间，方儒德才相信了这个神秘的女人确实存在。正在此时，松井尚元从椅子旁的桌子上拿出一张照片，递给方儒德说道："现在我要你记住她的模样！"

方儒德接过那张照片，那是一张泛黄的黑白照片，照片上的女人穿着一身军装，浓眉大眼，眉宇间颇有几分英气，方儒德的目光最后落在女人腰间的那把军刀的刀绪上，日本军刀的刀绪是用天蚕丝制成，昭示着主人的身份，将官刀的刀绪是金黄色的，佐官刀的刀绪是红黄相间的，尉官刀的刀绪是蓝茶色相间的，而眼前这女人手中的军刀刀绪正是金黄色的，可见她的身份非同一般。

"记住了吗？"松井尚元将那张照片从方儒德的手中抽出问道。

方儒德连忙点了点头。

"金先生昨天晚上被人劫走了！"松井尚元长叹了一口气说道，"因为她的身份极为特殊，而她的使命又会直接影响大日本帝国的伟业，所以现在我命令你秘密调查这件事！昨天晚上北平城门紧闭，我想即便她被人劫走了，此刻应该也还没有离开北平城！就算是挖地三尺也要把金先生找到，活要见人，死要见尸！”

“喀喀！”站在一旁的金顺轻轻地咳嗽了两声说道，“松井先生，刚刚我观察了一下，那屋子里好像没有打斗过的痕迹，如果我师姐是自愿和劫她的人离开的呢？”

松井尚元低着头，眉头紧锁，想了想说道：“如果是那样的话，就不要让她再开口了！”

金顺扬扬自得地笑了笑，方儒德瞥了一眼金顺，更是一头雾水，难道眼前这个其貌不扬的侏儒和大名鼎鼎的金素梅还有什么隐情。

“不管怎么样，一定要把金素梅找出来！”松井尚元说完，大踏着步子向门外走去，那群一直跟在他身后的日本兵也紧随其后，离开了院子。

待他们走后，院子里只剩下方儒德和金顺，方儒德上下打量着眼前这个其貌不扬的侏儒，想要说些什么，可最终还是咽了回去，最后冷笑着摇了摇头，转身向门口走去。谁知他刚走出几步，金顺忽然大笑起来，方儒德迟疑着停下了脚步。

“你笑什么？”方儒德好奇地望着金顺说道。

“哈哈，方局长你想不想知道金素梅的下落？”金顺颇为得意地说道。

“呵呵，难不成你知道她的下落？”方儒德颇为不屑地说道。

“当然知道！”金顺言辞凿凿地说道，并不像是在说谎，方儒德快步走到金顺的身边，伸出手一把抓住金顺的手腕，恶狠狠地说道：“你会那么好心？如果你真知道的话肯定早就告诉松井那个老头子了！”

方儒德虽然一直看上去窝窝囊囊，年轻时却也当过兵，手上的力道亦不小，金顺被他抓得有些疼，咧着嘴，说道：“哎哟，你丫的先把手给我松开！”

可方儒德却恰恰加大了手上的力道：“你先告诉我金素梅藏在什么地方！”

金顺抬起头瞪了方儒德一眼，语气生冷地说道："去你妈的，你忒小瞧你金爷爷了，以为就这么三言两语金爷就会告诉你吗？"

方儒德一双小眼睛狡黠地转了转说道："好哇，别看老子刚刚对你毕恭毕敬的，那是给小日本面子，他们把你当成个人，老子可没把你当成个什么东西！"说完方儒德从腰里掏出一副手铐铐在金顺的手上，"老子就不信我这堂堂北平市警察局局长还不能让你这侏儒开口。"说完便拽着金顺向外走，谁知刚走出数步方儒德便觉得手上的手铐一松，心知不妙，一面转身，右手下意识地一面摸到腰间的枪，这一连串动作一气呵成，谁知未等他扣动扳机，手上的枪忽然像是被什么东西黏住了一般，瞬间从手中脱出飞至金顺的手里，金顺手上握着枪对着方儒德，嘿嘿地笑道："方局长，恐怕你还太低估我了！"

方儒德的眼睛紧盯着金顺手中乌黑的枪口，小心翼翼地说道："你小心点，这枪可开着保险呢！"

"呵呵，怎么？现在害怕了？"金顺端着枪，向方儒德跟前走了两步说道，"害怕就好，那咱们现在谈个条件！"

"什么条件？"方儒德唯恐金顺会忽然开枪，声音也有些发颤了。

"你帮我做一件事，我带你去找金素梅！"金顺语气轻松地说道，"现在日本人像是一群红了眼的疯狗一样要找到金素梅，而知道金素梅下落的也只有我，如果你找不到她的话，我想这些日本人不会轻易罢手。所以……"金顺笑了笑说道，"这笔生意对你很划算的！"

"那你让我帮你做什么事？"方儒德心想，如果金顺果真知道金素梅的下落，却放过这么一次在日本人面前表现的机会，想必他让自己做的那件事一定非同寻常。

金顺思忖了一下，又瞥了方儒德一眼，向方儒德招了招手，方儒德犹豫了一下走了过去，金顺凑在方儒德的耳边低声耳语了几句，方儒德听完脸上的表情异常惊异，连连摆手道："不行，这绝对不行，这和你现在就杀了我有什么区别？"

"哈哈，那好吧！"金顺冷笑着将枪顶在方儒德的太阳穴上，"那我现在就杀了你！”

方儒德双眼微闭，顶着枪的太阳穴阵阵发冷，只听“砰”的一声，落在四合院中的几只白鸽一惊，扑闪着翅膀逃也似的四散而去。

却说与此同时的潘俊胯下的马一惊，前腿跃起半米高，喉咙中发出惊恐的嘶鸣声，潘俊拉住缰绳，目光平静如湖面般地望着眼前那条幽深的小路，此间崇山峻岭，灌木丛生，这条小路四五尺宽，掩映在这苍翠的树木之间，右边是黑压压的树丛，左边则是滚滚的黄水，稍有不慎便有坠崖的危险。

刚刚那一声巨响让这马一惊，那马似乎感觉到了什么异样，一直在原地踏着步子，却迟迟不肯前行。潘俊听那声音应该是从前面十里左右的地方传来的，他双腿轻轻用力夹住马肚，那匹马又是长嘶一声，却迟迟不肯前进，似乎前面藏着什么怪物一般。

正在此时马头前面四五米的地方忽然颤动了起来，潘俊的眉头拧紧，心知不妙，连忙向后拉了两下缰绳，那马顺着潘俊力道的方向转过身来，谁知刚一扭头，潘俊便觉得身体随着胯下的马快速地下坠，此刻，在那匹马后腿地方原本坚固的地面已经化作了一个流沙的陷阱，马的后腿正如泥牛入海般地快速下陷。

“蚁狮！”这个字眼瞬间冲进了潘俊的脑海，虽然他不曾亲眼见过蚁狮，但早已知晓这东西的厉害，那是土系驱虫师的秘术，操纵一群如同蚂蚁一般的小虫子，驱使其隐匿于地下，那些虫子天生便具备挖掘陷阱捕食猎物的能力，它们可以凭借着地面的震动快速地挖掘出类似流沙般的陷阱，猎物一旦进入那陷阱便立时奏效，猎物越是挣扎，自己陷入得便越深，一旦进入那陷阱的底部，成千上万只蚁狮便开始啃食猎物，顷刻之间猎物便只剩下一堆白骨，任你是骆驼一般的庞然大物亦不例外。

此时，那匹马早已被眼前的情形惊住，两条陷入流沙陷阱之中的腿不停地乱蹬，潘俊已知危险迫近，一只手扣住马首，身体猛一用力，借着手上的力道，向前跃出三四丈远，他刚一跃出，只见那匹马肚子下面的陷阱越来越大，那马一面挣扎一面嘶鸣，而站在几丈远的潘俊却束手无策，只能眼睁睁地看着那匹马一点点没入那流沙陷阱之中。

待那匹马完全没入之后，流沙渐渐平息了下去。潘俊站在原地谛听着地面的动静，唯恐那蚁狮会忽然移至自己的脚下。停顿片刻，地面上却始终未有丝毫反应，潘俊这才放下心来。正在此时，潘俊忽然觉得在一旁的密林之中似乎有一双眼睛在盯着自己，他不敢有丝毫怠懈。

正在此时潘俊的耳边又传来一阵巨大的轰鸣声，那声音依旧是从前面十数里的地方传来的，他禁不住向前面望去，隐约看到前面的一个小村子此时火光冲天。潘俊心里有些焦急，自从他们在安阳外面的那个小村子一别，已经十几天过去了，如果按照路程推算的话，那么这两天就能够赶上冯万春一行人。这一路上他一直在担心冯万春等人的安全，尤其是燕云那火暴的脾气，稍有不慎便会惹火烧身。

谁知他稍一分神便感到耳边一股劲风猛然而至，潘俊连忙扭过头，谁知眼前的那怪物却让他心头一颤，眼前那怪物一米多长，像是一个巨大的毛虫，血红色的身子分成数十节，怪物的头宛若一个剥开的石榴，一圈锋利的牙齿镶嵌在整张脸上。它站在潘俊身前，一口黑色的液体从那石榴头上喷出，潘俊眼快，身体快速闪至一旁，站在怪物的右边，虽然看不清那怪物的眼睛究竟在何方，但是它却似乎能够清楚潘俊所在之处，臃肿的身体轻轻一转，那石榴头依旧正对着潘俊，距潘俊数米远，却纹丝不动。

潘俊的手指轻轻捻动一直放在袖口的青丝，神态沉稳，双脚微分，目光在那怪物身上游移，寻找着那怪物身上最脆弱致命之处。又是一人一虫的僵持，双方似乎都在寻找着对方的漏洞，准备一击成功。

正在此时，潘俊的目光落在了那只大虫后面的流沙陷阱处，那个有几尺宽的圆形陷阱流沙虽然不再涌动，但潘俊注意到那陷阱周围的流沙依旧在点点滴滴地下落，想必那蚁狮此刻尚未离去，潘俊的嘴角微微敛起，眼角向一旁一瞥，见在他旁边一尺多的地方有一块手掌大小的青石板。

他一面警觉地望着眼前的那怪虫，一面快步向后退了两步，脚尖向前一戳将那块青石板挑了起来，脚上用力向那怪虫踢了过去。那怪虫显然早有防备，石榴头轻轻一偏，竟然躲了过去，紧接着它的头猛然一颤，接着一股黑色的液体向潘俊喷来。潘俊的头微微一低，那液体从他的头顶越过。

潘俊脚尖点地，快速地向身后退了几步，那怪虫扭动着庞大的身躯追赶而至，谁知刚走出几米，那怪虫忽然停了下来，它身下的地面开始微微颤动，接着一个小小的流沙陷阱如同是地面上忽然生出的一张嘴，以迅雷不及掩耳之势快速扩大，巨虫的身体瞬间坠入到了那流沙陷阱之中。

刚刚潘俊踢起的那块石头并非想击中巨虫，而是对着巨虫后面的那个流沙陷阱而去，那巨虫躲开之后，石头不偏不倚地正好落在陷阱的中央，而后潘俊轻轻向后退，尽量不产生振动，巨虫果然中计，扭动着身体追上来，一直潜伏在地下的蚁狮感觉到震动，立刻向震动的方向猛扑过来。潘俊知道此地不宜久留，趁着那些蚁狮正在吞噬着眼前的巨虫，匆忙从一旁轻轻走过。

转眼间已经离开数百米，那怪虫竟然发出如婴儿般的声声惨叫，虽然不知那怪虫的来历，但是让潘俊疑惑的是那些蚁狮的来历，此刻能操纵蚁狮的人除了冯万春之外，便是那些偷学虫术的日本人了，不过让他吃惊的是既然蚁狮会出现在这里，却全然没有半个日本人的踪迹。

不过此时他没有太多的时间多想，他迫切地想知道前面浓烟滚滚的村落之中究竟发生了什么事。想到这里他加快了步子。随着潘俊一步步地接近那个村子，空气中的火药味似乎越来越重，接着是穿着各异的村民，正拼命从前面的村子仓皇出逃。

潘俊随手拉住一个中年男人问道：“村子里发生了什么事？”

那中年男人一脸惊恐地说道：“日……日本人来了！”

潘俊心说不妙，日本人怎么会突袭这么一个不起眼的小村子呢，正在他思忖的时候，那男人挣脱潘俊的手，随着大批逃亡的村民沿着潘俊来时的路仓皇而去，潘俊本想警告他们那些藏在小路之上的蚁狮，然而此刻即便他说什么也不会有人相信了。

他心急如焚地向村子的方向奔去，刚到村口便听到一阵熟悉的笛声，潘俊知道这笛声是燕云的那只短笛发出来的，难道这些日本人发现了燕云一行人的踪迹这才包围了这里，潘俊不敢有丝毫怠慢，快步走进村子。

这是一个地道的自然村，村落不大，只有百十来户的样子。通往村子的那条街道上一地凌乱，满地的破衣烂衫，几只受了惊的鸡在街上乱叫，却分明听不到半点枪声，潘俊一面走心中一面疑惑。顺着那浓烟升腾起来的方向，潘俊一直走进村落正中，虽然村落不大却有一个不小的祠堂，在那祠堂的周围横七竖八地躺着几具穿着中山装的青年人的尸体，潘俊知道这些都是日本人，心下更加焦急。越是接近祠堂，空气中的火药味和血腥味便越重。当他来到祠堂门口的时候隐约看到三个人，未及他上前，只见一个女孩显然已经发现了自己，那女子惊讶地望着潘俊道："潘……潘哥哥！"

那人不是别人，正是欧阳燕云，她见到潘俊早已经忘乎所以，飞奔着向潘俊的方向跑来，一直停在潘俊面前，上下打量着他说道："潘哥哥，真的没想到会在这里遇到你，冯师傅不是说你会在天水等着我们吗？"

燕云的话让潘俊一时语塞，不知该如何和她说，而此时冯万春架着另外一个人也来到了潘俊面前，那个汉子显然受了重伤，走起路来一瘸一拐的，冯万春扶着他来到潘俊面前道："小子，终于见到你了！"

潘俊微微笑了笑，说道："冯师傅刚刚究竟发生了什么事情？"

冯万春叹了口气说道："这些日本狗的鼻子还真是够灵的，怎么和鬼一样阴魂不散，我们走到哪里他们就出现在哪里！"

"就是啊！"燕云附和着说道，"不过今天也算是杀了个痛快！"燕云说话之时眼睛始终望着潘俊，片刻之后，她似乎想起了什么，向潘俊身后望了望，欲言又止。

"只要大家没事就好，段姑娘和金龙在哪里？"潘俊见始终未看到段二娥和金龙，心下有些着急地说道。

"哦，你不用担心，我已经把他们两个安排好了！"冯万春道，他身边的那个大汉始终一言不发。潘俊打量那大汉一番，本想问个究竟，但唯恐日本人后面还有部队，于是便道："此地不宜久留，我们还是先离开这里再说吧！"

“好！”说完燕云轻轻地吹了一声口哨，只见两匹马从街口的方向奔出，直奔此处而来，燕云笑嘻嘻地说道，“潘哥哥，你的马呢？”

“马……”潘俊叹了口气说道，“在村口的时候掉进蚁狮的陷阱了！”

“啊？”燕云和冯万春二人听了这话心头都是一颤，心想这些日本人来得倒是真快啊。

“那这样吧，燕云你和潘俊骑一匹马。”然后冯万春瞥了一眼那受伤的汉子说道，“咱们两个骑一匹马！”

乔荣毫不客气地牵过马，冯万春的那匹马虽然称不上是马中极品，却也是一匹烈马，慢说是生人，即便是冯万春，那马如若是火气上来也颇难驯服。但见这中年男人左手拉住缰绳，右手抓住马鬃，冯万春站在一旁心想，这家伙一点也不讲道理，好心回来救他出去，谁知他不但不领情还一副大爷模样，便想看他笑话。

只见那男人抓住马鬃，那烈马右前蹄慌乱地挠着地面，低着头闷闷地打响鼻，口中不停地喘着粗气。男人虽然身上有伤，但毕竟是从小在马背上长大的人，翻身上马竟然毫无影响。更让冯万春诧异的是，这烈马对于这个陌生男人竟然毫不反抗。

乔荣骑上马之后，冯万春无奈地笑了笑说道：“马儿啊，马儿，你还真是不给你冯爷爷做脸！”说完之后，自己也翻身上马坐在男人的后面，轻轻在马背上一拍，那匹马嘶鸣一声，扬尘而去。

这倒是乐坏了燕云，潘俊坐在燕云的身后双手拉着缰绳，这是两个人第一次靠得如此之近，但燕云的心中始终有些忐忑难安，唯恐刚走出村子时淼淼便会出现在村口，她这样想着，潘俊骑着马带着她离开了村子。

进入村子之初，冯万春早已将金龙与段二娥二人藏在距离这村子十数里的树丛之中，唯恐遇到日本人会受人所制，因此进入那村子的时候只有燕云和冯万春二人。他们沿着刚刚的路线一直折返回来，片刻之后他们已到了那片树林。

冯万春翻身下马向密林深处走去，一路上燕云简要地向潘俊介绍了那个叫乔荣的男人，而潘俊的目光也始终没有离开乔荣。

乔荣见冯万春走进密林，一双浓眉猛然间缩成一团，他的目光盯着地面望得出神。而同时潘俊也注意到了地面上那杂乱无章的马蹄印，两个人几乎异口同声说道：“不好，有埋伏！”

声音刚落，只听那密林深处传来一声枪响，一群蛰伏在眼前这片密林深处的鸟扑棱着从林中飞腾出来，潘俊翻身下马，手中按着青丝一面向林中跑，一面说道：“燕云，你和乔兄等在这里！”

话毕人已经进入了林中，这是一片桦树林，地面上堆积着厚厚的树叶，踩上去深一脚浅一脚，软绵绵的如同踩在棉花上一样。潘俊进入林子在一棵树前站稳，静静地谛听着地面的动静，这段时间他早已谙熟土系驱虫师的八观之术，心里越是平静，耳朵便听得更远，在他周围有至少六个人，其中两个人的脚步沉重，气息微弱想必已经受了伤。

想到这里，潘俊按住手中的青丝，一步步小心翼翼地向前逼近，刚走出几步他便见地上有一摊殷红的血迹，在那血迹不远的地方一个穿着黑色外套的男人躺在地上，他的手指微微颤抖着。潘俊心下焦急，三步并作两步快步走上前去，谁知刚走了四五步，只听身后一个人喊道：“潘俊，小心！”

话音刚落，潘俊只觉得身体像是被什么东西吸住了一般，脚下的地面开始化作流沙，转眼之间那流沙已然没过膝盖，而伸手可及之处早已经被流沙吞没，根本毫无着手之地。潘俊目不转睛地望着眼前那片茂密的白桦林，白桦树上斑驳的痕迹此刻如同千万只虎视眈眈的眼睛。

在潘俊身后四五米处的地方，冯万春躲在一棵树后，身体半靠在树上，手中握着一把枪，左手低垂着，鲜血顺着手指点点滴滴地滴在地上，刚刚喊话那人便是冯万春。

正在此时，忽然潘俊的耳边传来了一阵马蹄声，与此同时那桦树林中也传来了阵阵惨叫，潘俊扭过头，只见燕云正骑着马从林子外面奔进来，快到潘俊身边的时候燕云身体向左边倾斜伸出一只手，潘俊会意地抓住燕云的手。

燕云咬着牙将潘俊从那陷阱中拉了出来，此刻潘俊脚下的鞋子已经破烂不堪，鲜血正从他的脚下缓缓流淌出来。这一连串的动作完成得异常连贯，潘俊还有些担心那些藏在周围的日本人会不会忽然放冷枪，而此时乔荣牵着马也从外面走了进来。

“潘哥哥，你没事吧？”燕云见潘俊双脚流血不禁担心地问道，潘俊摇了摇头敏锐地向四周望去。此时冯万春从那棵白桦树后面缓缓走了出来，一面走一面将手枪别在腰间，一直走到潘俊的身旁摇了摇头：“都死了！”

“什么？”潘俊疑惑地望着冯万春，“刚刚埋伏在密林中的那五个人全都死了！”

“刚刚……”潘俊想起刚刚传出来的那几声惨叫，一瘸一拐地向白桦林的深处走去，一股浓重的酸臭味冲进鼻孔，潘俊循着那气味的方向走去，只见一具血肉模糊的尸体倒在落叶之上，那尸体的肉已然化作了脓水，发出酸臭的味道。

而此时燕云和冯万春也在那陷阱的周围找到了几具尸体，四具尸体的情形大致相同，看上去都是在毫无防备的情况下被什么东西袭击了，燕云和冯万春几乎同时想到了什么，两个人面面相觑，异口同声说道：“蒙古死虫！”

燕云和冯万春都曾亲眼见过那蒙古死虫是如何恐怖，而眼前这些人分明是被蒙古死虫的毒液击中之后而死的。只是让二人疑惑不解的是，当初在镇子之中蒙古死虫差点要了二人性命，可此时此刻显然是这些蒙古死虫救了一行人的性命，这前前后后只有一天之隔，为什么会有如此的变化？

“蒙古死虫？”瞬间潘俊的脑海中似乎闪过什么。

“对！”冯万春肯定地说道，然后将昨天晚上所发生的事情简略地陈述了一番。

“冯师傅，你的意思是说日本人在你们到达之前，便已经埋伏在那个镇子里了？”潘俊此刻并不担心那蒙古死虫，反而最担心的是他们西行的路线已经泄露。

“这个……”冯万春皱着眉头沉吟片刻说道，“我还不敢确定，但是这里也算得上是人迹罕至了，如果那些日本人真的没有什么图谋的话，又如何会到这里来呢？”其实这一路上这个问题一直萦绕在冯万春的心头，“潘俊，这条路线还有谁知道？”

冯万春扭过头望着潘俊，只见潘俊脸色铁青，眉头紧锁，握紧的拳头青筋迸出，过了一会儿才缓过神来说道：“不管那些日本人是不是冲着咱们来的，或者路线是否真的泄露了，当下咱们最重要的事情是找到段姑娘还有金龙！”

“嗯！”燕云和冯万春都点了点头，但是这原本藏在密林深处的五个日本人都已经顷刻之间死于非命，连个活口都没有，究竟是谁劫走了段二娥和金龙还未可知，那寻找之事便更无从谈起了。

潘俊在这林子之中四下搜索着，希望能找到那些关于日本人行踪的蛛丝马迹，然而这林子太深，地面上堆积的树叶已经没过脚踝，竟然一点线索也没有。冯万春更是无比自责，如果他不折返那个村子的话，也不会发生这样的事情，想到这里，他攥紧拳头用力地砸在眼前的树上，大片大片的树叶扑簌簌地落了下来。

“唉，都是我老冯的错啊，中了小日本的奸计了！”冯万春颇为内疚地说道。

“放心吧，冯师傅，段姑娘不会有事的！”潘俊颇为自信地说道。

“哦？”冯万春疑惑地望着潘俊，只见潘俊一副胸有成竹的样子。

夕阳西下，飞霞满天，虽然此地距离黄河岸边已然有十几里之遥，但在这寂静的桦树林中依旧能听到那滔滔不绝的水流声。潘俊见夜已深，便带着一行人折返回之前的村子，此时村子之中早已经是人去屋空，浓烟大火也已经消弭殆尽，唯有那些惊魂甫定的公鸡依旧在街道上来回游走。

他们选了一户农家住下，那乔荣去街上抓了几只鸡，三下五除二收拾干净之后便借着农家的灶台烹煮了起来，半个时辰的工夫几只香喷喷的炖鸡端了上来，而潘俊等人却全无胃口。乔荣将那炖熟的鸡端给欧阳燕云，燕云亦是摆了摆手，难以下咽。

乔荣无奈地笑了笑，躲在一旁自顾自地吃了起来，冯万春一面抽着烟一面望着一旁不停咀嚼着鸡肉的乔荣，心中如有千万只蚂蚁在不停地啃噬着。

夜渐渐沉了下去，外面的螽斯开始不厌其烦地鸣叫着。月光如华，照在黑色的房子上，潘俊始终毫无睡意，披着衣服离开了房间，他径直走向门口，在院子中的一棵桃树下坐了下来，望着挂在天上的月亮，无数的思绪在心中翻腾着。

正在此时，燕云轻轻地推开房门，潘俊早已听出燕云的脚步声，依旧望着前方出神。

“潘哥哥！”燕云坐在潘俊一旁轻声说道。

潘俊微微点了点头，并未回答。

“时……”燕云咬了咬嘴唇，不知是否应该继续问下去，不过她向来肚子里装不下东西，于是鼓足了勇气说道，“时姑娘没有跟你一起回来吗？”

潘俊扭过头望着燕云，沉吟片刻长叹了一口气说道：“恐怕以后我们也不会再见到她了！”

“为什么？”燕云不禁拧紧了眉头，虽然她一向与时淼淼不睦，但是燕云始终是个心地单纯而简单的人。

“呵呵，这件事以后你就知道了！”潘俊站起身说道，“时候不早了，快点回去休息一下，明天我们还要继续去找段姑娘和金龙！”

“嗯！”燕云低下头皱着眉头，却始终不肯离开。潘俊有些好奇地扭过头，望着燕云说道：“怎么了？”

“这……”燕云想了想长出一口气说道，“潘哥哥，白天的时候我向你隐瞒了一件事！”

“什么事？”潘俊狐疑地望着欧阳燕云，燕云走到潘俊身边在他耳边细细地说了几句什么，虽然潘俊早已经猜到了几分，但是这话从燕云口中说出依旧让潘俊微微一颤。

“果然如此！”潘俊长长地叹了一口气说道。

正在此时，潘俊忽然听到了一阵狂乱的马蹄声，像是有一匹马正快速向这个方向而来，他对燕云做了一个噤声的手势，然后自己轻轻地向门口走去，一面走一面小心地扣住手中的青丝。

四 乱坟岗，隐秘遗百年

月光之下的青丝闪耀着一种骇人的幽蓝色的光，稍有常识的人便知这青丝上淬了毒药。金顺小心翼翼地将几枚青丝放在一个盒子之中，检查再三之后藏在自己的腰间。之后金顺又掏出一把枪，这是一把左轮手枪，虽然金顺从未用过，但心里却知道这东西的厉害。他将那把枪藏在自己的脚踝处。这一切停当之后，金顺看了看时间，已经是子夜时分，他轻轻地握紧了拳头，拿过桌子上的酒壶将内中的酒一饮而尽。

今晚他要见一个人，一个一直隐藏在暗处的神秘人物。许多年之前，金顺因为参与东陵盗宝，被师父金无偿砍断手指逐出师门，之后的一年光景，金顺便走上了一条不归路：盗墓。他掌握了金系驱虫师的独门绝学，自然对那墓穴之中的暗道机关了如指掌，因此盗墓对他来说实属手到擒来，不过金顺所盗之墓大多没有什么珍稀古玩，偶尔有两件值钱的物事便将其当掉，如果手头稍微阔绰，便会流连于京城大小赌坊或者去寻花问柳。

一个偶然的机会金顺发现了那个人，那天晚上金顺始终难以忘记，当天晚上金顺的手气背到家，无论是色盅抑或是牌九，屡赌屡败，刚刚掌灯，金顺摸了摸口袋，只剩下最后的几块大洋了，如果继续赌下去，恐怕今晚连嫖妓的钱也要输个精光了。想到这里他悻悻离开赌桌，准备去趟茅房之后转到八大胡同，谁知他刚进茅房便与一个穿着黑色斗篷的人撞了个满怀。

金顺本就是个侏儒，身材矮小，那人高大魁梧，这一撞之下竟然将金顺撞翻在地。那人似乎丝毫没有注意到金顺，依旧自顾自地向前走。金顺本来也不是一个善茬，再加上这一天下来手气极背，正准备找个人出出气，心道算你倒霉。金顺一骨碌从地上爬起来，小跑两步挡在那人前面说道："你丫瞎了是吗？走路不长眼睛，刚刚撞倒你金大爷了！"

那人停下脚步，黑漆漆的夜晚，那人头上戴着一个与斗篷连体的帽子，将整张脸都遮住了，他停顿片刻，似乎是在观察着眼前这人。

"你想怎么样？"那个人的声音像是直接从喉管中喷出来的一样，沙哑冰冷，金顺一双小眼睛左右滴溜乱转，心中揣测着眼前这个人的身份来路。

"你说该怎么办？"那人说话的语气已然将金顺镇住，此时他只想能从眼前这人的手中拿到些许银钱便好，谁知那人冷笑了一声，未等开口只听身后传来了一个熟悉的声音："您在这……"

金顺连忙扭过头，只见方儒德穿着一身西装，手中拄着一根文明棍，正站在自己的身后。这金顺一直以盗墓为生，早已被方儒德盯上，只是警察局多半办事不力，才使得金顺如此嚣张，此时见到方儒德竟然出现在此处，金顺唯恐方儒德会将自己抓进警局，二话不说撒腿便跑，匆忙离开赌坊，钻进后面的深巷之中，见身后始终没有人追赶，这才停下来不停地喘着粗气。

金顺暗骂今天的运气真是背到家了，赌牌手气不顺，这上个茅房都碰上方儒德，不过忽然一个疑问闪过他的脑海，方儒德那句"您在这……"的语气似乎极为谦卑，肯定不是冲着自己来的，既然不是自己，那就是冲着那个黑衣人说的，瞬间金顺做了一个大胆的决定。

金顺贴着墙，蹑手蹑脚地闪到了赌坊的后门，那后门是一条黑乎乎的小巷，在巷口停着一辆车，金顺立刻认出那辆车便是警察局局长方儒德的座驾。

他半弓着身子小心翼翼地摸到轿车驾驶室，然后缓缓地抬起头向内中望去，此刻驾驶室中空荡荡的，没有一个人。正在金顺琢磨的时候，隐约看见深巷中闪过一丝光亮，明明灭灭，他侧着身子向前探了探，隐约可以听到深巷中有人在对话。

金顺不敢再继续靠近，一直躲在轿车的后面，大概一刻钟的时候，金顺听到了一阵脚步声从深巷中传出，那声音是向着轿车的方向而来，金顺这才躲在一旁。不一会儿，方儒德走了出来，站在巷口若无其事地点上一根烟，左右张望了一下，见周围并无异动这才打开车门驱车离开。待方儒德离开后不久，那个黑衣人便也从深巷中走了出来，他走出巷口毫不迟疑地向城北的方向走去，虽然金顺未曾见到那个人的长相，但这人走路的背影让他备感熟悉，只是一时之间竟然忘记是在哪里见过。

金顺不敢跟踪那个黑衣人，自顾自悻悻地回到了城北乱坟岗中自己的住所。金顺生性好色好赌，债主满地，为了逃避赌债，他将城北乱坟岗中一处坟墓改成了一间地下住所，内中桌椅板凳、床榻用具应有尽有。

他躺在床上翻来覆去，无法安眠，那个黑衣人的背影不断在自己的脑海中徘徊，只是他却一直想不起来究竟是谁？就这样辗转了一夜，黑暗中金顺忽然想起一个人，这个人的背影在金顺的脑海中与那个黑衣人重叠在了一起。瞬间，一个危险的念头钻进了他的脑袋，从此之后便成了一个挥之不去的噩梦，那个人……那个人不是应该已经死了吗？怎么会忽然出现在北平城中？

金顺猛然从床上坐起来，他要去做一件事，证明自己猜测的事情是真的。想到这里金顺拿过一把短锹，这短锹只有一尺许，前端是一个卷曲的铁铲，后面是一个铁凿子。金顺将这短锹挂在腰间钻出地穴，他马不停蹄地向距离此处六七里的一处墓地奔去。

半个时辰之后，金顺的面前出现了几棵高大的雪松，在那雪松掩映之间隐约可以看到一座三层的墓穴，这墓穴是用雕花大理石砌成，青石浮雕做墙饰，内侧则用影壁装饰，地面均是青石板铺砌而成，而台阶用大理石饰边，颇显气派。

金顺见这墓穴的外形，便知这墓穴的构造必定是师父金无偿的手笔，身为金家大弟子的金顺若想打开这座墓穴简直是易如反掌，他知道这墓穴虽然看起来坚固无比，但师父往往会在那大理石石碑下面留下一道暗门，这暗门之后藏着极为厉害的机关，如果开启不慎，便会被里面存的大量浮沙吞没。金顺轻轻在那大理石石碑下面敲击几下，然后向一侧轻轻推动石碑，顷刻之间那石碑竟然向一边移动了一尺多远，恰恰容得下一人进入。

金顺咬了咬牙，心想，不入虎穴焉得虎子，之后金顺口中衔着那短锹钻入洞穴之中。虽然金无偿将这进入墓穴之内的密道设计得九曲十八弯，如同一个巨大的迷宫一般，一般人进入，即便不会触动里面的机关被流沙所吞噬，也会因为无法找到来时的路困死在其中。但正所谓日防夜防家贼难防，金顺对师父这一套早已经烂熟于心。小半个时辰金顺便来到了那中间的墓穴之中。

他从墓穴上方轻轻一跳进入这主墓室之中，忽然他觉得这墓穴似乎有些不大对劲，偌大的一个墓室竟然没有半点腐尸的味道，他连忙掏出身上的火折子，火光闪动金顺一阵惊愕，眼前这个有几丈宽的墓穴竟然如同一间卧室一般，内中无论床榻、桌椅，抑或字台、文房四宝应有尽有，只是此刻落满了蛛丝和灰尘，想必是多年无人居住。

金顺在这墓室中环顾一圈，更加坚信了自己的猜测，没错，他今晚所见的那个人一定是这墓穴的主人，他明明尚在人间为何要谎称自己已死。自从那时候开始，金顺便开始暗中监视起了方儒德的一举一动，渐渐地他发现方儒德总是与那个神秘的黑衣人暗中见面。

这个发现让金顺更加兴奋了，他早就听闻这驱虫师家族与一个重大的秘密有关，如果那个人诈死应该只有一个原因，那就是他在暗中调查那个秘密。而那方儒德就该是他的一枚棋子。可是要如何接近那个人却让金顺犯难了，终于皇天不负有心人，就在他不得要领之际，他终于发现方儒德竟然悄悄地进入了炮局监狱，金顺一路跟踪而去，当方儒德回来之时，便将一件物事放在了巷口，金顺见四下无人便将那件物事偷偷地藏了起来，他知道这东西一定是方儒德要交给那个神秘人的。

书归前传，金顺和方儒德在松井赤木走后起了冲突，金顺放了两枪之后方儒德连忙摸了摸自己的身上，见并未受伤这才放下心来，但当他看到金顺手中的物事不禁一惊道：“这……这东西你是怎么得到的？”

金顺笑眯眯地说道：“呵呵，这个你不用管，你只要帮我传个话，这东西在我手里，如果想要拿回去的话就让他当面和我谈谈条件！”

“金顺，你……你这是找死！”方儒德愤愤地说道。

“呵呵，我比你更了解他！”金顺说着将那物事揣在怀里，将枪上的几颗子弹卸下来接着将空枪丢给方儒德说道，“今夜子时，东交民巷四十八号！迟了……”金顺笑了笑说道，“我就毁了这东西，大家谁也别想得到！”他拍了拍自己的胸口说道。

金顺想到这里大口喝了一口酒，看光景此时已经接近子时，可是耳边尚无半点动静。他有些按捺不住内心的激动，他虽然知道那个黑衣人的身份，但是却不知道即将面对的这个人究竟会如何处置自己，自己会不会顷刻之间一命呜呼。

此刻他内心矛盾极了，一面希望能尽快见到那个人，而一面却唯恐那个人出现。越想他越焦躁不安，看看时间已经过了子时，而耳边却丝毫没有半点动静，金顺感到有些不对劲，本来他便是个多疑的人，起身刚要离去，谁知正在此时那房门发出“吱呀”一声，被人缓缓地推开了。

潘俊轻轻将门拉开一道缝隙向外望，耳边的马蹄声越来越近，在进入这个村子之后那马反而不再狂奔，似乎是在这条街上寻找着什么，那匹马渐渐地向潘俊所住的宅子靠近，潘俊见那马背上竟然是一个女子和一个孩子，不禁喜上眉梢。

“段姑娘……”潘俊一面喊着，一面将门打开，那马背上的女子听到潘俊的声音，立刻轻轻地夹了一下马背向这个方向奔来。

“潘俊哥哥！”段二娥此刻遇见潘俊颇感意外，因为在冯万春离开之时并未见到潘俊。燕云连忙跟着走了上来说道：“段姑娘，你去了哪里？我们大家都在担心你和金龙！”

“我……”段二娥望了一眼潘俊，又扭过头看着欧阳燕云始终拧着眉头，正在这时一直坐在段二娥怀里的金龙忽然说道：“我们见到燕鹰哥哥了！”

“燕鹰？”燕云听到燕鹰的名字身体微微一颤，自从在安阳潘家旧宅的后山上姐弟两人一场恶战之后，燕云便再也没有见到过燕鹰，这两姐弟从小相依为命，为了寻找家族秘宝和母亲的下落，不远万里远赴中原，谁知此刻却天各一方。燕云想起不免有些心痛，沉默片刻抬起头说道，“他现在在哪里？”

“他……”段二娥有些为难地说道，“已经离开了！”

“离开了？”燕云抓着段二娥的手说道，“知不知道他去了哪里？”

段二娥摇了摇头，说道：“不知道，他好像听到从北平传来的什么消息，便急匆匆地带着一群日本人离开了！”

“他现在还和那些日本人在一起？”燕云简直不敢相信自己的耳朵，“难道他忘记了爷爷就是死在那群日本人的手里吗？段姑娘你告诉我燕鹰向哪个方向去了！”燕云紧紧地握着段二娥那匹马的缰绳狠狠地说道。

“出了什么事？”说话间冯万春正披着衣服一面向外走，一面大声地询问道，走到门口见段二娥与金龙已经回来，不禁眉开眼笑道，“哈哈，你们是什么时候回来的？怎么还站在外面？快点进来！”

“冯爷爷！”金龙见到冯万春自是开心无比。冯万春上前将金龙从马上抱下来，捏捏他的小脸，一面抱着金龙向里走一面说道：“你小子到哪里玩去了，让你冯爷爷我担心啊！”

“段姑娘，进去吧！”潘俊拉过被燕云紧紧握着的缰绳说道，“咱们进去说！”

段二娥点了点头，瞥了燕云一眼，只见燕云此时早已火冒三丈，紧紧地握着拳头。段二娥从马上下来之后随着潘俊走入院中，潘俊将那马拴在马厩中，才缓缓回到屋子之中。

刚一跨入屋子，便觉屋子内的空气极为压抑，冯万春怀中抱着金龙，金龙在冯万春的耳边小声地耳语着，不时发出阵阵笑声。而燕云和段二娥分坐在土炕的两端，段二娥如同犯了什么错一样，低垂着头不时抬起头望一眼燕云，而燕云始终怒火难消，拳头紧紧地攥着。

“好了，段姑娘你详细说说今天的情形吧！”潘俊坐在旁边的椅子上说道。

“嗯！”段二娥点了点头。

原来前面镇子的那些日本人便是燕鹰派去埋伏下来的，不知燕鹰如何得知他们会走这条路线。本来准备在那里将几个人一并擒获，谁知天有不测风云，就在他们估算燕云他们将至的那天晚上，村子之中忽然冒出几只怪异的虫子，那些虫子比皮猴要凶猛得多，顷刻之间，燕鹰派去埋伏的日本驱虫师便损失殆尽。仓皇逃出者回到距离此处十数里的岗楼，将所发生的一切告知燕鹰，燕鹰连夜来到那个镇中，但见镇子里全部是自己派去的人的尸体，并未发现潘俊一行人，于是便顺路悄悄追赶。

在冯万春等人在此处落脚之时，燕鹰早已经派人潜入村中，只是燕鹰知道这一行人中除了段二娥与金龙之外全部身怀绝技，自己手下这一干人等恐怕难以应对，这才想出了这个调虎离山的计策来。他深知潘俊的为人，一旦后面的村庄发生变故，必定会前去救援，那么他便有了可乘之机。因此他带着另外一群人，始终躲藏在这片桦树林深处静待时机，果不其然，冯万春和燕云见那村庄起火便驱马去救，燕鹰趁着这个机会将段二娥和金龙劫走。

“可是后来燕鹰为什么会放你们回来呢？”冯万春疑惑地问道，忽然冯万春似乎是想到了什么，一下子从椅子上站了起来说道，“段丫头，燕鹰那兔崽子不会尾随你追到这里来吧？”

段二娥皱了皱眉头，未等开口便听到院门传来“吱呀”一声，冯万春手疾眼快连忙将一旁的煤油灯熄灭，屋子里一下子变得黑洞洞的。燕云趴在窗前，将窗户捅开一个小眼向外张望，只见外面明晃晃的月亮之下，院门已经被推开了，只是门口却全然没有半个人影。

屋子里死一般的寂静，只有隔壁的房间中传来乔荣的阵阵鼾声。

过了片刻，忽然见一个黑影如同醉汉，从门外一侧晃晃悠悠地向内中走来，刚走出三四步，便重重地摔在了地上，良久不见有丝毫动静，屋子中的人看得清楚，静待片刻，潘俊轻声说道："你们在屋子里稍等片刻，我出去看看！"

"潘哥哥，我也要和你一起去！"燕云说完不等潘俊拒绝，便跟着潘俊向门外走去。

轻轻地推开房门，月光很亮，潘俊的眼睛一时之间还有些适应不过来，待他双眼完全适应了外面的光线之后，发现那个人此时正趴在距离自己有一两丈远的地方，一摊黑乎乎的液体从他前面的台阶流淌下来，潘俊心知不妙，三步并作两步走上去，一股淡淡的血腥味冲入潘俊的鼻孔。

潘俊伸出手按在他的脖子上，谁知正在此时那人忽然一下转过身来，潘俊一惊，未及向后退便被那人死死地掐住胳膊，力道大得指甲已经切入肌肤，而此前一直跟在潘俊身边的燕云看见那人的脸，不禁"啊"的一声尖叫，燕云从小便与皮猴为伍，慢说是女子，即便是一般的男子也不如她胆大，可还是被眼前这人的那张脸惊住了。

而潘俊此时也发现，眼前这人的脸像是被人硬生生剥去了一般，裸露在外的白骨和血丝密布在脸上，一只眼球已经不知所终，仅剩下的一只眼睛斜斜地望着眼前的人。他双手紧紧地抓着潘俊的胳膊，被凝固的血液黏住的嘴唇一直在微微颤抖，似乎要说什么，却又说不出口。

"你……"潘俊弓下身子一面上下打量着眼前这个怪人，一面问道，"你想说什么吗？"

只见那人似乎极为费力，胸脯快速地上下起伏着，看样子是想说什么，只是苦于难以张开那张被凝血粘住的嘴唇。忽然他颈部绷得紧紧的，脖颈青筋迸出，嘴唇终于分开了："走！"这声音极为粗重，是从喉管硬生生喷出来的，而这一声吼像是用尽了他所有的力气，吼完之后，这人胸脯起伏了两下，便不再动了。

"潘哥哥，他……他是日本人？"燕云刚刚一直在打量着眼前这人的衣着，发现他身上所穿的，与之前见到的那些会驱虫的日本人毫无二致。

潘俊点了点头，用力将扣着自己胳膊的手臂掰开说道："如果我所料不错的话，尾随段姑娘而来的日本人应该不止他一个！"说完潘俊沉吟片刻说道，"你留在这里和冯师傅保护段二娥和金龙，我出去看看！"

"潘哥哥，你小心点！"燕云话音刚落潘俊已经走出了大门。

这是个只有数十户人家的村落，一条小路纵贯南北，西面距离黄河十数里，而东面则是绵亘的大山。月光之下，潘俊顺着贯穿整个村子的小路向北面的那片桦树林而去，刚走出百十步，伴随着一股恶心的臭味，潘俊远远地望见前面横竖躺着三四具尸体，那些人似乎全是在毫无防备之下瞬间毙命，而尸体极为恐怖，胳膊或是大腿上的肉被硬生生撕掉，露出白森森的骨头。潘俊拂袖掩面，遮蔽住那难闻的气味，脚上的步子加快了许多，这些尸体与白天死在桦树林中的那些尸体几乎一模一样，应该都是那蒙古死亡之虫所为。

他又走出数百步，在接近村口的地方发现了不下十具日本驱虫师的尸体，这些人的服饰几乎一模一样。潘俊警惕地弓下身子，地面上的血迹尚未凝固，恐怕那蒙古死亡之虫尚未走远，上一次侥幸从那怪虫面前脱险，如果此刻那凶猛怪虫再次出现的话，恐怕自己也很难抵挡。

正在此时潘俊的耳边传来了一阵脚步声，那声音是从村子里传来的。

"潘哥哥，怎么样？"燕云一面向前跑一面喊道，方才她回到屋中告诉冯万春院子内所发生的事情之后，心中却始终担心潘俊的安危，于是又跑了出来，只见潘俊一头雾水地摇了摇头说道："全死了！"

"一个活口也没有？"燕云本想可以抓到一个半个日本人，然后能从日本人的口中得知弟弟燕鹰的下落，此刻多少有些失落。

潘俊点了点头，望着眼前的那些被蒙古死亡之虫所杀的日本人，心中的疑惑一点点蔓延开来。

屋子里一直漆黑一片，段二娥抱着金龙靠在墙边酣然入梦，一直坐在门口的燕云此刻也已经睡熟了。潘俊坐在燕云身边，一个多月的时间，身边发生了太多的变化，看着自己长大的潘璞竟然顷刻之间背叛了自己，本以为自己对驱虫师家族了若指掌，转眼间发现自己对它是如此陌生，还有那神秘莫测的时淼淼！

时淼淼，瞬间一张惊艳绝伦的脸出现在潘俊的脑海里，她含着泪坐在自己的面前，泪珠倒映着眼前的篝火，这是她有生以来第一次彻底摘掉挂在脸上的人皮面具，与想象中的一样，面具下面的那张脸比那人皮面具还要惊艳动人，她微微地笑了笑，一颗硕大的泪珠从眼角滚落。

你相信我吗？潘俊脑海里一直回荡着时淼淼的这句话。

一时间，潘俊竟然不知该如何作答，或者是他根本忘记了自己是如何回答的，因为此前和此后的事情，像是被硬生生地从潘俊的记忆中抹除了一般。这段时间潘俊一直在竭力回想着那些事情，然而最后只能让自己头痛难耐。

“潘俊！”

潘俊的身体猛然一颤，他扭过头只见冯万春正站在自己身旁，冯万春轻轻地拍了拍潘俊的肩膀示意他跟着自己出来。

潘俊点了点头，望了一眼炕上熟睡的三个人并未醒来，于是跟随冯万春走了出去。

此时已经是三更天了，外面月朗星稀，可能是因为身边群山缭绕的关系，月亮显得格外地大，清冷的月光照在脚下这片神秘的大地上。冯万春已经将门口的那具尸体处理掉了，两个人走出大门，冯万春蹲坐在门口掏出一根烟点上，看了一眼潘俊说道：“小子，那天晚上之后究竟发生了什么事？”

潘俊抬起头望着天上的满月，长叹了一口气说道：“实不相瞒，不知为什么那晚自从我追着时淼淼离开之后所发生的事情像是……”潘俊眉头紧锁地说道。

“像是被人抹去了一样对吗？”冯万春像是已经意料到了潘俊要说什么一般，幽幽地吸着烟说道。

“嗯！”潘俊诧异地望着冯万春，正准备发问，只见冯万春摆了摆手说道：“我曾经有过和你类似的经历，当我醒来的时候，一个月所发生的事情几乎全然不记得了！”

“是啊！”潘俊若有所思地说道，“当我醒来的时候发现自己已经离开了河南，躺在一家客栈之中，而时姑娘却早已经没了踪迹！”

“原来是这样！”冯万春的手上掐着一根烟若有所思地说道，“还有一件事你有没有发现有些奇怪，昨天下午，桦树林中的那群日本人莫名其妙地死在蒙古死亡之虫的手中，而今天晚上那些尾随段丫头来的日本人，也是死在蒙古死虫的手下，似乎有人在暗中帮着咱们！”

“嗯，我刚刚也在想这个问题！”潘俊坐在冯万春身旁说道，“其实关于这蒙古死亡之虫的来历，我还是略知一二的，只是今天下午碍于乔荣的身份没有细说！”

“哦？”冯万春叼着烟盯着潘俊。

“其实这火系驱虫师家族在数百年前便形成了几个分支，其中以新疆的欧阳家族与远走扶桑的松井家族最为强盛，因此火系家族的秘宝一直由这两支家族的人轮流保管。因此大多时候大家只是知道火系家族只有这两个分支，实际上还有另外一个分支，那就是远走漠北的那个火系驱虫师家族！”潘俊如数家珍般地说道。

“火系驱虫师的第三个分支？”冯万春听得出神，完全忘记了嘴上那根未点燃的烟。

“对，据说这火系家族的第三个分支远走之时只有十数人，虽然他们人丁不甚兴旺，却各个身怀绝技，而且与两大分支不一样的是，他们可以控制另外一种更为神秘的虫，那便是蒙古死亡之虫。因为这种虫凶残无比，因此当年火系驱虫师的两大家族曾联合围剿过第三个分支，那支人为了躲避追杀只能远走漠北，那十数人也死的死，亡的亡，经年杳无音信，渐渐销声匿迹了百余年！”潘俊说完长叹了一口气说道，“本以为这一支人早已不存在了，谁知却偏偏在此处遇见了！”

“原来火系家族还有这么一段不为人知的历史！”

“是啊，关于蒙古死虫，我也是在一本古书之中看到了只言片语的介绍，却从未曾想过那怪异的虫竟然会真的存在！”潘俊长叹了一口气说道，“如果不是亲眼所见的话，确实难以相信这种虫会真的存在。”

潘俊说完两个人都陷入到了深深的沉默之中，还是冯万春首先打破了沉默，他吸了一口烟，烟头闪动了一下说道：“潘俊，其实我一直想问你个问题！”

“什么问题，冯师傅请讲！”潘俊淡淡地说道。

“我想此次我们去新疆，应该不仅仅是寻找人草师那么简单吧！”这个问题一直在困扰着冯万春，他是个粗中有细的人，虽然表面上豪气云天，但心中对于一些细枝末节也颇为注意，“而且在我们离开安阳的时候来的那辆马车，里面究竟是什么人？”

潘俊站起身来说道：“其实最早去新疆确实是为了寻找人草师，不过……”潘俊凝望着眼前当空的皓月，目光中的东西在不停地晃动着，顷刻之间似乎回到了他们离开安阳城的那个夜晚。

一行人跟随着老者离开了安阳城，安阳城外十数里的地方缓缓驶来一辆马车，潘俊坐进马车。这马车很大，长宽都有两三米的样子，门帘落下之后内中黑洞洞的，忽然一只手抓住了潘俊，潘俊一惊，那人已然凑到潘俊的耳边低声说道：“潘爷，还记得我吗？”

潘俊觉得这个声音非常熟悉，猛然想起北平裕通当的东家爱新觉罗·庚年，不过让潘俊意想不到的是这个满族后裔如何会忽然来到此处。

“庚年兄，你怎么会忽然来到安阳？”潘俊疑惑地问道。

“潘爷，其实这么多年，生活在北平城中的我一直在秘密调查一件事！”庚年神神秘秘地说道，“在北平炮局监狱的密室之中一直秘密关押着两个人，这两个人是关东军司令部亲自下令秘密看守的，而据我所知，这两个人与驱虫师家族有着极为密切的关联！”

“哦？”潘俊有些诧异地望着暗处的庚年。

“日本人将两个人关在一个用水泥浇筑而成的地下密室中，对外几乎可以说是密不透风！”庚年长出一口气说道，“不过这世上没有不透风的墙，据我所知这两个人都是几十年前在新疆被日本人抓到的！”

“新疆？”潘俊的心里在思忖着什么。

“对，新疆，据我所知，日本人很早便开始秘密在新疆活动，我想他们的目的一定是与驱虫师的秘密有关！”庚年说完掏出一封信递给潘俊说道，“潘爷，这里有我的一封亲笔信，如果您到了天水的话，烦劳您转交给天水城薛贵！”

“好！”潘俊接过那封信小心地揣进怀里，正欲离去，却被庚年一把拉住，潘俊一怔，只见庚年走上前来在他耳边轻轻低语了几声，潘俊心头一惊道，“这是真的？”

“十之八九！”庚年虽然不敢说死，但分明并非空穴来风。

“潘爷此去新疆，一路之上必然是艰险重重，您一路保重！”庚年拱手道。

“多谢！”说完，潘俊撩开车帘跳下车，与冯万春一干人望着车子缓缓远去。

潘俊将那天所经历之事俱陈于冯万春，冯万春一直紧锁的眉头渐渐舒展开来道：“我说你当初为何交代在天水城中见面，原来内中还有这番缘由！”

“是啊！”潘俊站起身来说道，“再有两天也该到天水了！”

潘俊的话音刚落，只听耳边传来了一阵马蹄声，那马蹄声是从这个院子的后门传来的，潘俊心说不好，与冯万春对视一眼，二人几乎同时向院子之中奔去。

皓月当空，万籁俱寂，这北平城摆脱了一天的喧嚣，终于陷入了深深的平静，只有树上的螽斯依旧不厌其烦地鸣叫不停，树下的那所隐秘在东交民巷区的小宅子的门，被缓缓推开。金顺立时将屋内的灯熄灭，然后轻声小跑至门口，贴着门缝向外望去，只见一个穿着黑色斗篷的人出现在门口，他在门前站了一刻之后，缓缓向内中走来。

金顺紧张地看着那个人，一直按着青丝盒子的手心早已被汗水打湿。眼前那人迈着四方步，低低的帽檐遮蔽了几乎整张脸，他走到门口却停了下来长出一口气说道：“既然约我来就不要再躲在门后了，世侄！”

那男人的语气铿锵有力，中气十足。

金顺慌忙将门拉开，满脸堆笑地说道："世伯，世伯，原来真的是您啊！"金顺恭敬地作揖道，他的话音未落，只见眼前的黑衣人将手伸进金顺的衣服中，轻巧地将那青丝的盒子一把拿了出来，鼻孔中轻声哼了一声之后，向眼前的厅堂走去。

刚刚那一下已经将金顺吓得冷汗直流，谄媚的笑容一直挂在脸上，待那黑衣人坐定之后，金顺才缓过神来，笑着走到那黑衣人前面，掏出火折子将蜡烛点上，却被那黑衣人拦住，他凝望着金顺说道："还有第二个人知道关于我的事情吗？"

金顺一愣，将那火折子收起来，笑着说道："这般机密之事我怎么可能告诉第二个人呢！"

"呵呵！"男人冷笑了两声说道，"没有别人知道就好！东西在哪里？"

"嘿嘿！"金顺拿起茶壶倒了一杯水，端到那黑衣人面前说道，"世伯何必这么着急呢？您先喝杯茶！"说完他双手将茶杯擎到黑衣人面前。黑衣人斜着眼冷冷地望了金顺一眼，一抬手将那茶杯掀翻在地，站起身来说道："现在把那东西给我！"

"嘿嘿！"金顺依旧是那副死皮赖脸的模样说道，"世伯，如果我现在立时就把那东西交给您的话，恐怕我的小命也就不保了！"金顺此前一直在思忖着那东西究竟是什么，只是百思不得其解，不过当他将那东西拿出来的时候，从方儒德的表情中已经读懂了，那东西似乎至关重要，而现在那东西就是自己的护身符，一旦旁落，恐怕自己根本走不出这个屋子。因此在来的时候，金顺早已经将那东西藏在了一个秘密的地方。

"哼！"男人一把锁住金顺的咽喉，金顺条件反射般用双手扣住黑衣人的手臂，黑衣人手上的力道一点点加大，金顺原本一直挂在脸上的笑容早已经荡然无存了，圆瞪着一双小眼睛，脸色铁青地盯着眼前的这个黑衣人，"东西在什么地方？"

"我……我……"金顺挣扎着，只是碍于喉咙已经被卡死，根本说不出话来，眼看着金顺的眼白开始上翻，这时黑衣人才松开手，金顺连忙双手护住脖子，向后退了几步，弓着身子一面不停咳嗽着，一面拼命摆着手说道，“世伯，世伯……我……我带你去取那东西。”

“东西在什么地方？”黑衣人冷笑了一声问道。

金顺咳嗽半晌，总算是缓了过来，他直起身来说道：“东西在燕凤楼我姘头那里！”

“现在带我去取！”黑衣人语气冰冷地说道。

“好，好，好！”金顺脸上再无笑意，点头如捣蒜。

“呵呵，你最好不要耍什么花样！”黑衣人说着已经走在了前面，金顺低着头跟在黑衣人的身后，此刻他开始后悔当初，自己到底是哪根神经搭错了竟去惹他。

出了门，一辆黑色的轿车停在外面，黑衣人钻进轿车，金顺立刻便认出那轿车是方儒德的座驾，他跟随那黑衣人坐在车上，只见方儒德正笑眯眯地坐在驾驶座上。

“开车！”男人冷冷命令道。

方儒德连忙发动车子，他扭过头低声说道：“师父，咱们去哪里？”

黑衣人扭过头瞥了一眼金顺，金顺立刻会意地说道：“陕西巷！”

“呵呵！”方儒德轻蔑地笑了笑说道，“没想到就你这货也敢去陕西巷！”这陕西巷从乾隆年间开始便是头等的清吟小班，这清吟小班不仅仅做皮肉生意，还陪客人宴饮、抚琴弹唱、弄曲填词，出入者大多是达官显贵，社会名流，方儒德万没想到如金顺这般下九流竟然也会到陕西巷去。

金顺满心不服气，但碍于眼前那黑衣人，也只是敢怒不敢言。车子缓缓驶离东交民巷，向南城大栅栏驶去，这陕西巷属于八大胡同之一，是一条南北胡同，南起珠市口西大街，北至铁树斜街，此时虽然已经接近三更时分，然而刚进入陕西巷，便感到与当下时局完全不同的歌舞升平。

形形色色穿着各异的人，穿梭往来于这条不夜街，这燕凤楼位于陕西巷中段，为不引起别人注意，黑衣人让方儒德将车子停靠在珠市口西大街，然后伸手从袖口拿出一件物事在金顺的手腕上轻轻一扎，金顺吃痛猛然一惊，只见那黑衣人幽幽地说道：“你最好不要和我耍花样，否则小心你的小命……”

金顺连连点头，他心想即便不耍花样，自己的小命恐怕此刻也已经是在旦夕之间了。黑衣人让方儒德陪同金顺去燕凤楼中取那件物事，自己则坐在车里。方儒德连连点头，关上车门跟随着金顺沿着这陕西巷的胡同向里面走去。

“我说金顺，你小子这次可玩大了！”方儒德一面向前走，一面不忘挖苦金顺几句。金顺全然没有理会方儒德，而是自顾自地在心中盘算着自己何去何从，这方儒德虽说是警察局局长，但是并没有什么大本事，想要从他手里逃走简直易如反掌，不过刚刚那黑衣人给金顺下的这一针却极为致命，如果七日之内不能得到解药的话，恐怕自己真的会一命呜呼。

但是如果将那物事交给了黑衣人，恐怕自己尚且活不过今日，金顺一面盘算一面走进了燕凤楼。这燕凤楼一共四层，外面挂着几盏灯笼，门口站着几个穿红戴绿的姑娘，进入内中却又是另一种天地，里面莺莺雀雀，虽然已经是三更天，但却依旧丝竹声不绝于耳。

刚一进来老鸨便迎了上来：“哎哟，金爷您今天怎么有空到这儿来了！”

金顺脸色铁青，脖子上紫红色的抓痕清晰可见：“妈妈，帮我把小月仙叫来！”

那老鸨一脸抱歉地说道：“金爷，今晚恐怕不成，小月仙那里有客了！”

“什么？”金顺这一肚子无名业火正愁无处发泄，此时一听立时跳了起来，“我告诉你老鸨子，今天我就要小月仙出来陪我，要是晚了一时半刻，老子怒了烧了你这鸡窝。”

“嘿嘿！”老鸨冷笑了两声说道，“你还真是敬酒不吃吃罚酒，我敬着你叫你一声金爷，你还真把自己当成爷了，给那两个子儿，就妄想着把我们小月仙给包养了去？你也不撒泡尿照照你那副德行！”

老鸨的话一出口，只见金顺随手拿过一个茶碗便向老鸨的脑袋砸去。这老鸨毫无防备，根本没想到这金顺会忽然出手，那茶碗不偏不倚正好砸在老鸨的头上，老鸨“哇”的一声，鲜血便从头顶淌了下来，老鸨哪里肯罢休，扯着嗓子喊道："六子，有人闹事！"

声音刚落，只见几个彪形大汉，上身赤裸，从里面蹿了出来，站在门口便道："哪个活得腻歪了来这里撒野？"

老鸨额头上淌下来的血早已经将眼睛遮住，只能眯着眼睛模糊地指着站在一旁的金顺和方儒德道："那个……那个！"

而金顺也顺着老鸨所指的方向指了指站在自己身后的方儒德，那些彪形大汉见二人所指的都是方儒德，几个彪形大汉便向方儒德扑来。方儒德连忙解释，但这些大汉哪里听得那么许多，管他三七二十一，几个人一起上前，方儒德一下子便被按倒在地，拳头如雨点般落在身上，嘴里也只能哎呀呀乱叫不停。

几个好事之人很快聚拢了过来，将这几个人团团围在中间，而金顺则趁着此时从人群中溜了出去，悄悄摸上楼去。他与那小月仙素来交好，这小月仙出身卑微，几岁便被卖到这燕凤楼中，但这老鸨眼光独到，一看小月仙便是个美人坯子，于是多加调教，颇费心力，年方二八不但出落得清水芙蓉，而且精通琴棋书画、笙管丝弦，且略通诗词，更难得的是做得一手好菜。只是人在风尘之中，恩客虽多，真心之人却有几个？这金顺虽然长得其貌不扬，却对小月仙颇为真心，两人交情极厚。

此次，金顺心知那人必不是善类，于是便留了一手，将那物事拜托小月仙保管，临行之前再三叮嘱，此物关乎个人身家性命，千万保护好。

小月仙所住之处在燕凤楼的第三层转角一间，金顺来到门口向楼下张望，只见几个大汉早已经将方儒德打得不省人事，此刻正将人向外抬，金顺不禁心中得意。将耳朵贴在小月仙门上侧耳倾听，里面全无声息，想必已然睡熟。金顺轻轻地在门上叩了两下，小声说道："小月仙……小月仙……"

两声之后，见始终无人应答便在门上一推，谁知那门竟然是虚掩着的，他这一推力道不小，不妨竟扑到了里面，谁知刚一扑倒，手上便抓到一件肉乎乎的物事，金顺心头一惊，连滚带爬地站起来，借着外面的灯光，金顺见那小月仙此刻正倒在地上，他警觉地将手凑到小月仙的鼻孔前，发现尚有呼吸，这才总算是松了一口气。

金顺用力掐住小月仙的人中，片刻之后小月仙苏醒过来，刚一睁眼，便猛然挥起手照着金顺的脸便是一记耳光，金顺来不及躲闪正好打在脸上。

“你做什么？”金顺小声喊道，小月仙见打错了人连忙说道：“快，快追，刚刚有人把你交给我的东西拿走了！”

“啊？”金顺惊呼道，“这是什么时候的事情？那个人长什么样？”

小月仙轻轻地揉着脑袋说道：“是一个女子，虽然她是女扮男装，不过刚进来我便看出她分明是个女人！”

“女人？”金顺一面扶着小月仙站起来，一面在脑海中快速回忆着这个词，女人，那个女人究竟是谁？怎么会知道自己将那物事藏在小月仙这里了呢？

正在此时楼下又传来一阵嘈杂的声音，金顺警觉地向门口奔去，老鸨正在一面捂着脸，一面给方儒德道歉，数落着几个莽撞的汉子。

“老鸨子！”方儒德此刻衣服被撕扯得破破烂烂，脸上青一块紫一块，架在鼻梁上的眼镜一块镜片早已碎了，嘴角还溢着血，“金顺的姘头住在哪个房间？”

“方局长，都怪我老婆子有眼不识泰山！”说着老鸨象征性地在脸上打了一下，方儒德此时毫无心思与这老鸨纠缠，大声吼道：“我他妈的问你金顺的姘头住在哪间屋子？”

“哦，哦，三楼拐角第一间！”老鸨捂着额头上的伤口指着楼梯说道，方儒德对面前几个大汉吼道：“你们几个今天晚上要是把金顺给我放跑了，明天我就把你们扔进号子里喂老鼠！”

几个大汉一听竟一起向楼上冲来，金顺见形势不妙，连忙后退几步，关上房门扭过头对小月仙说道：“月仙姐姐，我要离开几日！”没等小月仙明白过来，金顺已经奔到窗口，打开窗子，从袖口掏出一件物事，轻轻一按，从内中弹出几根钢针牢牢地钉在窗棂上，金顺捏着手中物事毫不犹豫地跳了下去。

待到那群大汉破门而入之时，金顺早已经消失得无影无踪了，窗棂上只有几根钢丝细线。方儒德望着空荡荡的楼下，不禁狠狠地砸了一下窗子，转身离开了燕风楼。

金顺离开燕风楼之后便从胡同的另一头离开了陕西巷，他唯恐方儒德会找上门来，因此根本不敢回家，而是偷偷溜到北平城南的一家鸡毛店中。这家鸡毛店与京城中其他的鸡毛店有所不同，因为金顺知道，这世界上如果还有谁能知道自己行踪的话，那么只有一个人，便是这鸡毛店的主人，人称“马蛇子”的马爷！

金顺钻进那家鸡毛店之后，径直走进了一个房间，这鸡毛店平日虽然客来如潮，大多房间都人满为患，然而熟络的客人都知道一个规矩，无论如何也不会走进那个房间。

小二出去之后，金顺将房门虚掩上，自己坐在桌子前轻轻撩开袖口，手腕的地方有一个小小的红点，那是在车上被那黑衣人留下的，虽然他不知道那究竟是什么毒，但是心里却清楚，如果拿不到黑衣人的解药，自己必定会在七天之内暴亡。现在他唯一能做的就是找到拿走那件神秘物事的女人，夺回那件东西，只有这样，自己才有资本与那黑衣人谈条件，说不定还能捡回一条命来。

金顺倒了一杯茶猛然喝了一口，不禁全部吐了出来，这茶俗称高碎，实际上便是茶叶末。不仅奇苦无比，还有股子怪里怪气的味道，金顺气由心生，刚要叫骂，谁知那门被缓缓地推开了，金顺手中紧握着杯子盯着门口，一会儿工夫，一个人出现在了金顺面前，金顺一惊向后退了一步，却不小心一脚踩空，整个人瞬间跌倒在地，却不知怎的就昏迷了过去。

五 雾漫山，萤火虫之惑

潘俊与冯万春两人追出后门，只见一个黑影已经消失在了视线之中，二人对视了一下，立刻回到屋子之中，只见此时段二娥抱着金龙正在熟睡，而燕云却不知所终。潘俊长叹了一口气，其实他早应该想到，燕云得知自己的弟弟燕鹰近在咫尺，而且直到现在还在为日本人卖命，以燕云的脾气是一定会去找燕鹰的。

“冯师傅，你与段姑娘和金龙暂且留在这个村子中，我去将燕云找回来！”潘俊想了想接着说道，“如果两天之内我们没有回来的话，你便带着段姑娘和金龙先赶往天水城！”

“好！”冯万春在潘俊的肩头轻轻地拍了拍，潘俊转身离开了屋子，牵了一匹马从后门出去，向着燕云离开的方向狂奔而去。

从此处一路向北，潘俊快马加鞭狂奔四十余里，宽阔大路渐渐变成了沿河而上的羊肠小道，右边是黑压压的参天古木，而左边是波涛汹涌的黄河天水。天色由昏暗渐渐亮了起来，东方显出鱼肚白的时候，山中忽然起了一阵浓雾。

浓重的雾气像是滚滚的炊烟，从右面的树丛中缓缓流淌出来，将眼前这条小路全部弥漫在浓雾深处，潘俊很早便听闻这黄河秦岭小路有一种极为玄妙的奇观“雾漫山”，谁想今天自己会在此处遇上。

浓雾像是有了质感一般，潘俊只能望出前面一两步的距离，这狭窄的小路只能容得下两三人并排而过，胯下的马稍有不慎便有失足坠下的危险，因此潘俊行进得极为谨慎，速度便自然降了下来，眼前是如胶状浓重的迷雾，耳边是滔滔的流水声。就这样仅仅行了百余步潘俊忽然勒住缰绳，他隐隐觉得似乎哪里有些不对。

此刻胯下那匹马像是预感到了什么危险一般，一双前蹄拼命地在地上乱蹬，潘俊坐在马上冷静地回想着，忽然他终于明白自己感到不对的地方了，那就是耳边不绝于耳的流水声不知何时忽然消失了。

潘俊顿时感觉不妙，这条小路本应该是沿着黄河直上，一直向北通往甘肃天水，可耳边怎么会忽然连半点流水声也没有了呢？潘俊牵着缰绳向后退了两三步之后，从马背上跳下来，牵着马走在前面，刚迈出四五步，右脚踩在一块光滑的石头上，那石头上满是青苔，脚下一滑，顿时觉得身体快速地向下坠。

幸好潘俊牢牢地抓住缰绳，那马感到缰绳拉紧，拼尽全力猛抬起头，这才阻止了潘俊继续下落，但人已经悬在了半空。此时那滔滔的水声再次在潘俊的耳边响起，潘俊似乎能隐约地感觉到，自己身下的黄河水正虎视眈眈地等待着自己的下落。

潘俊抓着缰绳的手不断用力，身体一点点向上移动，另一只手艰难地抓住布满青苔的石头向上爬行，上面的那匹马低着头拼命地向后撤身，拴在头上的缰绳顺着马头一点点地向外滑落。

正当潘俊那只手牢牢地抠住了石头的时候，只听“砰”的一声，手上的缰绳终于从马头上脱落了下来，潘俊一只手失去了力道，仅凭着另外一只手艰难地支撑着身体的重量，却再也难以向上攀爬了。

终于，摆脱了缰绳的马长嘶一声，咆哮着沿小路奔去，只奔出数十步便听耳边传来“扑通”一声巨响，想必那匹马必是已经落入水中。潘俊有些心痛，不过此刻他自己的安危也只在旦夕之间，虽然此刻自己还能勉强支撑一会儿，不过如果没人营救的话坠入黄河那也只是时间问题。

瞬间他的脑海中闪过了一些支离破碎的片段：又是那团篝火，黑色的密林中潘俊和时淼淼二人坐在篝火前面，时淼淼一直低着头，眼角上闪烁着泪珠。

“潘俊！”时淼淼说话的时候依旧低着头望着眼前的篝火说道，“我知道你不相信我说的话！”

潘俊皱了皱眉头，眼前这个女人像是一座隐秘在一层薄雾中的山一样，若隐若现，让人无法捉摸。

“呵呵！”时淼淼笑了笑，不过此时时淼淼的笑意里多了几分温情，她吸了一口气站起身来说道，“我会自己去找关于那件事的线索的，如果我找到了自然就会去新疆和你们会合！”说完时淼淼头也不回地向密林深处走去。

“时姑娘……”潘俊忽然叫道，时淼淼停下步子站在黑暗的树林里，潘俊走上前去拉住时淼淼的手说道，“不管结果如何，我一定会在新疆等你回来！”

时淼淼身体微微颤抖了一下，松开了潘俊的手，静静消失在了密林深处。

潘俊的脑袋一阵剧痛，早已经麻木的手力道尽失，身体犹如风中的落叶一样飘然下坠。谁知正在此时，一只粗糙的手忽然将潘俊的手腕紧紧抓住，紧跟着一条绳索从上面掷了下来，那绳索上早已经拴成了一个套，那绳套落到潘俊脚下的位置，被人稍一用力竟然从潘俊的脚下穿过，径直向上将潘俊的腰牢牢套住，这时那绳子上的力道加大，潘俊觉得身体被人拉了上去。

浓雾依然没有消散的迹象，抬起头只能看见头顶上一个红色的亮点，潘俊坐在路上，身边站着一个老者，这人此时正在将手中的绳子一点点地卷起来，然后挂在腰间。

“小哥，你没事吧！”老者的语气十分平和，刚刚将潘俊从那悬崖下提起来竟然大气也不喘。

潘俊此刻还未完全从刚刚那惊险的一幕中恢复过来，他坐在地上喘息了一刻之后，仰起头见眼前那人六七十岁的模样，个子不高，身体微弓，骨瘦如柴，虽然是盛夏时节，上身却穿着一件已经露了棉花的黑色棉袄，眼睛不大，却炯炯有神，精神矍铄。

“多谢！”潘俊拱手道，说罢站起身来刚要走却被眼前那个老头拦住。

“小哥，你要去哪里？”老者凝望着潘俊。

“实不相瞒，本来我是来追赶一个朋友的，谁知行至此处却遇见这场大雾，马丢了不说，还险些命丧于此啊！”潘俊彬彬有礼地说道。

“呵呵，如果小哥此刻继续向前走，说不定走不出百米便会再次坠入悬崖之中！”老者似乎对眼前的迷雾颇为了解，他淡淡地微笑着，“你可知这迷雾的来历？”

“之前晚辈曾听闻有过鬼雾山这一说，每逢黄河入汛之后这黄河沿岸的甘肃一带，便会出现鬼雾的天气。人如若进入这鬼雾之中往往迷乱方向，便如同着了鬼打墙一般。多有不善者误入鬼雾，跌下山崖死于非命！”潘俊天生便聪明绝顶，记忆超群，虽然这话父亲只是匆匆说过几句，却早就记在了心中。

那老者听了潘俊的话不禁笑了笑说道：“外人也只知其表，不知其里啊！”

潘俊听着老者的意思自是懂行之人，连忙拱手道：“晚辈愿闻其详！”

“呵呵，这鬼雾山确实不错，每逢黄河入汛由于黄河水位上涨，加之这两旁的深山峡谷遮蔽水汽，因此只要太阳一出来，这升腾起来的雾气加之山中的水汽，便会融为一体，形成这独特的黄河鬼雾！”老者一面说着，一面从腰后掏出一杆水烟，点燃之后吸了两口，谁知那浓雾似是有生命一般，浓烟一起周围的浓雾立刻向周围扩散开去，老者用力地吸了一口烟轻轻吐出，那烟所到之处浓雾便远远散开。

潘俊看得出神，老者不禁脸上露出笑意，指着那散开的浓雾说道：“这就是我要和你说的这浓雾的谜！”

“哦？”潘俊一脸惶惑地望着老者。

“人都知这黄河小径有个鬼雾山，却极少有人知道这内中还有一层含义！”老者故作神秘地吸了一口烟再次吐出，将眼前的那片浓雾驱散，接着说道，“叫作雾打墙！”

潘俊心头越发糊涂，早早听闻有“鬼打墙”一说，这“雾打墙”究竟是指什么？

老者见潘俊似有不解，于是接着说道：“你看这浓雾，看似是雾，其实内中自有玄机！”

经由老者一说，潘俊的脑海中闪过了什么，不过这绝不可能，潘俊望着老者犹豫片刻说道：“难道这是逍遥蜂？”

潘俊此言一出，眼前的老者眼睛一亮，颇为诧异，眯着眼睛在潘俊身上打量一番，而后讳莫如深地笑了笑：“果然如此！”

“难道我猜对了？”潘俊见老人如此吃惊，心中早已猜到几分，只见老者眯着眼睛，微微点了点头说道：“如你所说，这浓雾一半是雾，而另一半则是逍遥蜂！”

潘俊长出一口气点了点头说道：“早听闻逍遥蜂甚是微小，几不可见，而且寿命极短，庄子在《逍遥游》中曾说朝菌不知晦朔，多人以为朝菌便是菌类，实则便是这种极其细微的小虫。它们三更破卵，四更展翅，五更交配，日出则毙！”

老者见潘俊说得如此详细，不禁感叹地点了点头。

“这种细小的虫在死亡之前，会被动物身上所散发出的热气或者声音吸引，想必这就是为什么它们会聚集在此的原因吧！”潘俊望着眼前那浓密的黑雾说道，“而且它们死亡之前所散发出来的气味能让人产生幻觉，我想刚刚我便是被它们的气味所控了！”

“小哥，看不出来你对这逍遥蜂竟然了如指掌！”老者吐了一口烟笑着说道。

“只是……”潘俊犹豫道，“只是据古书上记载这逍遥蜂早已绝迹了，即便在未绝迹之前，它们也只是出现在云南、江苏、江西、福建、浙江等地，因为这种细小的虫的食性极为单一，只以洋金花（曼陀罗花）果实为食，难不成这山中……”一个危险的念头闪过潘俊的脑海，他扭过头望着旁边那被浓雾重锁的大山道。

“嗯，你猜得没错，这山中确实有洋金花。”老者将烟袋在旁边的石头上轻轻磕了磕说道，“多年前不知何人在此山中种下了洋金花，便招来了这些逍遥蜂！”

“糟了！”潘俊心中暗叫不好，从村子向外便只有这一条路而已，如果燕云也是走的这条路的话势必会遇到这些逍遥蜂，说不定……

潘俊不敢继续想下去连忙拱手道：“前辈，请问如何才能走出这迷雾呢？”

“呵呵！”老者沉吟片刻说道，“你是不是在找人？”

潘俊迟疑了一下微微点了点头：“是的！”

“一个十八九岁的姑娘？”老者追问道。

潘俊连忙点头道：“难道前辈您见过她？”

“哦！”老者的语气中透露着一丝失望说道，“恐怕现在已经晚了，那姑娘进来之时我本想拦住她，谁知她却根本听不进去，驱马便向前奔去，这鬼雾山绵延二十余里，稍有不慎便会坠入一旁的黄河之中。”

潘俊向一旁的崖壁望去，虽然看不清河水，那湍急的水流声还是让潘俊的心头猛然一沉，他仿佛听到燕云落水时所发出的“扑通”一声巨响。潘俊连忙摇了摇头，瞥了那老者一眼然后迈开步子便向前走去，谁知刚走出数步却被老者硬生生拉住。

“小哥，你去哪里？”老者语气平和地问道。

“去找那个女孩！”潘俊望着远处的迷雾说道。

“呵呵，难道你真不想活了？”老者拉住潘俊劝说道，“刚才你不是已经见识过这逍遥蜂的厉害了吗？”

他的话确实有理，说不定自己向前再走数步，便会再次被那逍遥蜂所惑，不但找不到燕云自己也会葬身鱼腹，可是如果燕云真的有什么不测，自己又如何对得起死去的欧阳雷火呢？

正在他踌躇的时候，老者微微笑了笑说道：“呵呵，小哥，你跟我来吧！”

潘俊微微皱了皱眉，只见老者脸上依然挂着那不动声色的笑意，他点了点头说道："跟紧我，不然你再迷在这道遥蜂中，恐怕即便是我也救不了你了！"

潘俊点了点头，只见老者点上一袋烟，双手背在后面，脚下的步伐敏捷而有力，决然不像是个老年人，潘俊急忙跟着老人的速度，与其保持一两步的距离。耳边依旧是滔滔不绝的水声，眼前的浓雾像是一层厚厚的油漆，让人找不到半点方向。就这样大概有半个时辰，潘俊渐渐觉得耳边的溪水声越来越小，而眼前的浓雾也渐渐散去，隐约可以看到眼前有个小小的山坳，山坳之中荒草丛生，已然没过膝盖，金黄色的荒草在微风中不停地倒伏。

在那荒草的尽头有一座小院，院前是潺潺的溪水，这里宛若是陶渊明的桃花源一般，在那院子前面拴着一匹马，马的脖子和嘴角依稀留着血迹，趴在地上双眼微闭，潘俊一眼便认出那匹马是燕云的坐骑。

"前辈，那姑娘……"潘俊惊讶地问道。

"她在屋子里！"老者弓身蹲在那匹马的身旁，从一旁的石头上拿了一些草药放在嘴里轻轻咀嚼了一下，然后将那草药敷在那匹马脖子上的伤口处。潘俊停了一刻向内中走去。

这是一座乡野木屋，走进院子，左边一棵桃树，桃树下放着一盘并未下完的围棋，而右边则是一扇水车，随着那潺潺溪水缓缓地运转。眼前则是一条鹅卵石铺砌而成的小路，潘俊刚一踏上那条小路，顿时觉得有些怪异，脚下的鹅卵石似是精心选择，全部拇指肚大小，突起寸许，踩在上面如同轻压脚底穴位。

潘俊不及多想，心中只是挂念着燕云的安危，推开木门一股淡淡的香味扑鼻而来，潘俊觉得眼前有些东西忽然晃动了一下，连忙提醒自己清醒过来。这屋子只有一间，摆设也极为简单，一张木桌，一张竹椅，墙上挂着几张山水字画，在窗子旁边放着一张床，而燕云此时正躺在那张床上，领口渗着淡淡的血迹。

潘俊立刻来到燕云身旁，伸手探了探燕云的鼻息，之后轻轻抓过她的左手按在她的穴位之上，只觉其脉象时急时缓，但苍劲有力，身体应无大碍，只是惊吓过度而已，那领口的血迹应该是那匹马的。

直到此时，潘俊方才放下心来，轻轻地将燕云的手放回去，站起身打量了一下四周，这才发现在那桌子后面是一个木制的书架，潘俊好奇地走到书架前面，上面横竖陈列着各色古书，其中不乏一些珍贵残本。

正在此时，潘俊用眼角的余光忽然瞥见眼前一闪，一个光点正从窗外以极快的速度向自己飞来，此时躲避已然来不及了。潘俊心下骇然，赶紧按住手中那发射青丝的盒子，轻轻按动，一枚青丝应声而出，只听“噹”一声金属相撞的声音，青丝与那闪光之物相撞擦出一道小小的火花，而那闪光之物虽然迟滞了一下，但进攻的锋芒却并未停下，潘俊连忙躲闪那物事从耳边“嗖”地滑过，不偏不倚地钉在潘俊身后的书架之上。

潘俊惊出一身冷汗，这青丝是祖上传下之物，发射的劲道极大，几丈之外便可入石三分，而刚刚那件闪光之物似乎力道要比青丝大得多。

他扭过头见书架之上有一枚寸许的钢针，那钢针的一端有一个小小的岔口，自己的青丝已经完全被那岔口锁住，因此并未落下。

正在此时，潘俊耳边传来了一声门轴转动的“吱呀”声，潘俊扭过头，只见刚刚那个老者正微笑着站在门口望着自己，沉吟片刻，那老者说道：“木系，潘家？”

潘俊连忙拱手道：“晚辈正是木系潘俊！”

窗外的阳光有些刺眼，金顺睁开眼睛，发现自己的双手被人反绑在身后，他抬起头见眼前的桌子前面正坐着一个女人，那个女人生得惊艳异常，眉宇间透露着几分英武之气，此刻那女子正坐在桌子前面自斟自饮。

“你醒了！”女人语气冰冷，亦不抬头。

金顺连忙闭上眼睛，佯装昏迷。那女子嘴角微微上扬，一只手拿着茶碗，另一只手轻轻一抖，一道白光闪过，只见金顺眼前的那把椅子被那白光黏住，瞬间裂开。金顺一惊，连忙睁开眼睛一脸愁容地说道：“姑奶奶，我醒了，我醒了，您有什么吩咐？”

“呵呵！”眼前的女子冷笑道，然后手伸进袖子里，金顺身体微微一颤，唯恐女子会再次抖抖手将自己小命了结。不一会儿工夫，那女子将一物事从口袋中掏出放在桌子上，金顺双眼放光，目不转睛地盯着那桌子上的物事，几天前，金顺从方儒德手中偷偷得到的这件东西，没想到竟然会在眼前这个女子的手中。

“怎……怎么会……”其实此刻金顺心中早已经猜出个八九不离十，不用说，眼前这女子便是昨夜去燕凤楼中打晕小月仙，抢走那物事的人，而且这女子早已经猜到自己会到这间鸡毛店来找马蛇子帮忙，所以早早便在此处等候自己，只是金顺却不明白既然这女子已经得到了这东西，为何还要告诉自己！

“金顺，我这次来是想让你告诉那个人，东西在我手里，水系时家之人绝不会错过那百年之约！”说话之人正是时淼淼，她说完站起身来说道，“如果想拿回去，那就让那个人去新疆吧！”

“这……”金顺张嘴似乎要说什么，但最后只得眼睁睁地望着眼前人微笑着离开了屋子。

时淼淼穿过后院推开后门的时候，一辆车已经停在巷口了，她缓缓地走向那辆车拉开车门，那坐在驾驶室上的人正是子午。

“走吧！”时淼淼坐在车上叹了口气说道。

“小世叔接下来准备去哪里？”子午一面发动车子一面说道。

“子午！”时淼淼语气沉重地说道。

“嗯？”子午扭过头有些惊讶地望着时淼淼，“小世叔……”

“我还可以继续信任你吗？”时淼淼这句话像是在问子午，却更像是在问自己。

子午犹豫着点了点头：“小世叔，您还有什么吩咐就和我说吧！”

时淼淼叹了一口气说道：“子午，你还记得城北龙青他们曾经关押过你的那个旧仓库吗？”

子午一愣之后木然地点了点头：“怎么会不记得呢？”

“嗯！”时淼淼点了点头道，“你把我送到那里！”

“啊？”子午闻言颇感诧异地张大嘴巴，望着后视镜中的时淼淼，“小世叔怎么会忽然想起到那里去？”

“到了你就知道了！”时淼淼这句话显然是不希望子午继续追问下去，子午也便识趣地点了点头，发动了车子向城北的方向驶去。时淼淼双眼微闭，一脸疲惫地靠在椅子上，似睡非睡，而子午安静地开着车，时不时抬起头望一眼后视镜中的时淼淼，见她此刻双眼微闭，似是睡着了。

子午张了张嘴欲言又止，他低下头继续自顾自地开着车。

“子午，你想说什么？”时淼淼似乎看出了子午的疑问，忽然开口道。子午抬起头，后视镜中正好与时淼淼四目相对，子午连忙低下头说道：“小世叔……”子午吞吞吐吐地说道，“我其实一直想知道为什么只有您自己回到了北平，潘俊小世叔呢？”

时淼淼微微地笑了笑说道：“子午，你是不是想问我关于欧阳姑娘的事情？”

子午本意确实如此，只是此时被时淼淼点破，脸一下红了起来，一脸笑意地说道：“小世叔，那……燕云怎么样？”

“我想燕云他们此刻应该正在赶往新疆的路上吧！”时淼淼说到此处，心里多少有些落寞，如果不是意外地发生那件事，恐怕此刻自己也正与潘俊等人在去往新疆的路上了。

谁知刚想到这里，子午便接着问道：“小世叔，为什么你没有和他们一起去新疆啊？”

时淼淼微微笑了笑，摇了摇头之后，紧紧地闭上双眼，虽然她此刻依旧面无表情，冷若冰霜，但心中却极其矛盾，那件事就像是洪水猛兽一般，瞬间将时淼淼吞没其中。

子午开着车子很顺利地离开了北平城，毕竟子午是日本特高课的人，因此虽然现在城门依旧把守严密，但对于子午来说还是不在话下。

车子出了城门便一路向北，行出几里路便来到那仓库前面。这仓库是龙青藏匿货物的地方，门口有几个人端着枪把守着，见到有辆车过来，这几个人都很紧张。

“什么人？”见子午将车停下，其中一个嗓门高的人喊道。

未等子午作答，只见时淼淼轻轻推开车门走了下去，那几个人见眼前这女子立刻脸上堆笑道：“先生，您来了，我们老大在里面等您多时了！”说完几个人将铁门推开，时淼淼扭过头，向车内的子午挥了挥手，子午会意地将车开进院落之中。

这仓库原本是一个废弃的木器工厂，有两排厂房，因为久未有人居住，所以院子中蒿草丛生，唯有这条坑坑洼洼的小路上有一条新鲜的车辙印。时淼淼走在前面，子午缓慢地开着车跟在后面，此刻早有人进去通报了龙青。

时淼淼刚刚走到第一排厂房前面，一扇大门便被轰然拉开了，只见龙青戴着一副圆形的小目镜，头发油光可鉴，留着一副小胡子微笑着迎了上来说道：“时姑娘，您回来了！”

时淼淼微笑着点了点头，正在此时龙青瞥见推开车门的子午，眉头微皱不过立刻便微笑着说道：“呵，子午兄弟也来了！”

子午瞥了一眼龙青，似笑非笑地点了点头。

“龙青，那个人醒过来了吗？”时淼淼一面向里走，一面问道。

“嗯，昨天晚上就醒过来了，只是……”龙青皱着眉头，吞吞吐吐，欲言又止，正在这时，一个手下从里面急匆匆地奔出来，那手下脸上和身上都被抓得血肉模糊了，他捂着脸来到龙青面前说道：“老大，那女人又把绳子挣脱了！”

“唉！”龙青长叹了一口气，对自己身后的两个人说道，“你们带他先去包扎一下吧！”

身后的两个人搀着那受伤的手下缓缓离开之后，龙青无奈地说道：“这已经是第三个了，您送来的那个女人自从昨天醒过来之后，就开始大吵大闹，实在没办法，我只能派人将她绑在床上，谁知进去一个她便如饿虎扑食一般将那人扑倒在地，又抓又咬！”

时淼淼听了龙青所说颇有几分歉意道：“烦劳你了！”龙青一听时淼淼如此说，连忙摆手道：“时姑娘您何出此言，能为您和潘爷效劳是我求之不得的！只是……”龙青面有难色地说道，“只是不知那个女子究竟是何人？”

时淼淼微微笑了笑，却并未作答，跟随龙青穿过走廊，向尽头的一间屋子走去，此刻那间屋子门前的桌子旁坐着几个人，正在无聊地打牌，见龙青过来连忙站起身来说道：“老大！”

龙青点了点头，其中一个手下拿过一把钥匙，双手交给龙青。“时姑娘，这屋子里那女子自从醒来之后就像发疯了一样，你可千万小心啊！”

时淼淼点了点头，接过钥匙走到门前，轻松地将那把铁锁除掉之后，略作犹豫推开了那道门，瞬间一股浓重的霉腐味扑面而来，屋子里亮着一盏昏黄的电灯，一个女子披散着头发，背对着自己靠在墙角。与之前疯狂的举动不同的是，此刻这女子似乎对来人毫无反应。

子午紧紧地跟在时淼淼的身后，走进了屋子，那股强烈的霉味让他皱紧了眉头。

“你为什么要救我？”女人的声音阴冷而低沉，说话的时候始终背对着时淼淼。

“你真的那么想死？”时淼淼的语气冰冷而沉着，她边说边坐在桌子一旁的椅子上说道。

“哈哈！”女人阴笑了两声，子午觉得这女人的笑声让自己有种毛骨悚然的感觉，他瞥了时淼淼一眼，见她脸上始终挂着一脸的平静，“即便你救了我，恐怕我也活不了多久！”

“我知道你身上中了毒！”时淼淼叹了口气说道，“但是难道你不想再见见你的孩子吗？”

时淼淼这“孩子”两个字刚一出口，只见那女人身体猛然一颤，声音也激动了起来：“你怎么会知道？”

“潘苑媛……”时淼淼一字一句地说道，“潘俊的亲生姐姐，数年前忽然失踪，实际上是去新疆寻找摄生术的解药，谁知回来的路上却遭遇土匪，从此之后你隐姓埋名。虽然你想让所有人都忘记你，但是有一个人却始终不想让你平静！”

“这些你是怎么知道的？”潘苑媛听到眼前这个女子竟然能将自己所经历

的事情知道得一清二楚，不禁诧异地问道。

“其实我知道的事情远不止这些！”时淼淼长出一口气说道，“我还知道你身上中了一种极为罕见的毒，这种毒需要每隔半年便向那个人寻求解药，否则就会一命呜呼。我想这次你从河南来到北平便是因为解药的事情吧！”

潘苑媛一直沉默着，似乎还在等待着时淼淼继续说下去。

“恐怕是那个人并没有把解药给你，你才会一时想不开心生自杀的念头吧！”时淼淼揣测道。

“就算你说得全对，又能怎么样？”潘苑媛哀怨道，“难道你能解我身上的残毒？”

“可是……”时淼淼站起身来争辩道，“你为何不去找找潘俊，也许他会有办法的！”

潘苑媛摇了摇头说道：“不可能，这种毒恐怕世上除了那个人之外，没有任何人可以解！”

“究竟是什么毒？”时淼淼不解地追问道。

“恐怕，这世上知道这种毒的人都寥寥无几！”潘苑媛轻轻长出一口气说道。

“可即便如此，难道你不希望再见金龙一面吗？”时淼淼用少有的温柔语气说道，“恐怕他到现在还不知道，自己的母亲尚在人间吧？”

时淼淼的这句话显然刺痛了潘苑媛，她身体剧烈地颤抖着，缓缓扭过头，披散的长发依旧掩饰不住那张被自己刮花的脸，此刻潘苑媛清泪纵横，这么多年来，她无时无刻不想念着金龙，后来她打听到金龙被将军圃的一个老猎户收养，便总会燃起前往将军圃见一见金龙的念头，而当她想起自己这张半人半鬼的脸的时候，所有的想法都荡然无存了。

因此即便是在安阳旧宅，潘苑媛也只敢在金龙睡熟的时候轻轻地抚摸孩子的脸。她站在角落里盯着眼前的时淼淼，喉咙哽咽半晌之后才说道：“你知道金龙在什么地方吗？”

“嗯！”时淼淼极为肯定地点了点头道，“现在金龙应该和潘俊一起在前往新疆的路上！”

谁知时淼淼口中“新疆”两个字刚一出口，潘苑媛忽然两三步奔到她跟前紧紧抓着时淼淼的双臂道：“你说什么？你说金龙和我弟弟去了新疆？”

“嗯！”时淼淼点了点头说道，“潘俊想要去新疆寻找人草师，否则北平城也许就会变成一座死城！”

“不，不！”潘苑媛无力地松开时淼淼的双臂，坐在旁边的椅子上，一只手拄着额头痛苦地说道，“不，不，小俊不该去新疆，他不知道……”

“不知道什么？”时淼淼敏锐地追问道，只是此刻潘苑媛似乎根本没有在意时淼淼，依旧自顾自地摇着头，过了片刻她站起身来说道：“你真的能带我去找金龙和小俊？”

“嗯！”时淼淼极为肯定地说道，“你的身体恢复得如何？如果可以的话我们马上便上路！”

可此刻潘苑媛却犹豫了起来，她轻轻地咬着嘴唇，瞥了时淼淼一眼，又环顾四周看了看站在门口的子午与龙青二人，微笑着说道：“你们两个先出去，我有些话要与这位姑娘说！”

龙青和子午二人对视了一下，关上门退了出去，此刻这间狭小的房间里，只有时淼淼与潘苑媛两个人。潘苑媛一直微微地低着头，双眼出神地盯着正前方。时淼淼则平静地站在潘苑媛的身旁，等待着潘苑媛开口。

“如果我猜得不错的话，姑娘你应该是水系时家的人吧？”潘苑媛虽然与潘俊在安阳旧宅见过一面，却并未见过时淼淼。

“果然好眼力！”时淼淼微笑着说道。

“果然……”潘苑媛长出一口气说道，“果然被他猜中了，七十年前湘西时家的人并未全部死于那场离奇的火灾！”

“你口中的他是谁？”时淼淼疑惑地问道。

“七十年前我爷爷听到传言，曾经特意前往湘西时家，据说当时大火烧了三天三夜，他到的时候只剩下断壁残垣，满目疮痍，据说当时时家七十二口人全部死于那场突如其来的火灾！”潘苑媛似乎对时淼淼的话丝毫不在意，自顾自地说着，“爷爷在那里逗留了半个月，最后在一个祠堂看到了那七十二具被烧得不成人形，面目全非的尸体。”

“从湘西回来之后，爷爷便辞去了宫中太医院的职务，离家三年，回来之后便闭门谢客。将自己锁在双鸽第的屋子中，除了大伯和父亲之外，极少有人见过他，这种生活一直到他忽然辞世为止。”潘苑媛有些哀怨地说道，“在他临死之前曾经与长辈说过，湘西时家那场大火来得太过蹊跷，其中必定另有隐情，他十数年都在研究这湘西时家大火之谜，却始终找不到原因，但他也坚信时家人应该有后代遗留于世！”

“是的，他猜得没错！”时淼淼语气平和地说道，“当年我外祖母已经身怀六甲，也许是冥冥中自有天意吧！据母亲说，在时家遭遇那劫难的前一夜，外祖母忽然接到一个陌生人的来信，虽然不知那封信的内容，但是外祖母却正是因为这封信才提前一天离开了家，也因此躲过一劫！”

“而之所以会有七十二具尸体，却是因为其中有一位是家中雇来的奶娘！”时淼淼接着说道。

“原来如此！”潘苑媛言简意赅道，“时姑娘，我想你带我去新疆，绝不是完全出于同情吧！”

时淼淼微微笑了笑，向前走了两步，坐在潘苑媛的面前缓缓抬起头说道：“潘姑娘也是聪明人，那我就不兜圈子了，我想知道的只有一件事！”

“我猜到了！”潘苑媛打断了时淼淼的话长出一口气说道，“可是这件事我只能告诉一个人！”

“潘俊！”时淼淼早已猜到潘苑媛想说什么，潘苑媛微笑着点了点头。

六 安阳城，揭秘百年身

“潘俊？”站在门口的老者眯着眼睛上下打量着眼前这位二十来岁，相貌英俊，一袭黑装的年轻人，然后背着双手走到潘俊身后从那书架上拔下青丝，放在眼前仔细观察片刻微微笑道，“果然是木系的传人！”

“请问前辈您是？”潘俊拱手道。

老者摆了摆手，将青丝捏在手中走到院落里，在那个桃树下的石桌前坐定，桌子上摆着一盘残局，潘俊犹豫了一下也跟了出去。

老者似乎毫不在意坐在眼前的潘俊，自顾自地从棋笥中夹出一枚黑子，目光炯炯有神地盯着眼前这残缺不全的棋局，眉头微皱，手指轻轻搓着手中棋子，却始终没有落下。

潘俊站在石桌前好奇地盯着眼前的棋局，此间棋局颇有些眼熟，黑白相间，各有二百余子，早已势成水火，斗得不可开交。潘俊不知不觉落座在老者前面，眉头微颦，老者微微抬头瞥了潘俊一眼，但见潘俊此刻目不斜视，聚精会神，老者嘴角微敛，露出一丝诡秘的笑意，然后将手中黑子落于盘上。

潘俊从棋笥中拾起一子捏在手中，左右斟酌，眼前这局棋已然进入了珍珑状态，白子虽然负隅顽抗，却早已经无眼，只有黑白子共用的两个气眼，黑子自有一眼，如若白子自填一气则必死无疑，如果落于共用气眼则是自投罗网，黑子马上便会掩杀过来，也是一死。

“围棋与象棋不同而精妙之处在于，象棋王者既亡，则诸子皆亡。而围棋则子子为营，步步为战，取舍之间相互牵制、诱惑，子子平等，领袖群伦，只要一息尚存便有可为！”老者瞥了一眼举棋不定的潘俊说道，“多年之前木系君子曾与我下此残局，他在此间停留三年有余，却并未破此残局！”

此言一出潘俊越发觉得眼前这棋局自己确实曾经见过，平日里父亲经常对着一副残局发呆，据说这残局是爷爷留下来的，一直至死却不曾将此残局解开，落下了终身的遗憾。潘俊越发聚精会神，时间点点而逝，忽然一只七色瓢虫从头顶的树上飘落，正落于棋盘之上，那瓢虫拇指肚大小，受到撞击后萎缩地将四肢缩在七彩的壳中，一动不动，宛若是一枚七彩的棋子。

潘俊盯着那七彩的瓢虫看了一会儿，嘴角微微上扬对那瓢虫轻轻吹了一下，七彩瓢虫立时飞了起来，在潘俊的眼前绕了一圈飞上枝头。潘俊举手正要将那枚白子落下，谁知老者在一旁轻蔑地笑了笑说道：“小哥，你可想好，如若你落子于此，那么此局便分晓已定！”

潘俊如何不知，那七彩瓢虫所落之处正是白棋气眼所在，落子于此无异于自填一气，这一片白子便硬生生被自己断送了生路。潘俊微微笑了笑，毫不犹豫地将白子落于此处。老者微笑着胸有成竹地吃掉潘俊刚刚那子，谁知这一子一吃，方才的笑意立刻僵在了脸上，这一取舍之间竟然将自己的门户大开，而白子却死而复生，掩杀过来！原本的一盘死棋全盘得活！

老者看了半晌，不禁哈哈大笑起来，一脸欣慰地说道：“佛家有云，我不入地狱，谁入地狱！这取舍之间，生死之理便在于此，执着之人绝不会舍生向死，故而必然限于局中，而大义者舍生向死，以一己之亡换得全盘皆活，实是不易啊！”老者此言之中不乏对潘俊的溢美之词，事实上这一步棋前人并非想不到，也不存在如何玄妙之处，只是前人多急功近利，趋吉避凶而已。

潘俊此时才站起身来，不过此时已过正午时分，骄阳似火，而此山中却显得格外清凉，潘俊拱手道：“前辈方才说这残局是多年前木系驱虫师所遗，不知是否属实？”

老者微笑着点了点头，长出一口气，上下打量了潘俊一番说道：“如果老朽所料不错的话，那个人应该是你的爷爷吧！”

“嗯！”潘俊点了点头，若有所思地回答道，“当年父亲曾说爷爷从湘西回来之后曾经外出三年，没想到这三年爷爷一直在此处破解此残局！”

老者微微笑了笑说道：“此局已破，老朽也算是了却了一桩心事！”

“前辈，何时我们才能离开这里？”潘俊拱手道，此刻他心中倒是有些担心冯万春等人是否不慎落入这逍遥蜂阵中。

“你还是在此处静待一夜，我想明天天明之时，那姑娘也应该能苏醒过来了！那时我便送你与那姑娘一起离开此处！”老者说着向屋子中走去。潘俊虽想赶快离开此处，尤其是想到燕云所说的关于蒙古死亡之虫的那番话，更是担忧冯万春等人的安危，若不是燕云的忽然离开，他是绝不会离开冯万春的，他隐隐感觉有种不祥的预感。

是夜天朗气清，这空谷之中的月亮显得格外明亮，迷雾散尽，空气中蔓延着青草的芳香，潘俊松开燕云的手腕，将她的手放回被子中。燕云的脉象并无大碍，只是惊吓过度，一时之间还未苏醒，应该再过几个时辰便会有所好转。他站起身来缓缓推开房门，下午老者一直在门口救治燕云的那匹马，他心中一直存在一个疑惑，这老者究竟是何人，如何对潘家了若指掌，他所用的那奇怪的兵器如何能将自己手中的青丝轻而易举地接住？

他关上门站在门口，当空皓月如华地洒在身上，潘俊驻足在门口享受着片刻的安宁。一个月前的午后，潘俊平静的生活突然被打破，这一个月以来他已经经历了太多的生离死别，太多的意外，太多的谜团。短短的一个月，简直比之前的二十年所经历的事情还要多，忽然他眼前的月亮开始剧烈地晃动了起来，他晃了晃脑袋，那月亮依旧挂在当空，只是眼前又出现了时淼淼的身影。

“现在只有我们两个人，时姑娘，你可以告诉我你究竟是什么人了吧！”潘俊站在时淼淼的身后说道。

时淼淼微微仰起头，月光下，潘俊能清楚地看到她眼角处闪烁的泪花。“潘俊，你说得没错，七十年前时家的大火确实死了七十二口，而我外祖母却离奇地从那火灾中逃生了。自从那时候开始，水系时家人便开始隐姓埋名，可是即便这样，却依然被仇家追杀，万般无奈之下家人远离故土，漂泊海外。”

“什么？”潘俊诧异地问道，“时家人一直生活在海外？”

“嗯！”时淼淼转过身微微点头道，“谁知即便是这样，母亲还是死在了青丝之下！”

“原来你母亲真的是死于青丝之下！”潘俊若有所思地说道。

“对，而母亲在世的时候曾说，这青丝是木系的独门绝技，这样我才回到国内！”时淼淼幽幽地说道，“后来随着青丝的不断出现，我发现杀死母亲的凶手肯定不会是你，但是我这次回来还有另外一件事要做！”

“关于七十年前的那场火灾？”潘俊早已洞悉了时淼淼的想法。

“是的！”时淼淼点了点头说道，“外祖母在我很小的时候便说起过那场火灾，在火灾前夜她曾收到一封古怪的信，那封信中是一张请帖，奇怪的是请帖上所写的字全部是水系驱虫师的密语，这密语即便是时家之人，知道的也只有水系君子而已。也正是因为这封怪异的请帖外祖母匆忙离开了宅子。谁知当她按照密语中的提示来到约定之处时，那桌子上只有一件古怪的物事！”时淼淼说罢将手伸进怀里从内中拿出一个红色的布包，她一层层地将那红色的布包打开……

又是一阵剧烈的痛楚钻进潘俊的脑海中，刚刚那副清晰的画面又开始模糊了下去，取而代之的是眼前硕大的月亮和高耸的山峰，潘俊深深地吸了一口气，他这几天总是断断续续想起一些与时淼淼在一起的片段，零零散散却不能完整地连起来，每每他努力思索的时候脑子便剧烈地疼痛。

刚一抬起头见老者正笑眯眯地站在自己的眼前，半弓着身子盯着自己，那种目光让潘俊有些不自在，连忙将头别开。谁知老者手上动作敏捷，一把抓住潘俊右手的手腕，潘俊一愣，但见老者神态自若地半眯着眼睛，似是在给自己号脉。

潘俊四岁便跟在父亲身边，尝遍百草千虫，六岁熟读医书，八岁便开出妙方，一举成为京城名医，然而眼前这个其貌不扬的老者却不自量力竟然班门弄斧。潘俊心中虽有许多不解，然而毕竟人外有人，天外有天。

大概一炷香的工夫，老者松开了潘俊的手，长出一口气说道："小哥，难道你中过摄生术？"

潘俊微微点了点头。

老者一脸狐疑地望着潘俊："如果我老头子没记错的话，这摄生术应该是木系潘家的不传之学，何以身为木系君子的你也会中毒？"

"实不相瞒！"潘俊淡淡地说道，"只因北平城中有人因摄生术而亡，晚辈为了找到摄生术的解毒之法，因此才会……"

老者听完淡淡笑了笑："小哥，难道你真的不怕万一找不到解药自己白白断送了一条性命吗？"

"呵呵！"潘俊微微笑了笑，仰起头望着挂在山边那半个硕大的月亮，似是自言自语地说道，"倘若摄生术泛滥开来，身为木系驱虫师的君子却袖手旁观，恐怕那时候才是真正的生不如死啊！"

老者微微点了点头："小哥如此大义实在难得啊！只是即便小哥真的肯舍弃性命，恐怕也难以挽救这场劫难啊！更何况小哥对驱虫之术也只是知其皮毛，不知其里啊！"

这最后一句话让潘俊听了不免有些刺耳，他想反驳，但见那老者似乎早已经洞悉了潘俊的想法，接着说道："恐怕我这样说你心有不悦吧！"

潘俊没有回答，只是淡淡地望着老者。老者长出一口气说道："你跟我来！"说完老者带着潘俊穿过茅屋一旁的小径，向茅屋后面走去。这茅屋后面是一片开阔地，没过膝盖的荒草随着夜风肆意倒伏着。老者引着潘俊走了百余步，忽然一个三丈许的深坑立刻跳入潘俊眼底，那深坑四周用光滑的石头堆砌着。老者站在深坑边缘上扭过头对潘俊说道："小哥，你知道这坑里的是什么吗？"

潘俊缓缓向深坑的方向走去，站在深坑的边缘上，一股寒气从内中升腾而出，原本挂在山间的皓月此时已经躲进了厚厚的云层之中，眼前的深坑黑洞洞的，似是深不见底。而潘俊却觉得这深坑的形状是如此似曾相识，无论在北平的双鸽第，抑或是安阳的潘家旧宅的后院之中都有一座精心设计却鲜有人涉足的建筑。

当初北平城中双鸽第一直由潘俊的大伯潘昌远看守，即便身为木系君子的潘俊也只是在年幼之时随从父亲进入过那永远被紧闭着的建筑。虽然如此，潘俊还是依稀记得那大殿正中有如同眼前这样一个三丈许的深坑，深坑四周是用汉白玉巨石堆砌而成，立于边缘侧耳倾听，隐约可以听到若隐若现的溪水声。儿时记忆里潘俊常常见到父亲整日整夜将自己锁在大殿中，有时几天才从里面出来，满脸憔悴。父亲过世之后双鸽第便交由潘昌远看守，潘昌远素来与潘俊不睦，若不是各种事端，恐怕潘俊也很难再回到那双鸽第。

"这……"潘俊诧异地望着老者，心中疑窦丛生，其实自从老者在黄河边上救了自己开始，潘俊便对这个老者充满了疑惑，一个看似其貌不扬的老者如何能将逍遥蜂的来历说得如数家珍一般，又如何能一眼便认出自己是木系潘家的人？更让潘俊觉得不可思议的是，那老者竟然从自己脉象上断言自己已然中毒，无论确凿与否，潘俊确信此人必然与驱虫师家族有关。可是令他感到不解的是，眼前这人无论从身形还是步伐上，都不符合五大驱虫师家族任何一家的特征。

"晚辈实在不知这内中究竟是何物事！"潘俊恭敬地拱手道。

老者微微笑了笑，抬起头看了看天，月影渐渐隐去，此刻眼前漆黑一片，这时老人轻轻地对着那深坑轻轻拍了拍手，拍手声毕，那深坑像是有生命一般，传来几声"空空"的回音。接着潘俊隐约听到深坑中似乎有溪水缓缓流淌的声音。

他好奇地向前走了两步，来到坑前。老者此刻已经划亮了一枚火折子，那星星之火在黑暗中显得格外耀眼，借着火光潘俊看到老者那微微的笑意，接着老者轻轻一掷，手中燃着的火折子脱手而出落进深坑。

潘俊双眼紧紧盯着那枚火折子，随着火折子的下落，只见那坑壁像是发生了连锁反应一样，开始一点点地亮了起来，耳边的溪水声渐渐被一阵巨大的“嗡嗡”声所取代，这深坑似是深不见底，而那火折子所落之处周围的坑壁全部发出点点淡蓝色莹莹的光。

“小哥，往后站一站！”老者说完自己向后退了两步，潘俊也随之向后退了两步。

只见老者再次对着那洞口轻轻拍了几下，顷刻之间那洞穴之中的光点开始骚动了起来，盘旋着从洞穴中飞腾起来，直冲这暗黑色的天空，犹如一道通天的光柱一般，周围的荒草被眼前的光柱映成了淡淡的蓝色。

潘俊简直不敢相信自己的眼睛，他痴迷地望着眼前这道庞大的光柱，这时几个光点从光柱中飞出，潘俊不由自主地伸出手，一粒小小的萤火虫落在潘俊的掌心，潘俊实在难以想象这巨大的光柱竟然是由数以亿计的萤火虫形成的。

老者瞥了潘俊一眼，微微笑了笑，不一会儿工夫，眼前那巨大的萤火虫光柱开始一点点扩散开来，光芒渐弱，那些萤火虫漫天飞舞，成群结队地落在远近的荒草上。放眼望去，那落满了萤火虫闪闪发光的荒草，在夜风中如同是萤火虫的巨浪在不停地起伏。

“这……”潘俊完全被眼前的一切惊呆了，虽然自己身为木系驱虫师，然而这样壮观的景象潘俊尚且是第一次遇到，“难道这也是驱虫之术？”

“当然！”老者笑了笑说道，“这世上最吸引人的驱虫术实在是自然之术！”

“自然之术？”潘俊听得似懂非懂。

“一个真正的驱虫师一定要感知自然之道！”老者望着那起伏的萤火虫说道，“通天文，晓地理，通晓四季之变，才能运用虫道之变！”

“试问这世上又有谁能控制如此巨大的虫群呢？”老者自顾自地问道，“只有这自然之变化！”

潘俊微微地点了点头说道："晚辈似乎懂了！"

"小哥，虽然这自然之术需要你自己去参悟，不过另外一件东西我却可以送给你！"老者说着从衣袖中拿出一个盒子，那个盒子与潘俊手中的青丝盒一般无二，他轻轻将那盒子打开，内中放着数根与青丝样子极为相近的细丝，潘俊一眼便认出正是今天下午自己在房中所见之物。

"这是……"潘俊惊异地望着那盒子说道。

"哈哈！"老者大笑道，"这才是真正的青丝！你手中所用之物不过是后人根据遗留下来的残缺不全的图纸制成的而已！"

潘俊更觉诧异，谁能想到这木系潘家世代相传之物竟然仅仅是个赝品。老者将那青丝赠予潘俊轻声说道："本来这件东西在几十年前就应该交给潘家了！现在也终于可以找到一个能够驾驭它的人了！"

"小哥，这件青丝你一定要妥善保存！"说罢老者将那盒子递给潘俊，又轻轻地按了按说道，"以前你所用的青丝不过是暗器而已，以后你便会知道这青丝的妙用！"

潘俊踌躇片刻拱手道："未敢请问前辈……"

老者摆了摆手说道："莫问，莫问！只是小哥你要记住，你身上的摄生术之毒虽然已经不在，但是却中了另外一种毒！虽然老头子我知道解毒之法，但也许解了那毒对你来说并非是一件好事！"说罢自顾自地向前面的萤火虫群中走去，背影渐渐消失在荒草丛中。

且说潘俊回到茅草屋之时发现草屋中空空如也，那老者已经不知去向。燕云安静地平躺在床上，潘俊坐在椅子上打开那个青丝盒子，盒子上的花纹做工非常考究，精美绝伦，似是有些年头了。

"水……"躺在床上的燕云轻声说道，潘俊连忙放下手中的盒子，随手拿起放在桌子上的茶杯倒了一杯茶端到燕云的身旁。

一面扶着燕云一面将水凑到燕云的嘴边，燕云喝了两小口水，挣扎着睁开双眼，依稀看到眼前的潘俊，勉强牵动嘴角露出一丝微笑。

"燕云，感觉好些了吗？"潘俊柔声问道。

“嗯！”燕云小声说道，“潘哥哥，我们这是在什么地方？”

“别问了，你安心休息，如果你的身体可以的话明天我们还要继续赶路！”潘俊将茶杯放在一旁，将燕云的头放在枕头上。燕云安心地长出一口气，双眼微闭躺在枕头上，谁知燕云不知忽然从哪里来了力气，一把抓住潘俊的双手，猛然从床上坐了起来，一双眼睛惊慌地环顾着四周，呼吸变得越来越急促。潘俊一脸狐疑地望着燕云，只觉得燕云握着自己的手越来越紧，手心里潮乎乎的。

“燕云，你怎么了？”潘俊奇怪地问道。

“我想起来了！”燕云似是自言自语道，“潘哥哥，是有人引我们来这里的！”

“啊？”潘俊好奇地望着燕云，“燕云，你冷静一下慢慢说！”

“那晚段姑娘回来告诉我燕鹰之事之后，我一时难以平静，左右辗转却根本无法安眠。我见你和冯师傅都不在房中，便想出去透透气，谁知刚一出门便听见马厩中传来了几声响鼻声。可能对于一般人而言这算不得什么，但身为火系驱虫师从小便深谙驯兽之道，那嘶鸣之声不仅可以听出一匹马之优劣，而且还是火系驱虫师相互传递隐秘信息的手段。”

燕云激动地说道：“那匹马的嘶鸣悲切且悠长，这代表着附近有火系驱虫师正在危难之中，于是我便循着那声音而去，谁知刚一骑上那匹马，那匹马根本不受控制，立时嘶鸣一声，双脚踏地，飞奔而出。一直狂奔数十里，忽逢一场大雾，那马在大雾之中迷了方向差点让我葬身黄河！”

潘俊一面听着燕云的陈说，一面心中细细思忖着，待她说完潘俊皱紧眉头说道：“燕云，那隐秘信息会不会是燕鹰留下的？”

燕云失落地摇了摇头道：“燕鹰所学的火系驱虫之术还只是皮毛而已，这种传递信息的方法只有他过了十八岁爷爷才肯教给他！”一时之间两个人都陷入了沉默，这火系驱虫师除了燕云之外便只有燕鹰一人，而燕鹰却并未学会这门绝技，那么这个传递信息的人究竟是谁呢？难道此间还有其他会使用火系驱虫术的人？

忽然潘俊像是想起了什么，身体不由得一颤道：“燕云，你还记得前天晚上曾和我说过的关于蒙古死亡之虫的事情吗？”

“嗯！”燕云点了点头，经潘俊一提醒燕云也像是想到了什么，一只手捂住嘴不可思议地说道，“潘哥哥，这……这不可能吧！”

“你曾说在你们从新疆赶来中原的路上，曾经遭遇过蒙古死亡之虫是吗？”潘俊站起身来在屋子里来回踱着步子。

“对！”燕云回忆道，“其实蒙古死亡之虫对于欧阳家来说并不算陌生，爷爷在世的时候便曾说过，这火系驱虫师实际上不止两个分支，只因这两个分支的人数众多，加之轮流看护秘宝，因而广为大家所熟知。在火系驱虫师家族之中一直有一个家族，他们可以控制一种名叫死亡之虫的怪虫！”

潘俊点了点头，这些此前他便已经略知一二，只是当时他一直以为会操纵蒙古死亡之虫的家族早已经不存在了，谁知此间竟然遇到。

“因为死亡之虫极其凶残，而且极难驯服，幼虫以婴儿喂食，就算是驯服也经常会反叛，因此火系驱虫师的两大分支便联合起来将其剿灭在了沙漠深处，百余年销声匿迹之后却在十几年前忽然出现在了新疆！”燕云娓娓地回忆道。

“什么？”潘俊凝住眉头追问道，“你是说蒙古死虫在十几年前就出现过了？”

“嗯！”燕云点了点头说道，“那时候我还只有四五岁，依稀记得当时爷爷和父亲如临大敌一般，整个欧阳家戒备森严，可是即便这样那段时间还是经常有师门的弟子殒命的消息！”

“那后来呢？”

“好像这事情持续了有一年之久，也是在那期间母亲忽然离开了新疆。母亲离开后不久父亲就像是变了一个人一样，终日酗酒。之前父亲一直是一个非常孝顺的人，对爷爷的话言听计从，而那之后他经常与爷爷发生口角。一个晚上，蒙古死亡之虫忽然闯进了欧阳家，大概激战了一夜，各自都有损伤，而父亲也在那天晚上不见了！”燕云说到这里眼眶已然湿润了，“因为那些被死亡之虫所杀死的同门全部血肉模糊了，因此根本辨认不出。不过从那次之后那支火系驱虫师便再也没有出现过，直到在我们离开新疆之前！”

“其实有一件事爷爷一直在对外人隐瞒着！”燕云叹了口气说道，“秘宝遗失之后我曾跟随爷爷一直追着那些人到一处四面环山的绝壁，在追赶的路上我们发现了几具日本人的尸体，那些尸体全部是血肉模糊的，一眼便能看出来那些人都是死于蒙古死虫之手。”

“哦，原来是这样！”潘俊若有所思地皱着眉头说道，“后来你们在从新疆前往中原的路上又遭遇了死亡之虫？”

燕云点了点头：“虽然并未对我们下手，但是那一路上却经常可以遇见死于蒙古死虫的日本人。爷爷当时见到那些尸体极为紧张，也许他是怕那些人来报复百年前围剿之仇吧！”

潘俊静静地听燕云说完，眉头皱得更紧了，如果那支火系驱虫师是为了复仇而来，为什么不在欧阳雷火来中原的路上下手呢？更加奇怪的是这两次那些死亡之虫显然是在暗中保护着自己，而那个操纵这些的人一直隐藏在暗处，他这样做的目的何在？

潘俊彻夜未眠，一直坐在燕云身旁，燕云身体刚刚恢复，双手抓着潘俊衣角早已睡熟。这段时间发生的事情太多，火系欧阳雷火家族的秘宝忽然被盗，使得他不远万里来到中原，就如同是一个导火索一般打乱了五大驱虫师家族的平衡。后来所发生的事情简直出乎了所有人的意料，短短月余，他们逃离北平，远赴安阳，最后辗转新疆，这一切实在发生得太快了，潘俊隐隐有种感觉，似乎这一切就是一个巨大的陷阱。这个陷阱在很多年前就被人设计好了，只等待着某个时机，那个时机一旦到来，这个陷阱立刻便被启动了。只是让潘俊百思不得其解的是，那个时机究竟是什么？

潘俊轻轻地将燕云的手拿开，站起身向外走，轻轻地关上房门，外面夜风微凉，那些萤火虫依旧趴在荒草丛中，那草丛宛若会发光一般，让人看得心旷神怡。偶尔有一两只耐不住寂寞的萤火虫轻轻闪动翅膀在草间嬉戏，缭绕。

一只萤火虫飞过安阳城高高的围墙，毫无目的地在城中飞舞着，尾巴上的光明明灭灭，一闪一闪的，在这昏暗的天空中显得格外引人注意。它飞进城南的一座四合院中，一个穿着西装，戴着一副眼镜，表情冷峻的青年男人站在院子中，静静地望着那只飞舞的萤火虫。

这时另外一个青年人手中拿着一个茶壶从屋子中走出，看见眼前的男子望着萤火虫出神，不禁微微笑了笑说道："管修兄，在想什么？"

"我现在有些担心！"一直站在院子中望着萤火虫出神的男人便是管修，他扭过头，此时另外一个青年人已经坐在院子中的石桌上，将两杯茶倒上，瞬间茶香四溢，管修微微一笑说道："庚年兄，如果我猜得没错，这茶应该是宁强雀舌吧！"

"嗯！"爱新觉罗·庚年微笑着说道，"正是此茶啊！"

"据《茶经》记载这茶应该产自汉中宁强县！"管修喝了一口茶意味深长地说道。

"我想恐怕管修兄这话是另有所指吧！"庚年早已猜出管修的想法。

"嗯，是啊，如果顺利的话，小世叔此刻应该已经过了汉中，到了甘肃了吧！"管修忧心忡忡地喝了一杯茶说道。

"嗯，按时间来算应该已经差不多到甘肃了！"比起管修，庚年神态更自若一些。

"庚年兄，其实我还是有些担心！"管修心乱如麻地将那茶碗放在石桌上说道，"如果一切真的如你所猜想的那样的话，恐怕小世叔到了新疆的处境就更加险恶了！"

"嗯！"爱新觉罗·庚年微微喝了一口茶，微闭着眼睛想了片刻说道，"但是除此之外还能有别的什么办法呢？"

"唉！"管修长出一口气，无奈地攥紧拳头，"希望小世叔吉人自有天相，能够平安度过这一劫啊！"

"其实这件事除了潘爷之外，再也找不到别的人选了！"庚年放下茶杯说道，"而且此次去往新疆的利害关系我也事先和他讲明了，难得潘爷肯不顾个人安危以身涉险！”

“那关于时淼淼的身份你有没有告诉小世叔？”管修忽然问道。

爱新觉罗·庚年轻轻地摇了摇头：“我曾经答应过时姑娘不向第四个人透露她的身份，我想凭着潘爷的聪明应该早已经猜出一二了！”

“唉！”管修无奈地叹着气，“时姑娘是水系驱虫师最后的传人了，她一直想查明杀害她母亲的凶手，还有七十年前湘西水系时家灭门的元凶啊！”

“是啊，其实这么多年来我一直在暗中调查七十年前水系时家的那场火灾！”爱新觉罗·庚年幽幽地说道，“我发现那场大火来得太过蹊跷，凶手杀光了时家上下七十二口，然后纵火，似乎是有人有意在隐瞒着什么！”

“隐瞒着什么？”管修若有所思地重复着，忽然他眼前一亮扭过头望着庚年说道，“难道纵火的原因是想隐瞒他杀人的方法？”

“不仅如此！”爱新觉罗·庚年眯着眼睛，望着眼前飞舞的萤火虫说道，“还有其他目的！”

“你所说的目的应该是……”管修凝望着眼前这位年纪轻轻却城府极深的人问道。

“水系驱虫师的秘宝！”爱新觉罗·庚年一字一句地说道。

“似乎从未听过那水系驱虫师手中的秘宝究竟是什么模样！”管修疑惑地说道。

“呵呵，恐怕是因为水系驱虫师极少与外界往来，所以关于他们家族的秘宝几乎无人知晓！”庚年淡淡地说道，“不知你是否还记得，三年前日本宪兵司令部曾经秘密从南方运送了一个特别的东西，但半路经过凤吊山之时被土匪所劫，于是宪兵司令部立刻秘密让北平城的龙青与那土匪交涉，最终将那物事取回北平！”

“嗯，这件事有所耳闻，不过只是说东西已经运回北平，可自此之后便再无下文了！”管修一愣，满脸诧异地说道，“难道那件物事就是水系的秘宝？”

“嗯，应该就是！”爱新觉罗·庚年喝了一口茶说道，“而且那物事一直被藏在北平！”

管修微微点了点头说道：“我还有一事不明，还请庚年兄赐教！”

“嗯，知无不言，言无不尽！”庚年淡淡地说道。

“你怎么会忽然从北平来到安阳？”管修直言不讳地说道。

“呵呵！”庚年讳莫如深地笑了笑，然后从口袋中拿出一封信放在石桌上说道，“你看看这封信就全明白了！”

管修一脸诧异地望着庚年，伸出手将那封信拿到眼前，借着屋子中微弱的光亮管修一看便认出了那封信上的笔迹，他一脸惶惑地说道：“啊？你们竟然认识？”

七 遇鬼镇，重重灭门案

时淼淼微微点了点头说道：“潘姑娘，我可以带你去找潘俊！”

“条件呢？”潘苑媛瞥了一眼时淼淼说道，这么多年潘苑媛经历了太多的事情，虽然这些事情让她伤痕累累，但是也让她明白了一个道理，那就是这个世界上不会有人随便对你好，即便是骨肉至亲。

时淼淼微微摇了摇头，淡淡地说道：“没有条件！去，或者不去，由你自己决定！”说完时淼淼缓缓向门口走去，刚走出几步，潘苑媛忽然站起身来说道：“好吧，我跟你去新疆！”

时淼淼停住脚步点了点头：“如果想阻止潘俊的话，我想我们还是即刻动身吧！”

“不过我……”潘苑媛有些为难地皱起眉头，她毁容之后一直用黑纱蒙面，如果这样上路的话势必会引起旁人的注意，带来诸多不必要的麻烦。时淼淼早已猜透潘苑媛的心思，微微笑了笑说道：“潘姑娘，你相信我吗？”

潘苑媛皱起眉头，疑惑地望着时淼淼。

大约半个时辰之后，时淼淼推开了门对一直等在外面的龙青和子午说道：“去找面镜子来！”

二人一愣，面面相觑，不过龙青连忙点了点头说道：“您稍等！”说完便叫手下去找镜子，按说这镜子并非什么稀罕之物，只是龙青这群手下大多是地痞流氓，平日里哪有照镜子的习惯，寻了半晌才找到一面灰迹斑斑的镜子，龙青满含歉意地将那面镜子双手递给时淼淼，时淼淼微微笑了笑，转身走进屋子，随手将房门关上了。

时淼淼走进屋子拿过那面镜子对潘苑媛说道：“潘姑娘，现在你可以看看你现在的模样了！”说完她将那面镜子放在桌子上，潘苑媛轻轻地咬着嘴唇，自从她自毁容貌之后已经很少照过镜子了，唯恐看见那张丑陋如鬼的脸。

她抬起头用一种试探的目光望着时淼淼，只见眼前那冷艳的姑娘轻轻点了点头，她这才伸出手，手指刚一碰到那面镜子便缩了回去，略作犹豫，她终于狠了狠心伸手将那面镜子握在手中，缓缓地拿到自己面前，出乎意料的是镜子里面映出的竟然是一张精致绝伦的脸。

潘苑媛激动地情不自禁地抚摸着自己的脸，脸上绽开不可思议的笑容，试问这世间哪个女人不希望貌美如花，一个女子自毁容貌变得人不像人鬼不像鬼又有哪个女人可以忍受呢？

“潘姑娘，你还满意吗？”时淼淼站在一旁语气平静地问道。

“嗯，嗯！”潘苑媛激动得几乎说不出话来，“早便听闻水系时家有一门绝技叫作千容百貌，是一种足可以以假乱真的易容术，实在没想到竟然能到如此出神入化的地步！”

“潘姑娘，其实用不了多久你的脸便会恢复成原来的容貌，这张假面只是暂时的权宜之计而已！”时淼淼淡淡地说道。

“真的能恢复吗？”潘苑媛不可思议地说道。

“嗯！”时淼淼极为肯定地点了点头说道，“在这张人皮面具内侧有一种极小的胭脂虫，这种虫是多年前外祖母在海外发现的，它们以伤疤上的肉为食，而且它们造成的细小的伤口不会结疤，也不会被人察觉。一般半个月的时间伤疤便会复原，与之前一般无二！”

“谢谢！”虽然之前潘苑媛对时淼淼说起话总是一副冷冰冰的样子，但是这次却是发自内心的。

时淼淼微微笑了笑说道：“潘姑娘，我们上路吧！”

潘苑媛心中最后的顾虑也打消了，站起身来微微点了点头说道：“好！”

时淼淼推开门，子午和龙青立刻围了上来，见时淼淼身后那惊艳的女子均是一惊，这短短半个时辰，眼前的女子简直与之前判若两人，若不是亲眼所见，任谁也不敢相信这世间竟然会有如此秘术。

“小世叔，这时家的易容术真是厉害啊！”子午由衷赞叹道，时淼淼微微笑了笑说道：“子午，我之前和你说的东西准备好了吗？”

“嗯！”子午笑了笑说道，“小世叔交代的事情我一定会办妥当！”说着他从上衣口袋中掏出两张通行证说道，“小世叔这通行证只能保证你们顺利离开京畿方圆百里之地，再远的话恐怕便没有效果了！”

时淼淼接过那两张通行证之后微微笑了笑：“多谢你了！”

“哪里话，小世叔客气了！”子午说到这里略微有些失望，他想了片刻说道，“小世叔，我有一事相求！”

“是关于燕云的吗？”时淼淼冰雪聪明早已看透子午的心思了。

“嗯，是啊！”子午叹了口气说道，“燕云姐太善良了，根本不应该让她卷入到这场纷争中！”

“你放心吧！”时淼淼点了点头道，“如果可能的话，我会照顾她的！”

“多谢小世叔！”子午长出一口气说道，“这样我就放心多了，北平这边的事情我会帮您照顾周全的，如果这边有什么异动我会及时通知你们的！”

“嗯！”时淼淼扭过头对龙青说道，“龙青，这段时间谢谢你在北平的照料，不过还要麻烦你帮我做最后一件事！”

“嗯，姑娘请说！”龙青这个人虽然是黑白通吃，但却是一个侠肝义胆之人，性格直爽。

“你在北平的人脉广，也熟悉日本人，帮我调查一个人！”时淼淼犹豫片刻说道。

“哈哈，找人我龙青最拿手，姑娘你说让我帮你找谁？只要他尚在北平城，那么就算是掘地三尺，我也能帮你把人找到带到你面前来！”龙青拍着胸脯说道。

但时淼淼却绝没有龙青那般轻松，她踌躇片刻说道：“龙青这件事你要想清楚，如果我所料不错的话，恐怕这件事会给你带来杀身之祸！”

这句话倒着实让龙青犹豫了起来，他见时淼淼的表情并不像是在开玩笑，过了一会儿龙青郑重其事地说道：“姑娘，你信得过我龙青吗？”

时淼淼点了点头。

“呵呵，那就好！”龙青自嘲地笑了笑说道，“既然姑娘你信得过我龙青，就算为了你这番信任，我龙青豁出这条命去了也值得，你告诉我要找谁吧！”

时淼淼犹豫地向身后瞥了一眼，潘苑媛和子午立刻会意地笑了笑，两个人识趣地向外走去，待他们出去之后，时淼淼才叹了一口气说道：“龙青，我想让你帮我调查的那个人关在炮局监狱！”

“炮局监狱？”龙青在北平城中的人脉极广，不管是地痞流氓抑或是达官显贵，甚至日本军界高官也都与之有所往来，唯独这炮局监狱龙青早有耳闻，虽然那监狱极不起眼，却不知何故被日本人把守得如同铁桶一般，普通人别说是进去，听到这炮局监狱的名头便已经不寒而栗了。“姑娘，说到这炮局监狱我还真想起一件蹊跷的事情！”

“嗯？”时淼淼一脸狐疑地望着龙青。

龙青皱了皱眉头说道：“可能你有所不知，北平城有句老话叫‘臭沟开，举子来！’每年一到开春，这北京城拥堵了一年的小水道便积满了臭泥，都需找专门的人清理。几年来全部由日本人交给帮会来做，前面进展得都很顺利，可谁知差错就出在了炮局监狱那一段的下水道上。”

“究竟出了什么事？”时淼淼见龙青一脸惊恐的样子问道。

“清理炮局监狱那段下水道的时候是个下午，工头忽然跑到我的住处，和我悄悄说在那下水道里发现了一些东西！”龙青一面回忆一面说道，“当时我追问他究竟发现了什么，他一直吞吞吐吐，支支吾吾，只是想让我跟着他到那下水道里看一趟。你也知道，那下水道囤积了一年的臭泥，臭味熏天，所以我当时也有些为难，推诿他说第二天去工地上看看。可谁知当天晚上松井赤木忽然而至，他告诉我炮局监狱那段的下水道将由日本人接手清理，让我将清理炮局监狱下水道所有参与人员的名单交给他！”

“当时他来得太突然，我心知这些小日本必定是在里面藏着什么秘密。于是便故意拖延时间，暗中派人将那个工头偷偷藏了起来，交给松井赤木一份并不完整的名单。果不其然，第二天我那名单上所有的人都像是人间蒸发了一般！”龙青叹了一口气说道，“十有八九是遭遇不测了。后来我发现很长一段时间，我身边都有日本人暗中监视着我的行踪，因此也未敢轻易与那工头见面。直到那事情过去半年之后我才与那工头再次见面，从他口中得知他们在清理那段下水道的时候竟然发现了一条密道，出于好奇，工头带着几个人冒险摸了进去，谁知那个密道竟然有百米深，应该已经深入到炮局监狱的内部了，他们行到密道的起点发现了一扇锈迹斑驳的铁门，铁门周围都是用混凝土建筑而成的。”龙青情不自禁地点了一根烟接着说道，“谁知道我只是与工头见了一面，第二天那工头便与之前的工人一样离奇地人间蒸发了。直到后来我才知道原来是日本人安插在我身边的奸细泄的密！”

“地下混凝土建筑？”时淼淼柳眉微颦，口中重复着龙青的话。

“嗯，后来我曾秘密派人调查过这件事，据说这炮局监狱之中确实有两间混凝土建筑而成的地下牢房，可却无人知道内中究竟关着什么人！”龙青的眉毛微微动了动说道，“难不成姑娘让我调查的就是这牢房中人的身份？”

时淼淼点了点头，长出一口气说道：“对，你猜得没错！不过既然你已经知晓其中的利害，如果害怕牵连自己的话也没有关系！”

没想到时淼淼话音刚落，龙青竟哈哈大笑起来，那笑声中满是轻蔑：“姑娘你也忒看扁我龙青了，虽然我不是什么正人君子，但是盗亦有道。别说是潘爷曾经救过我一命，就算是为那些枉死的兄弟，我这条性命还算得了什么！”

这番话让时淼淼忽然想起卞小虎和吴尊，这些人平日里口中粗话不断，可却胸怀满腔热血，一旦遇到危难险境之时总是舍生忘死，毫不犹豫。较之那些道貌岸然的所谓谦谦君子不知强上几百倍。

“那一切有劳你了！”时淼淼平日总是一副冷漠的样子，但此刻这句话却出自真心佩服。

龙青抽了口烟，笑了笑说道：“如果我这次有什么不测，还请姑娘你转告潘爷，我龙青这条命是他给的，咱也不会说什么报答的话，能够得遇潘爷我算是此生无憾了！”

时淼淼微微点了点头，想起潘俊时淼淼心头一酸，一颗晶莹的东西从时淼淼的眼角闪过，不过她立刻别过头去，唯恐被龙青看到自己的泪水。

辞别龙青，时淼淼与潘苑媛一同上了子午的车，缓缓从城北驶向城东黑马张庄，此前时淼淼便交代子午为自己准备两匹快马，一路上车里只有发动机的轰鸣声，三个人均沉默不语，各怀心事。来到黑马张庄的时候已经是日落时分，子午将两匹马牵出交给时淼淼和潘苑媛二人，低着头想要说什么，可最终还是没有开口。

时淼淼与潘苑媛二人与子午告别之后，便骑着马趁着天黑沿着北平城西的官道一路狂奔下去，因为手中有子午的通行证，所以一路畅通无阻，基本上毫无障碍。一夜之间便已经离开了京畿重地。

午后时分二人已经抵达张家口，张家口是日军的军事重镇，为了避免不必要的麻烦二人并未入城，而且此时子午的通行证也不再有效了。她们旋即下了官道，这条小路远离官道，过往客商为了躲避日本人迫于无奈才开辟了这条小路。

小路颇窄，只能容得下两辆马车并行而过，且道路崎岖不平，山高林密经常有土匪出没，不过这总比遇见小日本强得多。在这小路之上亦有客栈，方便过往客商打尖休息，时淼淼与潘苑媛在这小路上又行了数十里，终于隐约见到一间简陋的客栈。

这客栈矗立在两山之间，依山而建，四周是用泥水砖堆砌而成，那两层的土楼则依山而建，从远处望去显得有些低矮，两个人驱马行至此处，门口有数根拴马桩，拴马桩上拴着数匹马，还有几辆拉着货物的马车。

二人在客栈门口下了马，将马匹拴在一根拴马桩上，之后便径直走进了院子，院子很大，偌大的院子中来回穿行着各色的人，这些人大多是走垛的，见到两个女子无不侧目，时淼淼和潘苑媛目不斜视地走进客栈，一个小二笑眯眯殷勤地走过来，见到二人道："二位是打尖还是住店？"

"住店！"时淼淼冷冷地说道。

只见那小二向内中喊了一句："掌柜的，住店两位！"

时淼淼顺着那声音的方向望去，只见掌柜一手打着算盘，另一只手端着烟袋，四十岁上下，一双眼睛一会儿看看账本，一会儿看看算盘，把烟袋从口中拿出也不抬头问道："客官，嘿嘿，你们来得是时候，现在上房还有一间！"

那掌柜的话音刚落便听外面传来了一阵骚动，听到几个人一边骂着一边说道："奶奶的，这穷乡僻壤的总算是遇到他妈一个喝酒吃饭的地儿了！"

随着那话音，五个彪形大汉从外面迈着大步走了进来，这几个人脸色黢黑，上半身光着膀子，略带东北口音，一走进店中，其中四个人便分坐在门前的两张长凳上，带头的那个留着连鬓络腮胡子，走到那柜台前面轻瞥了一眼站在柜台前的两个女子，色迷迷地笑了一下道："掌柜的，给俺们兄弟挑两间上房？"那中年掌柜嘬了一口烟，一不小心呛到了，不禁剧烈地咳嗽了两声说道："上房只有一间，刚刚这两位姑娘已经定下了，现在只有普通的客房！"

时淼淼心道这掌柜倒是讲理，谁知这话一出口，那大汉不禁"啪"的一声拍了一下柜台道："那就把上房让给老子！"

那掌柜毫不动怒，肩头微微耸了耸，嘴角露出一丝不屑的微笑，手中继续忙碌地拨弄着手中的算盘："不好意思，本店虽小，但先来后到的规矩不能破！"

"操，老家伙你他妈还蹬鼻子上脸了，给脸不要是吧！"说话的是一直坐在后面桌子上的另外一个二十岁左右的汉子，他向前走了两步来到柜台前面，瞥了一眼一旁的时淼淼和潘苑媛说道，"不然老子委屈点，和这两位姑娘住一间房如何？"

谁知他刚一扭过头只觉得头顶上多了一件物事，那掌柜从柜台之中掏出一把枪抵在那汉子的脑门上，旁边那为首的大汉见此情形立时从腰间拔出一把枪，谁知那掌柜将另外一只手中的烟袋放在柜台上，顺手握起一把匕首，用手腕轻轻一撞那大汉握着枪的手腕，大汉一吃痛，手中的枪应声落地，掌柜顺势将大汉的手压在自己的手腕之下，大汉另一只手立刻上前，谁知掌柜手形一转，刀尖钉在柜台上，顺势向大汉手指的方向轻轻一压，刀锋已然没入大汉的一根手指。

那为首的大汉吃痛口中“哎呀呀”大叫，一直坐在后面的两个大汉立刻站起身来，正欲拔枪，只见掌柜手中枪从那汉子脑门移开，“啪啪”两枪，两枪不偏不倚地打在另外两个汉子脚前，那两个汉子连忙退后几步。

为首的汉子见势不妙，立刻服软道：“掌柜的手下留情，掌柜的手下留情啊！”

那掌柜将匕首从桌子上拔出来放在柜台上，把枪放在了自己身旁说道：“回头，本店店规就挂在墙上，自己去看仔细点儿，不愿意住立刻给我滚蛋！”

那几个汉子再不敢嚣张，扭过头，在客栈门口左边挂着醒目的牌子，时淼淼和潘苑媛两人也好奇地扭过头向那块牌子望去，只见牌子上店规如下：

本店五不住，第一，姓冯的人不住；第二，日本人和汉奸不住；第三，清朝后裔不住；第四，淫乱嫖娼者不住；第五，乱先来后到规矩者不住。

时淼淼看着那牌子上的五不住，不禁微微笑了笑，轻声在潘苑媛耳边说道：“潘姑娘，你有没有发现这五不住有些眼熟？”

潘苑媛点了点头，虽然潘苑媛离家之后便一直隐姓埋名，不过自己的弟弟潘俊却早已闻名遐迩，早就听闻自从日本人进入北平城之后，潘俊便在自己门口贴上一个硕大的牌子，上面写着三不救：一不救冯姓人；二不救日本人；三不救清朝后裔。这家荒野小店虽然加上了后两条，但显然有些潘俊的影子。

“看清楚了没有？”此时掌柜终于停下手中的算盘抬起头，这时，时淼淼和潘苑媛才看清那掌柜的脸，那中年汉子的脸上由额头到眼眶有两道深深的伤疤，但眼睛炯炯有神，他目光柔和，与刚刚出手的那副狠劲似乎一点都没办法联系起来。

“嗯，嗯！看清楚了！”为首的汉子一面捂着手上的伤口，一面连连点头道，“掌柜的别见怪，是我们兄弟有眼不识泰山！”

那掌柜的拍了拍双手，然后脸上挂满了微笑，从柜台里走出来说道：“看兄弟几个像是跑马帮的，也该懂些江湖的规矩，这人在江湖谁也不容易，能让一步便让一步，尤其人家两位是女子，都是江湖儿女何必苦苦相逼呢？”

“是，是！”几个汉子吃了掌柜的苦头，知道这掌柜的深藏不露，并不好惹，向前几十里再无客栈，如果错过了这家想必今天要露宿荒郊野外。

“六子！”掌柜向里面喊了一声，刚刚那个小二从内中跑了出来，说道：“掌柜的，什么事？”

“带几位客官到后院的客房休息！”掌柜的指了指眼前这几个人说道。

“好嘞！”那小二满脸堆笑道，“几位爷，咱里面请，里面清净！”

几个人这才跟着小二绕过旁边的一个小门，向后面的院落走去，这时掌柜的上下打量了一下眼前的两个女子说道：“丫头，你带着两位女客官到二楼上房中休息吧！”

他的话音刚落一个十五六岁，长得干干净净，目光冰冷的女孩子沉默不语地从后面走了出来，她站在潘苑媛和时淼淼面前微微点了点头，却并不说话，然后引着二人向一旁的楼梯走去。

“二位姑娘，你们跟着丫头上楼休息吧！”那掌柜的说完亦不多问，伸出双手打了一个哈欠，背着手缓缓地向门外走去，此时外面院子中的各路人依旧在不亦乐乎地忙活着。

时淼淼与潘苑媛跟着那丫头走上楼，那间上房在靠近东面的一侧，推开门内中传来一阵淡淡的幽香，循着那幽香望去，原来房间中放着一株水仙花。这房间说是上房，实际上较之北平城的普通客房还要差一点，房间内布置得极为简单，一张大床、一个梳妆台、两把椅子、一张桌子仅此而已。

那丫头将门推开，侧着身子引了二人进去，刚要扭身离开却被时淼淼叫住：“小姑娘，一会儿能送点吃的过来吗？”

丫头微微点了点头，之后退了出去。

时淼淼将行李等东西放在桌子上，走到窗口轻轻推开窗子，一阵清新的芳草香味从窗口吹进来，午后的芳草清香让人倍感惬意。而潘苑媛则眉头微皱，冷汗涔涔地从额头上淌了下来，身上的关节像是有万千只蚂蚁在叮嗜一般，她瘫软地坐在床上，时淼淼扭过头紧张地望着痛苦不堪的潘苑媛道："潘姑娘是不是体内的毒又发作了？"

潘苑媛紧紧地咬着嘴唇，抓着褥子的手背已经溢满了汗水。时淼淼只能看着潘苑媛却丝毫帮不上忙，大概一炷香的时间之后，潘苑媛终于长出一口气，艰难地从床上坐起来，时淼淼递过来一条毛巾，潘苑媛轻轻擦了擦额头上的汗水，微微笑了笑道："如果十天之内得不到解药的话，恐怕……"潘苑媛微微笑了笑，没有继续说下去。

正在此时忽然传来了一阵敲门声，时淼淼扭过头道："进来吧！"

话音一落，那店小二端着几个菜走了进来，那小二笑着说道："两位姑娘，小店是山村野店，没有什么好东西款待二位，这几道小菜算是本店的拿手菜，你们尝尝看！"

时淼淼微微笑了笑，从口袋中拿出一些票子递给小二，那小二接过票子喜上眉梢地说道："如果二位姑娘还有什么吩咐直接打声招呼！"

"好！"时淼淼微笑着点了点头，那小二刚要退出去却被潘苑媛叫住："小二！"

那小二扭过头，望着床上那位脸色苍白的姑娘说道："不知您有什么吩咐？"

"其实……"潘苑媛犹豫了一下说道，"不知小二哥来这店里多久了？"

"嘿嘿，姑娘您别叫我小二哥，叫我小六子就可以了！"那小二着实是个好说话的人，"我来这店里有七八年了吧！"

"哦，这样啊！"潘苑媛接着说道，"你们这客栈虽然不大，但是看那规矩好像写得有板有眼！"

"嘿嘿！"小二笑而不答，潘苑媛本想这店规与潘俊行医的规矩颇为相似，应该是有所关联，可眼见小二似乎对此讳莫如深，想了想又接着说道：

"对了，小六子，刚刚你们掌柜的那般对待那几个大汉，难道不怕他们不住此店，愤然离去吗？"

那店小二不禁微微一笑说道："姑娘实不相瞒！就算是现在赶他们走，他们也未必会离开这家店！"

"这是为什么？"潘苑媛饶有兴趣地问道。这客栈平日里虽然客流如云，人来人往，却往往是些汉子，女子本来便少，而眼前这两位又是美女中的美女，小六子自然愿意与她们多攀谈两句，见这两位姑娘对自己的话如此好奇便来了许多兴致。

"其实这条小路上距此四十五里还有一个镇子，但却极少有人敢深夜进入那镇子之中。过往客商为了避开那个镇子，每每经由此处便会早早出发，赶在日落之前来到此处，免于在黑夜经过那个镇子！"小二煞有介事地说道，"二位姑娘想不想知道为什么？"

时淼淼淡淡一笑，一切对于她来说并不重要，她现在最关心的只是如何才能赶上潘俊。而潘苑媛似乎对这件事更感兴趣，小二也看透了这一点，靠近潘苑媛说道："那个镇子闹鬼！"小二有意无意中将"闹鬼"两个字咬得极重，可是似乎并未达到他预计的效果，眼前的两个美艳女子只是淡淡一笑，似乎在嘲笑自己。

小二略微显得有些失望，为了证明自己所言非虚，小二接着说道："说起那镇子的来历还真是有些奇怪，那里原本只是一个三面环山的白沙地，过往客商在山边开辟出一条小路，累的时候会在那片白沙地稍事休息，谁知十年前的一个月之间，那片白沙地像是见鬼了一样忽然冒出一座镇子，那些房子全部是青砖大院，高高的围墙，院门紧闭，几乎没有人注意到那些房子是何时何人所建。"

"你是说镇子中所有的房子全部是青砖大院？"时淼淼忽然冒出这么一句，起初她一直是一副洞若观火的神态，不知为何此时也来了兴致。小二见时淼淼的兴致也被勾了起来便更加兴奋地说道："嗯，是啊！"

"是你亲眼所见？"时淼淼追问道。

小六子点了点头道："嗯，起初那些过往的客商见到那凭空冒出来的镇子都很惊讶，便成群结队地去那个镇子中想探个究竟，他们到了镇子中才发现，那镇子所有的院门紧闭，街道打扫得干干净净，连个人影也没有，有那好事儿的几个人跳过高高的院墙，想进里面看个究竟，但是进里面的人却什么都没发现。屋子里家具用品一应俱全，似是有人居住，但是始终找不到人。可你说奇怪不奇怪，每每到傍晚时分，那镇子中便会升腾起炊烟，当好事者三五成群赶到之时，却发现那炊烟升起的人家也是空空如也，只有那灶膛里的柴燃烧着，他们惊讶地掀开锅盖，发现里面竟然煮着一种奇怪的肉。好事者不禁拿起旁边的勺子轻轻搅弄了一下，那肉香扑鼻，这个年月不要说是煮着一大锅香喷喷的肉，即便是肉腥也少见了。后来他们就几个人各自盛了一碗，狼吞虎咽地吃了下去。那肉柔滑细腻，正当他们准备再来一碗的时候，忽然发现锅内翻滚的肉汤中有一个白岑岑的东西在上下翻滚，几个人都是一怔，轻轻用那勺子从锅底将那白岑岑的东西捞起来，几个人顿时觉得肠胃一阵阵痉挛，不禁全部呕吐了起来，那白岑岑的东西不是别的，竟然是一颗已经煮熟了的人头！"

"人头？"潘苑媛有些惊讶地问道。

"嗯，嗯！"小六子不停地点着头道，"一颗人头！"

"那几个好事者连惊带吓地仓皇跳过院墙逃离了那个镇子，这鬼镇从此之后便在这方圆百里传开了！"小二说着拿起挂在自己肩头的抹布，擦了擦桌子说道，"看那几个客商的模样应该也是这一带跑马帮的，想必是听说过那个鬼镇的传说的！"

"听小六哥这般说，这镇子已经在此地十多年了吧？"潘苑媛追问道。

"嗯！"小二此时已经将桌子擦拭干净，将那饭菜整齐地摆在桌子上，然后将手中的抹布搭在自己的肩头，拱手道，"二位姑娘慢用，有什么吩咐就直接招呼一声！"

潘苑媛微笑着点了点头，小二退出去之后，只见时淼淼柳眉微颦，缓缓走到窗口，似是在思忖着什么。

"时姑娘……"潘苑媛坐在桌子前轻轻喊了一声，而时淼淼一直全神贯注地望着远处的山头，毫无反应。潘苑媛想了想，又叫了时淼淼一声，这次她才反应过来有些抱歉地说道："啊？！"

"过来吃饭吧！"潘苑媛说罢端起一只碗，自顾自地吃了起来，这荒郊野店再加上日本人封锁得极其厉害确实没有什么应口的菜肴，只是勉强糊口罢了。潘苑媛见时淼淼手中的筷子始终停在半空中，微微笑了笑说道："时姑娘是不是有什么心事？"

时淼淼一愣连忙微笑着掩饰道："哦，没什么！"之后吃起饭来，而潘苑媛心想眼前这姑娘虽然总是一副冷漠的模样，城府却并不太深，既然她不想说，自己也便不再继续询问。

草草吃过饭之后两个人抵足而卧，经过昨晚一夜的长途跋涉再加上潘苑媛身上的毒，此刻她早已经疲惫不堪了，头一沾到枕头便酣然入梦，而躺在她身边的时淼淼却无论如何也不能安眠，她靠在枕头上，这客栈后面有一片荒草地，地上生满了蒲公英，此刻微风一吹几颗伞状的蒲公英种子从窗口飞进来，时淼淼双眼盯着那几颗蒲公英的种子，记忆一点点地扩散开来。

大约在一年之前，随着袅袅的白烟，一艘巨大的客轮正缓缓驶向中国福建。一个一袭黑装，相貌英俊目光冰冷的男子站在船尾，抬起头望着天地相接的地方出神。不一会儿另外一个年轻人带着两个随从也走上甲板，男子向左右招了招手，两个随从警惕地守在门口，这时男子才整理了一下衣服缓缓地走出甲板，径直向先前那个男子走去。

来到那个男子身旁，他背靠着护栏点上一根雪茄吸了一口，瞥了一眼站在身旁的那个一直对身边的自己无动于衷的男子说道："去中国？"

"嗯！"先前那个男子从喉咙中哼出一声，并未睁眼看眼前的人。

吸着烟的男子微微笑了笑说道："故乡是哪里的？"

"湘西！"先前那男子干净利落地回答道。

"不知道你可知道湘西有个姓时的大户？"吸烟男子慵懒地靠在护栏上说道。

“呵呵，时淼淼！”之前那男子扭过头望着身边这吸烟的男子说道，那男子嘴角微微一敛露出一丝微笑说道：“爱新觉罗·庚年！”说完两个人握了握手，庚年不禁皱起眉头说道，“我听说湘西水系驱虫师的时家传人应该都是女子才对，怎么你……”

时淼淼微微笑了笑，庚年恍然大悟地说道：“哈哈，我明白了，很早便听闻水系驱虫师的独门绝技千容百貌是一门世所罕见的易容之术，却不曾想到竟然能厉害到如此地步，不但样貌与男子无异，即便是声音也完全和男子一般！”

“呵呵，庚年兄见笑了！”时淼淼依旧淡淡地说道，“不过我倒是很诧异，你是如何找到我的？很少有人知道七十年前那场大火之后，时家人便移居海外了。”

“这个……”庚年讳莫如深地笑了笑道，“这世界上没有不透风的墙，只要想找就一定能找到，日本人不也找到你了吗？”

“哦？”时淼淼颇为诧异地望着身边这个年轻人说道，“庚年兄怎么知道日本人也找过我？”

“哈哈，我不但知道日本人找过你，还知道日本人写给你的那封信中的内容！”庚年神神秘秘地说道，“那封信是一个自称松井尚元的火系驱虫师——日本分支的君子写给你的吧？他在信中告诉你，你母亲遇害与北平的木系潘家有关，很可能是木系觊觎水系秘宝才下此毒手，所以邀你去北平与他共谋大计对吗？”

时淼淼点了点头说道：“不差分毫！”

“你相信松井尚元信中所述吗？”庚年吸了一口雪茄说道。

时淼淼不置可否地笑了笑：“拙略的计谋，险恶的用心！”

“哦？”这番话从眼前这女子口中说出，倒确实是大出爱新觉罗·庚年所料，“姑娘的意思是？”

“我想庚年兄应该心知肚明，日本人不过是想以此为借口，将我骗到北平应该是另有所图才是！”时淼淼直言不讳地说道。

“那……那姑娘你既然已经想到了这一点，为什么还回到国内？”爱新觉罗·庚年疑惑地问道。

“两个原因，一来我收到了你的来信，二来其实对于时家来说永远也忘不掉的便是七十年前的那场离奇的火灾，那场火灾差点让时家灭门。我一直希望能调查清楚那七十年前水系时家究竟发生了什么事，还有那场离奇火灾的原因！”时淼淼说到这里，紧紧地握着拳头扭过头望着庚年说道，“你曾在信中提到过对那场火灾的猜测，不知是真的有证据或者只是自己的凭空猜测？”

庚年点了点头，然后在身上摸了摸，从口袋中掏出一个红色的布包说道：“很多年前我就注意到了水系时家七十年前的那场火灾，说实话那场火灾来得太过离奇古怪，只有两种可能，一种是被仇家追杀最终灭口，一种是全家商量好的自杀！可是渐渐地第二种可能被否定了，因为此前根本没有任何这方面的征兆，那么便只能是被仇家追杀了，但是仇家为何杀了人之后还要毁尸灭迹呢？因为他们想要掩饰自己的杀人方法！”

时淼淼微微点了点头。

“后来我亲赴水系时家，终于在当年仵作家中花费重金拿到了这个，或许一般人看不懂这是一件什么物事，但是我相信对于所有驱虫师来说，这件物事并不陌生！”说着他将手中的红色布包递给了时淼淼。

时淼淼有些诧异地打开那红色布包，当那布包一层层打开的时候，时淼淼心中不禁一颤，她一把将那布包紧紧握在手中，咬着牙长出一口气说道：“家母在世之时也曾想到过，不过……”

“时姑娘，其实即便有了这个物事也只能是猜测，或许是别人嫁祸。所以我希望你能帮我！”庚年目光凝重地望着时淼淼说道。

“帮你？”时淼淼诧异地望着眼前这个年轻人。

“对，日本人早在几十年前便已经开始打起了驱虫师家族秘术的主意，他们一直想要将此据为己有。只是当时因为日本右翼甚是嚣张，将病弱的中国丝毫不放在眼里，所以寻找驱虫师秘宝之事也只是辅助而已。自从太平洋战争爆发之后日本人逐渐落于弱势，现在他们希望可以用那驱虫师中的不传之秘来改变战局。”庚年忧心忡忡地说道，“一旦他们真的得到了那个惊天的秘密，恐怕又会是一场灭顶之灾。”

“呵呵，这与我何干？”时淼淼冷淡地说道，“而且你应该是清朝的后裔吧，难道这国破家亡之责不应该由你们来承担吗？”

“时姑娘说得没错！”庚年是清朝后裔中少有的忧国忧民之士，此前他前往日本学习，也是希望借此能够知己知彼，回国效力希望改变战局，“就是因为这大好河山在我们手里失去过一次，所以不希望再被那些日本强盗洗劫一次了！”

“你说的这些我能相信吗？”时淼淼不屑一顾地说道。

“其实时姑娘如果不相信的话，我们也不会有今天在此处的这段对话了！”庚年显然早已经看透了时淼淼心中所想。

“好吧，那你要我怎么帮你？”时淼淼凝视着庚年说道。

“我想日本人一定是计划将所有的驱虫师全部聚集到北平城中，然后再夺取秘宝！”庚年皱着眉头说道，“水系是他们最先下手的，我想接着其他几系的驱虫师也会被日本人诱来北平，然后让驱虫师家族自相残杀，自己渔翁得利。所以短时间内日本人应该不会对你下手，既然是松井尚元将你邀请回来的，必定会是松井尚元的座上宾！而我就想借用时姑娘的这层身份帮我调查两件事！”

“哪两件事？”时淼淼皱着眉头说道。

“这两件事都与驱虫师家族有着极为密切的关系。”庚年长叹了一口气说道，“第一件事是要时姑娘帮我暗中观察松井尚元，看看他都在和谁接触。我一直有种隐隐的感觉，单凭着松井尚元，不可能对所有驱虫师家族如此熟悉，他背后应该还有一只黑手。可是松井尚元一直行踪诡秘，很难接近。另外一件事是据说日本人早已在十几年前，在中国北方一些地方培养一种极其厉害的怪虫，那种虫名叫蒙古死亡之虫，据说这种虫十分厉害，如果投入到战争方面可能又是一场浩劫，只是至今不知那个研究这种虫的秘密基地所在。一直在日本人内部的内线曾经说过那个地方隐没在深山之中。”

“真有这种事？”时淼淼闻言不禁也是一惊。

“嗯！”庚年点了点头，“这个秘密只有日本人内部的高层人士才知道，所以希望时姑娘能多留意一下，我相信你也不希望驱虫术被日本人用到这场战争上来！”

时淼淼想了一会儿说道：“如果我有什么发现的话应该怎么和你联络？”

“这点你放心，管修已经在你之前便已经进入到他们内部了，他会和你联络的，如果你有什么需要也可以直接与他说！”庚年顿了顿说道，“时姑娘，其实我还知道你的另外一重身份！这船上有日本人的奸细。”时淼淼扭过头见庚年双手扶着护栏，“不过这件事只有我知道而已！”说完庚年迈开步子缓缓离开了甲板。

而时淼淼抬起头，双手靠在护栏上，轻轻展开手上的那个红色布包，一阵海风吹来，她微微闭上眼睛，将那个红布包小心翼翼地揣在怀里。

想到这里时淼淼长叹了一口气，她回到中国的这半年时间一直在暗中监视着松井尚元。渐渐地她发现松井尚元确实行踪诡秘，不仅如此，他生性多疑，做事又极为谨慎。时淼淼稍有动作，松井尚元立刻便改变了计划。

因此过了大半年时淼淼始终毫无收获，但今天听那店小二所说的一番话，她忽然与日本人那个神秘的基地联系在了一起。想到这里时淼淼更加难以入眠了，她看着睡在自己对面的潘苑媛，此刻她正侧着脸酣睡着，那熟悉的侧脸让时淼淼觉得与潘俊是如此相似，她有些担忧，不知潘俊此刻是否已经恢复了记忆？应该不会的，应该不会的！她这样在心中默念着，渐渐的眼前潘苑媛的侧脸与潘俊的脸竟然重叠在了一起，似乎躺在自己旁边的不是别人正是潘俊——那个永远让你猜不透的青年，睡熟的时候却像一个孩子，只是如果他将所有的一切都想起来恐怕就是自己不得不离开的时候了，想到这里时淼淼的眼角淌下一滴滚烫的东西。

是泪水吗？

八 兰州城，巧破毒虫计

一滴晶莹的水珠落在潘俊的脸上，他禁不住抬起头，只见此刻天空中乌云密布，星星点点的雨滴从那黑云中落下来。

“潘哥哥，看来要下雨了！”燕云骑着马跟在潘俊后面，今天一早潘俊与燕云醒来发现那老者早已经没了踪迹，二人在屋子前后找寻一圈，除了找到两匹马之外再无他物，想必那老者必定是不想再露面，潘俊便决定与燕云立时出发。

那山谷距离黄河小路并不甚远，快马加鞭不到半个时辰便已经回到那小路之上。只是让他们颇感惊讶的是虽然只是一夜之间，眼前这黄河水竟然暴涨了数丈高，滚滚的黄河水夹杂着泥沙碎木，卷积着滔天的巨浪翻滚过来。

“潘哥哥，你看这黄河好像涨水了！”燕云随着潘俊走在黄河岸边的小路上，巨大的水浪一波盖过一波，让人看了有些心惊。

“嗯，看来黄河上游一定是降了暴雨！”潘俊说着想起昨天晚上那数以亿计的萤火虫，老者曾说真正的驱虫师要掌握自然之变化，潘俊恍然大悟，想必是那些萤火虫早已预料到这黄河水暴涨所以才会如昨夜般聚集在一起。

“潘哥哥，不知现在冯师傅他们到了什么地方！”燕云有些担忧地说道。

“如果顺利的话，我想他们应该会在我们前面赶到兰州城！”潘俊说着在马背上轻轻拍了一下，其实此刻潘俊心中对冯万春的安危也颇感担忧，让他心神不宁的还有另外一个原因，那就是那些神秘出现且行踪不定的蒙古死虫。

此处距离兰州城不过数十里而已，潘俊与燕云二人快马扬鞭，只用了半天工夫便来到兰州城外，随着二人的到来，那蓄谋已久的大雨也开始铺天盖地而来，滚滚的黑云，阴云中不时可以看到闪电。

二人毫不迟疑地进入到兰州城中，这兰州城是古丝绸之路的重镇，南北群山对峙，东西黄河横穿期间，绵延百余里，水动而山静，城市依山而建，重峦叠嶂，浑壮雄魄。而且自此向西便彻底摆脱了日本人的势力范围。他们从城东入了这兰州城，只见一辆马车停在城门内中的角落里，一见潘俊二人入城那辆马车立时跟了上来，马车来到潘俊和燕云身边停下，只听内中传来一个熟悉的声音：“少东家，你终于到了！”

燕云与潘俊循着那声音的方向望去，只见那马车中走下一人，那人不是别人正是安阳城中甲骨堂的刘衎。这刘衎在万鸟袭安阳之时便听从潘俊的吩咐，从安阳坐火车直奔兰州而来，此时已经先潘俊等人抵达兰州数日之久。

潘俊见到刘衎倍感亲切，虽然只是数日之别，然而却又是经历了几生几死。这生生死死之间虽然只是几日就像是经历了几年一般。潘俊点了点头说道：“刘衎叔，冯师傅他们可曾已经到了兰州城？”

“嗯，他们昨夜已经到了兰州城！”刘衎说到这里略微沉吟了一下，一副欲言又止的样子，过了片刻说道，“东家你还是随我先去虫草堂吧！”

说完刘衎将潘俊和燕云引入车中，那马车沿着洪恩街一路向北而去，转过几条街远远便望见虫草堂的金字招牌。

马车并未停在虫草堂门口，而是又绕了一条街在虫草堂后门停了下来。刘衎下了车撑起一把伞等在外面，潘俊与燕云两个人这才从车中下来。刘衎在门上轻轻叩击了两下之后那门缓缓打开，一个四十多岁的老者向刘衎微微点了点头，说道：“东家您回来了！”

刘衎笑了笑引着潘俊和燕云进入了这虫草堂的后院。这兰州的虫草堂有三个院落，一进院是医馆，二进院中住着伙计，院子中堆放着药草，而这三进院则是主人的居所。这三进院的院子很大，四周的墙壁上生满了爬山虎，一直蔓延到墙外。在庭院中间有一座假山，主人匠心独具地在那假山之上布置了亭台楼阁。

刘衎跟着那仆人引着潘俊和燕云走入正堂，这正堂左右是几把楠木椅子，分左右两个屋子。刘衎将潘俊请到上座，那仆人端上一杯茶之后便下去了。燕云站在这屋子中左右打量着，半天之后说道：“刘衎叔，冯师傅他们现在何处？”

此话一出，刘衎眉头微微皱了皱走到潘俊面前“扑通”一下跪倒在地，他这突如其来的举动顿时让潘俊一惊，连忙起身扶住刘衎道：“刘衎叔，怎么了？”刚刚入城之时潘俊便早已看出刘衎似乎在隐瞒着什么，此时见刘衎竟然如此必定是出了大事。

“少东家，恕我刘衎无能，冯师傅一行人刚入兰州城便被人带走了！”刘衎一副悲腔道。

“什么？”潘俊诧异地双手紧紧抓住刘衎的胳膊说道，“刘衎叔，你说冯师傅他们一行人被人带走了？”

“是的！”刘衎自觉有负潘俊所托，始终跪在地上一动不动地说道，“本来我估算着时间你们这几日应该便可以到达兰州城，于是便日夜监守在城门里面唯恐出现任何纰漏。可是昨晚，我眼看冯师傅他们进入兰州城，刚要上前却不知从哪里开出一辆轿车，从车中下来几个人将冯师傅和段姑娘还有那个孩子都带入车内，在我们眼前扬长而去！”

“是日本人吗？”潘俊知道此处应该已经不在日本人的势力范围，可是现今各方势力犬牙交错，在这兰州城中潜伏着日本人的奸细也未可知。

刘衎摇了摇头道：“昨天夜里我便暗中打听，后来方才得知带走冯师傅他们的人并非是日本人！”

“不是日本人？那究竟是谁？”潘俊疑惑地问道。

“此人名叫薛贵，在兰州城中开了几家赌坊和当铺，在此地不管是政府或者黑道都是一个能够说得上话的手眼通天的人物！”刘衎娓娓陈述道。

“薛贵？”潘俊口中默念着这个名字，似乎在什么地方听说过，忽然他想起在安阳城外庚年曾经拜托过自己将一封信交给兰州城中一人，那个人的名字便叫薛贵，“原来是他！”

“怎么？少东家您认识此人？”刘衎惊异地望着潘俊。

潘俊微微点了点头：“来此地之前，曾经有人让我给一个住在兰州城中名叫薛贵的人带一封信，想必就是这个人！”

“既然如此他为何要劫走冯师傅？”刘衎不解地说道。

其实此刻潘俊心中也甚是疑惑，那庚年一直深藏不露，只是说带一封信却没有交代过其他的事情，这薛贵究竟是敌是友尚不可测，但是潘俊此刻却可以确定一点，那就是冯师傅一行人现在不会有危险。他将刘衎轻轻扶起说道：“刘衎叔，难为你了，这事情不怪你，你先起来吧！”

听了这番话刘衎心中才稍微舒服了一些，站起身来。

“这薛贵究竟是个什么样的人物？刘衎叔你详细和我说说！”潘俊端过一旁的茶说道。

“薛贵年纪应该在四十岁左右，世居兰州城中，堪称兰州城的第一号富商。这兰州城是丝绸之路的要塞，他家早年间便是经营丝绸买卖的。后来又做起来‘茶马’生意。家境殷实，在兰州城无人能及！”刘衎将自己所知一五一十地诉与潘俊，潘俊一面喝着茶一面思索着。爱新觉罗·庚年之所以让自己送那封信究竟意欲何为？

刘衎见潘俊一直眉头紧锁便不再说话，正在这时刚刚那个仆人忽然急匆匆地从外面奔了进来说道：“东家，有个人说要见……”那仆人瞥了一眼坐在上座的潘俊没有继续说下去。

“是什么人？”刘衎立刻站起来问道。

那仆人摇了摇头：“那个人只说把这个东西交给您，您是一定会见他的！”说着仆人从怀里拿出一件物事双手递给刘衎，刘衎接过来一看，竟然是一只明鬼，不用问这只明鬼必定是金龙身上所戴的那只。他抬起头见潘俊，只见潘俊微微笑了笑说道：“该来的总归是会来的，他来总比我们去找他要容易得多，既然他对我如此有兴趣，那咱们就见一见这薛贵究竟是个什么样的通天人物！”

“总共来了几个人？”刘衎谨慎地说道。

“三个，一个中年男人，另外两个看样子像是随从！”这人平日里最关注的莫过于与自己有关的事物，比如厨子关注的是别人做菜的手艺，医生关注的是别人医道的高低，而这仆人最关心的则是来人的身份。也便是因为如此练就了一双好眼睛，形形色色的人往眼前一站便能从他的气度谈吐中辨别出一二，所以在他的概念里人只有两种：东家，仆人。

“让他们进来吧！”潘俊淡淡地说道，那仆人点了点头，转身向外面走去，其实在潘俊与燕云进来之时这仆人早已经看出这潘俊的身份非凡。

不一刻工夫仆人引着一个四十岁上下，穿着一身黑色大褂，戴着一副圆形眼镜，短头发，方脸的男人走了进来。那男人一跨入这屋子便四下打量了一番，最后目光落在了潘俊身上，他笑着拱手道：“想必这位就是名动京师的京城名医潘俊潘爷吧！”

潘俊站起身拱手还礼道：“您应该便是薛贵薛先生吧？”

“哈哈！”薛贵朗声笑了笑说道，“正是！”

“只是不知薛先生为何要劫走我同行的几人？”潘俊开门见山地说道。

“误会误会！”薛贵连连拱手道，“潘爷，这真的是个误会，我哪里敢劫走潘爷的人啊，我实在是想把他们请到家中啊！”

“胡说八道！”站在一旁的刘衎怒道，“我明明亲眼所见是你的手下将人塞入车中！”

“刘掌柜，这个确实是一场误会！”薛贵叹了口气解释道，“几日前故交来信，信中提到潘爷将于近日抵达兰州，潘爷大名我早有耳闻所以一心希望能够一睹真容。而且故交唯恐潘爷在此无处可依，因此我才派人日夜守候在城门处，唯恐潘爷进城之后遇到麻烦。昨晚我见那几个人入城，一看便知是外地人，于是便上前盘问，这才得知是与潘爷您一行的人。所以便将几位请到家中！”

“原来如此！”潘俊若有所思地说道，“你说的那个故交莫非是……”

“庚年！”薛贵接着话茬说道，“本来今日我想亲自在城门口守候，怎奈您刚一进城便被接到此处，唯恐潘爷误会所以我才来到此处！”

“哦！”潘俊点了点头伸出手说道，“薛先生请坐！”

听完这番话，刘衎也轻松了许多，让出座位，吩咐仆人为薛贵倒了一杯茶，薛贵虽然已经四十多岁，但坐在潘俊旁边心中却依旧有些忐忑，不时地上下打量着潘俊。

“对了，薛先生，这里有一封庚年让我带给你的信！”说着潘俊从口袋中掏出庚年的那封信，薛贵双手接过信展开一面看信，脸上的表情越发舒展开来，片刻之后薛贵将那封信收好站起身走到潘俊身边，潘俊有些诧异，只见薛贵“扑通”一声跪在地上，这一下让在场的人着实一惊。

潘俊连忙起身扶住薛贵说道：“薛先生，您这是为何？”

只见那薛贵身体不停地颤抖着说道：“还请潘爷救救我女儿的性命！”

“你先起来再说！”潘俊向刘衎使了个眼色，刘衎上前两步，两个人一起将薛贵扶起坐在一旁的椅子上，薛贵掏出一块手绢轻轻擦拭了一下说道：“潘爷，这封信是庚年兄弟唯恐我认错人所以才特意让您带给我的！”

“嗯！”潘俊早已经想到了这一点，“薛先生刚刚所说您女儿？”

“潘爷您有所不知，我薛贵算得上是这兰州城一顶一的人物，可能是前世造孽太多，膝下无子，只有一个女儿，一直视若掌上明珠，可谁知五年前女儿却不知何故染上了一种怪疾。终日沉睡不醒，而且身上臭味熏天，此前我遍访附近名医却终无结果。最后听人说京城名医潘俊有妙手回春之术，可从北平到此处何止千里，再加上后来日本人侵华局势动荡不稳，所以便也只能就此作罢！后来听庚年说您要来兰州城，自是喜出望外，心想小女这多年的病患必定是有救了！”

潘俊站起身说道："既然如此咱们还是先去见见你女儿吧！"其实虽然眼前薛贵如此说，但潘俊心中始终放心不下冯万春等人的安危，此刻急切地想看到冯万春等人。

"啊？"潘俊的话显然大出薛贵意料，他来此的目的本想化解误会，想这京城名医必定是颇多规矩礼数，全然没想到潘俊会答应得如此痛快，愣了半天才道，"好好好！"

"燕云，你与刘衎叔在此等候，晚些时候我会回来！"潘俊对燕云说道，燕云皱着眉头本想随潘俊一起前往，不过此前自己太过冒失闯下了太多的祸事，于是便不耐烦地点了点头。

说完潘俊便随着薛贵离开了兰州虫草堂。

却说这车子从虫草堂经由洪恩街向东南的城关区驶去，穿过兰州城区到东廓东侧的广武门，车子在一处宅门大院门口停了下来，车子刚到便有几个仆人手中撑着伞从里面奔了出来。潘俊随着薛贵走下车，这所宅子即便是在北平城中也能算得上是数一数二的建筑了。潘俊跟着薛贵经过回廊走向后面的院落，绕过一座仿苏州的假山园林，一排碧瓦琉璃建筑出现在眼前。

薛贵带着潘俊直奔眼前那排房子而去，进入房子内中十分宽敞，墙上挂着名家山水字画，一张宽大的书桌上放着笔墨纸砚，桌子后面的金丝楠木架子上摆放着一些古玩玉石，潘俊打量一番忽然身后传来一个熟悉的声音。

"潘俊！"

潘俊扭过头只见冯万春满面春风走上前来，在他身后的还有段二娥和金龙二人。"看到你们没事就好了！"潘俊有些激动地说道。

"放心吧，没把段丫头和小金子顺利地交给你，我老冯就算是想死也不敢死啊！"冯万春拍了拍潘俊肩膀笑着说道，"咦？对了，那倔脾气的丫头呢？"

冯万春说的倔脾气指的当然是燕云，潘俊笑了笑说道："燕云现在和刘衎留在了虫草堂！"

"刘衎也来了？"此前冯万春也不知潘俊会有如此安排，潘俊微微笑了笑然后诧异地望着冯万春说道："乔荣人呢？"

“啊？”冯万春一怔说道，“我还以为他和你们在一起呢！”

“怎么回事？”潘俊惊异地说道。

“燕云离开的那天晚上乔荣听说自己的救命恩人离开了，唯恐她遇险所以便在你之后离开了！”冯万春的话让潘俊更加疑惑了，难道乔荣跟在自己身后也进了那迷雾之中，想到这里潘俊不禁有些惋惜，如果他果真进了那迷雾恐怕此刻早已经葬身黄河了。

“刚刚薛先生说你到了，我还以为他在说笑，没想到你果然已经到了！”冯万春笑着说道。

此时薛贵走了过来低声说道：“潘爷……”

潘俊会意地点了点头，然后对冯万春说道：“冯师傅，你们在此静待片刻我随薛先生去去就来！”

冯万春点了点头，潘俊这才随着薛贵离开大厅沿着一旁的走廊向后走去，大概走了一炷香的时间，一个小小的院落出现在潘俊的眼前，这个院落依山而建，距离此前的厅堂有一里多的样子，恐怕是薛贵唯恐外人打扰到女儿的休养才特意修建。薛贵来到门口轻轻推开院门，一股淡淡的兰花香味扑面而来，潘俊的眉头微微一皱，这兰花的香味芳香浓郁，久久缭绕而不断绝。

眼前的院落不大，院子中植满了各色的兰花，春兰、建兰、春剑、莲瓣、蕙兰、寒兰，一应俱全应有尽有，将这原本小小的院子堆砌得如同是一座兰花的花圃一般，而且从兰花的长势不难看出主人极为用心。

穿过院子中间的过道，薛贵带着潘俊走到门前停了下来，从门前一旁的一个木箱中取出两个香包递给潘俊说道：“潘爷，我女儿房中奇臭无比，这个您还是戴上吧！”

潘俊微笑着摆了摆手，薛贵迟疑了一下，将原本为自己准备的香包也一起放回到了木箱中，然后推开房门，顿时一股恶臭瞬间从里面冲了出来，令人作呕，让人感到阵阵眩晕。潘俊强忍着恶臭随着薛贵走进房中，只见这房间窗户紧闭，一张大床上躺着一个十七八岁的女孩，那女孩面色红润，双眼微闭，宛如睡熟一般，而那阵阵的恶臭便是发自女孩身上。潘俊缓缓走到女孩身边，将女孩的右手拿出按住这女孩的腕脉。

这女孩的脉搏缓慢有力，气血运行缓慢实为实寒之征，可这女孩的脸色红润，毫无阴霾之气，又与脉象不符。这着实是一种怪异之征。过了小半个时辰潘俊松开女孩的手心，思忖着眼前这女孩的病症。

而薛贵一直站在一旁一手掩着鼻子盯着潘俊，希望能从潘俊的脸上看出一些希望，而让他大失所望的是潘俊一直在静默沉思，脸上也是一副波澜不惊的表情。

“潘爷……”薛贵见潘俊沉思半晌，终究忍不住了，可是话一出口他便开始后悔，如果潘俊不说自己心中尚存半点希望，一旦潘俊也束手无策那仅有的希望也必将破灭了。

潘俊抬起头却并不看薛贵，而是在这屋子中四处打量，这女孩的闺房并不算大，眼前是一张梨木雕花桌子，上面摆放着湖笔、徽墨等文房四宝。而那书桌后面的木架上如同外面一样摆放着各色兰花，只是与外面那些生长的郁郁葱葱的兰花截然不同的是，眼前的这些兰花都已然凋谢枯萎，潘俊站起身来说道：“薛先生您这般喜欢兰花？”

“啊？”薛贵显然有些失望，不过却并不敢表现出来，连忙说道，“其实是小女喜欢，从小与兰花为伴。自从她生病之后我便一直悉心照料着她的这些花，希望等她醒来之后看到这些兰花能开心一些，谁知道这一睡就是几年。”说到这里薛贵眼眶不禁湿润起来。

可潘俊似乎对薛贵视而不见，自顾自地走到前面的那个花架前望着那些兰花说道：“小姐养的这些兰花的品种很全，很多兰花我都是第一次见啊！”

“对，很多兰花也是我花费了极大的心血从全国各地搜集来的！”薛贵瞥了一眼躺在一旁沉睡的女儿不禁又是一阵心酸。

“这屋子里的兰花已经枯萎成了这个样子怎么还不换掉？”潘俊伸手在那兰花架上找寻着什么。

“其实这些兰花每天都会换，只是因为这房间内的恶臭将那些花全部熏死了！”薛贵无奈地说道。

“呵呵！”潘俊笑了笑从那兰花架上拿出一小盆兰花放在桌子上说道，“这盆兰花你也每天都会换吗？”

薛贵抬起头看着桌子上的那盆兰花，这兰花的花盆较之别的都要小很多，平日里藏在那些花盆之中往往被忽略，只是这盆兰花虽小但枝叶盈盈翠绿，光润如玉，叶狭带宽，叶齿分明，中脉显著，花色各异，有黄、白、绿、淡红，还有彩花、蝶花。这屋中虽然恶臭扑鼻，但却依旧能闻到那株兰花所发散出的阵阵幽香。

看到此处薛贵摇了摇头道：“这株兰花却不曾换过！”忽然他眼前一亮惊异地说道，“潘爷，难不成我女儿的病是因这株兰花所起？”

潘俊微微地点了点头道：“恐怕是的，刚刚一进院子我便闻到一种怪异的香味，只是院子中的兰花颇多，并没有太在意。可是刚刚我给小姐把脉，发现小姐脉象与她这面色极不相符！”

“嗯，之前来过的几个名医也曾说过，小女脉象沉稳迟缓应该是实寒之征，但是看她面色却又红润有佳，开了几副方子却根本不见好转！”薛贵将此前那些医生所述尽皆陈与潘俊。

“是啊，小姐这应该不是什么病，实在是中了毒！”潘俊长出一口气说道。

“中毒？”薛贵见潘俊如此说连忙跪倒在地，“潘爷既然知道小女病因还请救小女一命！”

“薛先生何必如此，医者父母心！”潘俊扶起薛贵说道。

“那还请潘爷快快出药方吧，我即刻命人去抓药！”薛贵激动地说道。

“不急，我有一件事想先问你！”潘俊说着凑到薛贵的耳边低声说了几句，薛贵听着眉头早已经拧作一团，待潘俊说完薛贵向后退了两步诧异地上下打量着眼前的这个二十几岁的年轻人，惊讶地说道：“潘爷，难道您此前来过兰州？这件事您是如何得知的？”

“这么说我说得没错？”潘俊微微笑了笑道。

“确实如此！”薛贵点了点头。

“这就对上了！”潘俊说着转过身去拿起毛笔，在宣纸上笔走游龙地写了几行字然后递给薛贵道，“上面所写之物一定要备齐！”

薛贵接过宣纸，那一脸的兴奋立刻僵住了，只见纸上写着：白纸童男童女一对，狗血一盆，雄黄一包，高香三根。

“潘爷，您这是……”薛贵不解地望着这所谓的药方，一应之物不像是药方更像是驱鬼跳大神的物事。

潘俊笑了笑说道：“照着去办吧，我自有妙用！”

薛贵虽然心中疑惑重重，却又不敢多问。毕竟能说出女儿病因的只此一人而已，他点了点头，然后带着潘俊重新回到了前面的客厅。

此时冯万春早已经喝下了三五杯茶等得有些不耐烦了，见到潘俊便迎了上去说道：“你小子干什么去了？”

潘俊笑了笑说道：“冯师傅，你先带段姑娘和金龙去虫草堂和燕云会合，我想她现在也在担心你们的安危，我这里还有点事情，处理完之后便会回去！”说完潘俊轻轻地握了握冯万春的肩膀，冯万春看了看潘俊握着自己肩膀的手又疑惑地看了看潘俊，刚要说话只见潘俊轻轻地摇了摇头，然后扭过头对一旁的薛贵说道，“薛先生，麻烦您先送冯师傅他们回虫草堂吧！”

“好！我这就安排人送他们过去！”薛贵点了点头说道。

“多谢！”潘俊拱手道。

“潘爷何必客气呢！”薛贵说完唤来仆人，冯万春一行人辞别了潘俊之后随着那仆人离开了薛家宅门。见他们离开之后潘俊说道：“薛先生，我刚刚给你那张药方所有的东西必须你亲自去办，否则……”

未等潘俊说完薛贵连连点头道：“放心，一切都听潘爷您的吩咐，别说是让我去置办这几样东西，就算是让我割下块肉来，只要小女能好起来我也毫不犹豫！”

大雨是在傍晚时分停歇的，站在窗口潘俊双手背在后面望着落日余晖间生出的那道彩虹，心中泛起一丝久违的平静。这一个多月的时间内，所有的事情就像是一个蓄谋已久的阴谋一样一股脑儿向潘俊袭来，让他也有些透不过气来。

忽然潘俊觉得脑袋传来一阵阵刺痛，眼前的落日渐渐地变成了一个血红色的圆点，他强打着精神耳边响起了时淼淼的声音。

“潘俊，你相信我吗？”时淼淼的影子一直不停地在自己的眼前晃动，渐渐地那个血红色的圆点变成了一团燃烧的篝火。

潘俊将手中的那个红色布包小心翼翼地包好递给时淼淼，忧心忡忡地说道：“这个东西你是从什么地方得到的？”

“你别问了。”时淼淼低下头沉吟片刻说道，“潘俊你相信我所说的吗？”

“唉！”潘俊长叹了一口气说道，“其实我也曾和你一样怀疑过，但是时姑娘我实在不敢想象如果真如你所说，那么这个惊天的阴谋究竟被设计了多久！”

“呵呵！”时淼淼冷漠的微笑渐渐在潘俊的眼前模糊起来，他重新睁开眼睛发现自己依旧站在窗口，额头上满是汗水。他轻轻擦拭了一下，扭头走到身后的那张桌子前面，提起笔在那宣纸上写了两个字：秘宝。

夜幕终于降临在了这座中国西北的城市之中，经过一天的暴雨此刻的天空干净得像是被人擦拭过一般，点点星光点缀其中让人感觉心朗气清。

华灯初上，这城东的薛家宅门内张灯结彩热闹非凡，仆人家奴自从傍晚开始便在这院子之中忙碌着，薛贵亲自上阵督办一切，虽然他不知潘俊此举的用意何在，但为了女儿的病还是一一应允。

而薛贵女儿此刻所住的小院子则异常安静，薛贵早早便派人在小姐的屋子前面摆上了案桌香炉，在那案桌前面放着一对童男童女的白纸人，那白纸娃娃咧着嘴笑得让人觉得有些害怕。潘俊将那盆事先准备好的狗血在小姐的床前画成一个没有封口的圆圈，之后将那株兰花小心翼翼地端到未封口的圆圈之中。

薛贵看着潘俊这一系列奇怪的举动，心中一直在不停地打鼓，虽然他早已对潘俊的医术颇有信心，但眼下看似与医术毫无关联，更像是装神弄鬼的巫医神汉。

“薛先生！”潘俊将一切准备停当之后说道，“一会儿你让所有下人全部退出院子，然后让人在院子外面敲锣打鼓，燃放烟花！”

“哦！”薛贵木讷地答道。

“这个给你！”说着潘俊将那个盛了半碗狗血的青瓷大碗递给薛贵道，“一会儿如果你看到什么东西钻进这圈中便将那口子用狗血封上。”

“好！”薛贵点了点头，端着那半碗狗血到门外按照潘俊所嘱安排停当之后，再回到院子之中，只见潘俊依然站在院子中的香炉前面说道：“薛先生，你进去吧！”

薛贵看了看潘俊欲言又止地皱着眉头，见他一副信心十足的样子也不便再问，回到那房中。不一会儿他便闻到一股高香的味道，片刻之后潘俊对院子外面喊了一声：“放炮！”

瞬间鞭炮齐鸣，擂鼓喧天，鞭炮声、擂鼓声，声声齐鸣。薛贵双眼目不转睛地盯着眼前的那个未封口的圆圈，严阵以待。

声音响了半炷香的工夫，屋子内的烟味越来越浓，已经有些呛人了，正在此时一只五彩的小虫竟然从那女孩的耳朵中钻了出来，它爬行的速度极快，蠕动着身子从床上爬下来越过那未封口的圆圈中，钻进那兰花的土壤之中。薛贵见那五彩的小虫心头一颤，立刻想起潘俊的交代，连忙用狗血将口子封住。不一会儿鞭炮声和擂鼓声渐渐停歇了下去，潘俊从外面走了进来说道：“薛先生，怎么样？”

“嗯，刚刚一条五彩的小虫钻进这兰花盆中了！”薛贵手中依旧紧紧地攥着那个青瓷大碗。

“嗯！”潘俊笑了笑从怀里拿出一个竹筒，然后一手拿过那花盆轻轻在地上一磕，花盆应声碎裂，只见一枚彩色的虫卵出现在那土壤之中。

“咦？”薛贵颇为惊异地说道，“刚刚明明是一条虫，现在怎么会变成一枚虫卵了？”

“薛先生不妨用手触摸一下！”潘俊将手中的兰花丢在一旁说道。

薛贵伸出中指小心翼翼地碰了一下那虫卵，瞬间那七彩的虫卵竟然抖动了起来，接着化作一条五彩的小虫，小虫在地上快速地爬行着，可奇怪的是一旦接触到那狗血，五彩小虫便会远远避开，它不停地在这圆圈四周试探着。

“这是怎么回事？”薛贵觉得眼前的事情着实神奇，潘俊笑而不语，从旁边折了一片那兰花的叶子轻轻触碰那只五彩小虫，不一会儿，它又蜷缩成了一枚彩色虫卵。潘俊用一个事先准备好的竹筒将那枚虫卵小心翼翼地放入其中说道：“这虫名叫宝财，据医术上记载这种虫原产自西域吐蕃、楼兰、高昌等地，因其遇热变虫，遇木则成彩卵，因而当时成为贵族玩物，这种虫的食性单一，只以这种幽冥兰为食，而幽冥兰又极其稀有，因此即便是在当时宝财盛行之时也是价格不菲！”

“你说这兰花叫幽冥兰？”薛贵若有所思地说道。

“嗯，这花名叫幽冥兰！”潘俊自小博古通今，“虽然样子看似兰花实则是幽冥花的一种，这种花与曼殊沙华相伴而生，曼殊沙华便是《大乘妙法莲华经》所说的幽冥之花，因此此兰花被称为幽冥兰！”

“原来如此！”薛贵若有所思地说道，“听潘爷所言我女儿之病是这宝财所致！”

潘俊点了点头：“起初那些贵族只是爱怜这宝财外观漂亮，可谁知这宝财不但以幽冥兰为食，还会寄居在人体之内，使人长眠不醒，身上发出阵阵恶臭。但这虫却极恐噪音，声音一大，便会离开人体逃回到兰花之中化成虫卵，且此虫极恐污秽之物，所以我便用这狗血将其困住！”

“潘爷，那宝财既然已经取出，我女儿是不是已经无碍了？”薛贵担心地说道。

“小姐的身体已经不碍事，休息数日便会苏醒，我再开一剂疗养的方子很快便可以下床了！”潘俊说着提起笔在宣纸上写了一剂方子递给薛贵，薛贵接过方子看了看，收好之后又扭过头望了一眼门口摆放着一对白纸人的童男童女说道：“可是潘爷您为何要让我去买来那些物事呢？”

“薛先生难道不想知道这事情背后的元凶首恶吗？”潘俊淡淡笑了笑说道。

薛贵一头雾水地望着潘俊，但此时他对眼前这位二十多岁却城府极深的青年充满钦佩，“难道潘爷已经知晓了那元凶是谁了吗？”

潘俊点了点头说道：“薛先生，此前我让你将所有的家人都聚集在客厅之中，现在他们人还在吗？”

“嗯！”薛贵点头道。

“好，我们现在去看看，如果谁现在不在的话，那么他就应该是那元凶才是！”说完薛贵带着潘俊二人来到正厅，薛贵家人加上仆人一共五十几个人，潘俊坐在一旁的椅子上品着茶，而薛贵则细数着人数，过了片刻他扭过头对潘俊说道：“潘爷，确实少了一个人！”

“谁？”潘俊追问道。

只是薛贵眉头皱紧道：“要说是别人我倒还相信，此人应该不会如此啊！”

“薛先生，知人知面不知心啊！”对于这句话潘俊理解得最为透彻，那一直在自己身边的子午，还有从小便伴随着自己甚至比父亲还要亲的潘璞都背叛了自己。

“唉！”薛贵狠了狠心道，“薛平去哪里了？”

“老爷，我正要和您说呢，本来刚刚咱们挂花灯的时候二老爷还在跟前看热闹，但他听到又是放鞭炮又是敲锣打鼓的声音之后便急匆匆地离开了！”说话的是一个五十几岁的老头。

薛贵听完老头的话顿了顿，忽然像是想起了什么事情一般地说道：“他走的时候有没有进过我的书房？”

“这个……”老头面有难色地说道，“好像确实是进去过！”

薛贵扭过头对潘俊说道：“潘爷，您随我来！”说完薛贵带着潘俊，二人穿过走廊，在走廊最靠东边的地方有一间屋子，房门紧闭，一把锁歪歪斜斜地挂在门上。薛贵见到那把锁不禁狠狠咬了咬牙，一把将锁从门上拽下，推开房门。

这间书房不是很大，内中摆设也极为精简，只有一张桌子一把椅子还有一个金丝楠木的书架。书架上放着寥寥几本书而已，想必主人平日中很少于此处读书。薛贵走到那书桌前在那书桌一角轻轻叩击几下，接着只听“咔嚓”一声那桌子旁边的一个暗格从中弹出，那暗格只有两寸见方，只是此刻内中竟然空空如也。

“糟了！”薛贵重重地拍了一下桌子说道，“东西被盗了！”

“薛先生这内中原本装的是何物？”这薛贵是兰州城中首富之人，一般物事自然是不会放在眼中的，可眼看此刻薛贵如此懊恼，这内中的物事必定是极其重要，于是潘俊不禁问道。

“潘爷，实不相瞒，庚年兄之所以让您来找我便是因为这内中之物。”薛贵攥着拳头轻轻地叩击着桌子道，“我现在马上派人去追，想必他还走不了多远！”说完便向门口走去，谁知却被潘俊拦住，薛贵诧异地望着潘俊道，“潘爷，您这是何意？”

“你随我一起到门口便知！”说着潘俊与薛贵二人一前一后向门口走去。

九 辨真伪，勇闯北风寨

这夜空晴朗繁星似点，悬于空中不停地闪烁着，已经入秋天气微凉，一对萤火虫在院墙旁边的爬山虎藤中嬉戏，时而靠近，时而远离，忽上忽下，最后盘旋而上越过院墙飞到院子外面，早有两个长得肉乎乎的小胖墩守在墙外的巷子里，手中拿着一个网兜，见那两只萤火虫从院中飞出立刻冲了上去，一挥手中的网兜却不小心扑了个空，两只萤火虫受了惊吓向更高的天空飞去。

而在千里之遥的荒山野店中，时淼淼不知何时从梦中醒了过来，她在床上辗转了半天，却不知何时自己也沉沉入梦。醒来的时候早已经夜幕降临了，两只萤火虫在窗外嬉戏缭绕，犹如一对缠绵悱恻的情侣。她侧着身子瞥了一眼睡在自己对面的潘苑媛，静谧中能听到她均匀的呼吸，对于一个中毒之人来说，昨晚上一夜奔袭了百余里确实有些为难她了。

时淼淼蹑手蹑脚地从床上下来穿上鞋，从包裹中抽出一把枪别在腰间。然后扭过头又向床上望了望，见潘苑媛始终毫无动静，正欲推门离开却停住了。她小心翼翼地走到窗前将窗子轻轻拉上。这才轻轻走到门口将房门反锁上，转身向楼下走去。

此刻楼下的大厅中灯火通明，熙熙攘攘的人穿梭其间，绝大多数人是过往客商，他们常年经商往来于这条小路，自然知道“过了这个村，没了这个店”的道理，因此不管路途远近也尽量赶在天黑之前投宿于此，所以这小店生意一直极为兴隆。

时淼淼顺着那楼梯走到一楼的大厅，今天白天见到的那几个汉子围坐在楼梯口左手边的一张桌子旁，桌子上摆放着几坛子白酒，满地的花生皮。此时为首的那个大汉光着膀子，胸口处文着一条下山猛虎。那汉子喝得满脸通红，酒气冲天，却依旧抱着酒坛子不肯放手，一仰脖又是一大口酒，可能是太猛的缘故，这口酒一下子喷了出来。

“哈哈！”他那几个兄弟不禁大笑起来，其中一个小个子说道：“大哥，看来你真是上了岁数了，不行了吧！”

“去去去！”那汉子摆了摆手说道，“老子在道上混的时候你小子还穿开裆裤呢！”

“哈哈，老大又开始吹牛了！”那小个子不屑地说道。

“你小子还别不信，我告诉你们，知道现在为什么这么多人拼命要在晚上赶到这里来住店吗？”那汉子抱着酒坛子大吼着说道。

“这谁不知道啊！不就是为了避开那个鬼镇吗？”小个子一条腿踩在椅子上一副慵懒的模样。

“要不怎么说你们还嫩着呢！你们这，这，这，这几个！”那汉子一手掐着筷子挨个在兄弟的脑门敲了个遍说道，“谁进去过那鬼镇？”

几个人一面摸着脑门，一面互相望了望，最后将目光聚集在那为首的汉子身上说道：“难不成老大你进去过那鬼镇？”

“废话！老子当然进去过了！”他这句话声音虽然不大却引来了周围几桌的客人，纷纷向这边凑过来说道：“你真的进去过那鬼镇？”

“那是，骗人是四条腿的！”他颇为得意地伸出手作出一个王八的手势说道。

“那鬼镇是不是真的像传说中的那么玄乎啊？”更多的人聚集到这张桌子前面，刚刚那问话者是一个二十三四的小伙子，看样子也是赶垛子的。为首的那个汉子瞥了一眼那小伙子说道：“玄乎？岂止是玄乎啊，那可是个吃人不吐骨头的地方啊！”

“啊！”周围几个人闻言全部惊愕地张大嘴巴，时淼淼走到柜台前面问店小二要了两个菜坐在一旁的桌子上侧耳倾听。

“怎么个吃人不吐骨头法？”旁边一个好事的人问道。

“三年前的一个雨夜，我们几个兄弟也是喝多了酒，闲来无事便想到那个鬼镇去看个究竟，于是几个胆大的带上家伙，趁着日落之前来到了那鬼镇外！”为首的汉子说到这里，目光在人群中扫了一圈，确定所有人都被自己吸引住了接着说道，“我们到镇口的时候已经日落了，那天晚上……”汉子指了指身后的窗子说道，“和今天晚上差不多，漫天的星星。我们窝在山腰的草中向山下的鬼镇望去，只见那鬼镇漆黑一片，青砖大院连个鬼影子也没有。等了半晌见没有一点动静，正待我们想要离开的时候忽然鬼镇竟然齐刷刷地亮起了灯！”

“一起亮起来的？”一个好奇的看客伸长脖子问道。

“嗯，就那么一眨眼的工夫，镇子里所有的灯都亮起来了！”为首的汉子说到这里感到口有些干，摇了摇抱着的坛子已经空空如也，这时旁边一个汉子递给他一碗酒，他一饮而尽接着说道，“不光是那屋子里的灯，那门口挂着的大红灯笼也都亮了起来，而且渐渐能听到似乎有人在里面小声地说着话。”

“后来呢？”几个人起哄道。

“我们哥几个当时也是给吓坏了，正欲离去，谁知正在这时一条火龙出现在我们身后！”那汉子回忆道，“不知道你们听说过没有，之前在这附近的山中有个土匪头子叫小北风，带着百十来号兄弟占山为王！”

“记得，记得！”人群中一个四十来岁的老踩头操着一口辽宁口音说道，“据说原来是老北风的部下，老北风病逝之后便来到了这里！”

说起这老北风，辽河一带无人不知，此人原名张海天，辽宁海城人，二十出头当了土匪，逐渐成为辽河一带著名的土匪头子。“九一八”事变后，东北的土匪头子自然而然分为两类，一种是成了日本人的走狗，而更多的土匪头子则加入到了抗日的队伍之中。张海天带着手下两千多号兄弟打出“抗日自卫军”的旗号，从惯匪变成了抗日游击队。当时，日本驻东北关东军司令名叫本庄繁，东北麻将中有“北风克庄家”的术语，张海天取绰号“老北风”，大有不屑本庄繁之意。

当时辽河一带的小股日军可谓是对他闻“风”丧胆，这小北风便是老北风的得力手下。

“对，就是这个小北风，他据此为匪却只和小日本作对，当天晚上来的那百十来号人的队伍便是这小北风那帮人。这数十里的鬼子对他也颇为忌惮，可见他是个什么样的人物啊！当时那支队伍正是去这鬼镇！于是我们便随着那队伍一同进入到了鬼镇中！”为首的汉子越说越来劲，又是一大碗酒灌入口中接着说道。

“可谁知道我们进入那镇子后发现镇子的街道宽敞，足足可以容得下两辆马车并行而过，地面上铺砌的全部是青砖，而且被扫得干干净净，小北风他们当时像是在寻找着什么人！”那汉子拧着眉头说道。

正在此时忽然楼上传来“啪”的一声瓷器碎裂的声音，所有人随着那声音望去，只见那个哑女面色苍白地站在厨房的出口，手中端着的一个砂锅落在地上摔得粉碎。掌柜的放下手中的烟袋，面有歉意地说道：“你们继续，你们继续，小孩子毛手毛脚的！”说着掌柜的走到女孩面前轻轻推了推女孩，向她使了个眼色，女孩这才蹲下身子伸出白嫩的小手捡起碎裂的瓷盘，眼角闪烁出一丝晶莹的东西。这一切都被坐在一旁的时淼淼尽收眼底。

那为首的汉子接着说道：“小北风让大家分开寻找，于是这百十来人的队伍分成了十个组，深入到那些紧锁的住户之中。谁知我们刚刚进入到那些青砖大院，所有的灯便一下子全都熄灭了，眼前漆黑一片。接着便是震耳欲聋的枪炮声，叫喊声，原本整齐的人群都分散开了，我也感觉身上像是被什么东西猛推了一把，接着就昏死了过去！”

“那后来呢？”

“后来我就朦朦胧胧地感觉好像有人在身边走动，但是身上毫无力气。等我勉强睁开眼睛的时候发现远近都是尸体，身边的人一个个都变成了血葫芦，有些尸体的肉都没了，只剩下白骨了。隐隐约约还能看见不远处，有白色的像是鬼一样的东西在晃着，我强撑着身子沿着山脚的草丛爬到了路上，然后连滚带爬地离开了那个鬼镇！”那为首的汉子说到这里语气中已经少了几分炫耀，更多的却是一种悲怆。

“那小北风呢？”

汉子摇了摇头说道：“那之后小北风就再无音信了！”

“难不成那百十来号人全都死在了鬼镇？”另外一个汉子插科打诨般地说道，为首的汉子瞥了一眼那人，一句话也没说从旁边拎起一个酒坛子仰着脖子咕咚咕咚地喝了个精光。

“我听来的就和你说的不一样。”那汉子不屑一顾地说道，“据说是那小北风根本是和兄弟的女人有染，被人酒后下毒毒死了！”

那汉子的话音刚落，只见一个酒坛子猛然向他砸来，汉子刚刚说得扬扬得意，一点都没有注意到这突如其来的一击，那酒坛子不偏不倚正砸在那汉子的脑袋上，只听“啪”的一声，那酒坛子应声而裂，那汉子被砸了一个趔趄，鲜血顺着脑门淌下来，只见那为首的汉子一脚踩着椅子，一只手指着那个人大声喝道：“操你妈，饭可以乱吃，话别给老子乱说。”

刚才那得意扬扬的汉子见眼前这汉子似是真的怒了，伸出手指了指为首的汉子，捂着脑袋退到了后面。那为首的汉子哼了一声坐回到凳子上说道：“还有谁不信？有不怕死的老子今晚就带着你们去瞧瞧！”他环顾了一下四周，见周围的人都低下头，于是微微笑了笑说道，“全他妈是窝囊废！”

“我跟你去！”忽然一个女子的声音从隔壁的那张桌子传过来，这些人都扭过头向那声音的方向望去，只见时淼淼将水杯放下说道，“刚刚听这位兄弟说得这般热闹，我倒是想去见识见识那鬼镇，真的有你说的这般离奇吗？”

为首的汉子摇摇晃晃地站起身来，拨开周围的人走到时淼淼的桌子前面，把住桌子，坐在她面前的凳子上，醉眼迷离地打量着眼前这女子，又扭过头对那群汉子说道：“你们这群老爷们儿还不如一个娘们儿胆量大！”

这话一出，着实刺激了这群汉子的自尊心，几个汉子纷纷响应，然而更多的人还是唯恐去了真的会送掉性命。为首的汉子站起身说道：“好，那老子今天就舍命陪君子！”

话说这群人连时淼淼在内一共七个人，骑着马离开了客栈，在他们之后不久，另外一匹马也从院子内牵出，那个人站在客栈门口向客栈之上打量了一番，他总觉得似乎有人在此处暗中窥伺着自己，停了片刻见没有人这才骑上马也向鬼镇的方向飞奔而去。

这绝对是一个不平凡的夜晚，世间之事往往就是如此巧合，很多事情都几乎是在同一时刻发生的，就在时淼淼等人骑着快马离开客栈的时候，远在北平城中的松井尚元也坐进了一辆黑色的轿车之中。

这半个月以来松井尚元老了不少，松井赤木是他唯一的孙子，自从得知松井赤木在安阳遇难之后，松井尚元便一下子消沉了下去，胡子一夜之间全白了。如果不是今晚他接到了那个人的来信，他是绝不会出门的，坐在车里松井尚元点上一根烟然后对那司机说道：“去炮局监狱！”

“哈衣！”那个日本司机开着车缓缓向北平城东的炮局监狱的方向驶去，夜幕之下松井尚元始终盯着窗外静谧的北平城，最近东南亚战场上频频传来战局失利的消息，同为同一战线的德国也已经大势已去，恐怕日本也支撑不了太久了。现在国内反战情绪也异常激烈，这场战争还能持续多久，谁也不知道，松井尚元偶尔会冒出放弃的想法，自从松井赤木死去之后他的这种情绪日盛。而唯一继续支撑他的便是关于驱虫师的秘密，如果真如传说中的一般，也许真的可以改变战局。

轿车停在炮局监狱门口，司机掏出通行证，守门的士兵将栅栏移开之后，车子才缓缓驶入这所监狱，松井尚元穿着一身和服小心地从车子中走下来，几个日本兵早已经迎了上来，但松井尚元一直低着头，径直向那座塔楼走去。

日本兵会意地在前面带路，松井尚元沿着台阶一直向下，走到那两个用混凝土浇筑而成的建筑前面方才停住脚步，那些日本兵自觉地退到后面，松井尚元这才从怀里掏出一串钥匙，从中拿出最大的那个，插进钥匙孔中，只听一声轻微的"咔嚓"声，门锁应声而开。松井尚元推开那扇厚重的生满了铁锈的大门。

大门推开内中完全不像是一间牢房，更像是一个小小的地下公寓，一张金丝楠木方桌，桌子后面是一个同样为楠木制成的书架，书架上摆满了各种经史典籍。在那一旁是一张大床，床上坐着一个人。

松井尚元将铁门随手关上站直了深深鞠了一躬说道："閣下はどう？（阁下有何吩咐？）"

"松井君！"一句字正腔圆的汉语传进松井尚元的耳朵，他身体微微一颤，此前十余年松井尚元一直与这人用日语交流，却从不知此人竟然能说出如此流利的汉语。

"诧异吗？"那个人始终背对着自己，却像是能洞悉松井尚元的思想一般。

"是的，我一直以为先生不会说支那语！"松井尚元恭敬地说道。

"呵呵。"那个人冷冷地笑了笑说道，"恐怕让你更惊讶的事情还在后面呢！"

松井尚元并未回答，过了片刻那人说道："松井君，一切都准备好了吗？"

"是的，按照先生的吩咐一切都准备妥当！"松井尚元极为恭敬地说道，"一切都在按照您的计划进行着，他们现在都前往新疆了！"

"嗯！"那个人点了点头说道，"如此最好，松井君，桌子上有一个信封，你接下来要做的事情都写在上面！"

松井尚元向前走了两步，果然在那桌子上平放着一个信封，他双手将信封揣在怀里犹豫了一下，想说什么最后还是咽了回去。

"松井君你现在是不是在猜测我究竟是个什么样的人？"那老者虽然并未回头却似乎将松井尚元这一举一动看得清清楚楚。

"先生，恕我直言，一直以来在我心中就有两个疑问，一来是您对驱虫师各个家族如数家珍，这一点不要说日本人，即便是驱虫师家族的人也未必能做到。二来便是金素梅金先生，她去日本的时间并不长，却颇获重用，我一直怀疑在金素梅的背后有一个人在暗中帮她，那个暗中帮她的人应该就是先生您吧？”

“松井君，这些事情知道得太多对于你来说弊大于利，该让你知道的时候你自然便知道了！”那老者有些不耐烦地说道，“你走吧，我想休息了！”

松井尚元毕竟是火系驱虫师的君子，脾气火暴异常，不过却始终强忍着心中的怒火鞠了一躬，扭过头走了出去，将门重重地锁上，此刻早有一个日本士兵守在了门口，他并没有立刻离开而是来到了警务室。

那日本军官见松井尚元脸色凝重，一直唯唯诺诺地低着头站在松井尚元前面。过了片刻松井尚元才眯着眼睛说道：“你们可知通敌要受到什么惩处？”

“知道！”几个日本军官立直了身子异口同声道。

“那就好！”松井尚元紧紧抓起旁边的茶杯，狠狠地将那杯子摔到地上，杯子“啪”的一声应声裂成无数的碎片，几个日本军官都被吓得身体微微一颤，却并不敢多言。“那个监狱除了我之外还有别的人进去过吗？”

“没有！”几个日本军官又是惊人一致地说道。松井尚元扫视了一眼这几个日本军官，见他们似乎并没有说谎，而且那把锁也是特别定制的，极难仿造。可是那个被关在这样一个水泥混凝土监狱中的人，是如何如此详细了解外面事情的呢？难道真如中国古代的诸葛孔明一般未出茅庐已定三分天下？松井尚元向来是个自负的人，认为自己做不到的别人也不可能做到。忽然他想起了一件事，三年前的一个夜晚他忽然接到了华北日军总司令的电话，电话的内容是一条蒸发密令。

他清楚地记得那是华北日军总司令用过的最为严厉的措辞：“立刻，必须，绝密。”而最后又加上一句，即便是松井尚元也不准审问那些人。可是与这些严厉措辞极不相符的是这蒸发密令的对象并非什么大人物，恰恰相反只是几个掏下水道的工人。

虽然当时他非常奇怪，但只因最后那句不准过问，因此松井尚元也不敢太多牵扯其中。不过此时想起那些工人当时便是被派到这炮局监狱来掏下水道的，难道是他们有什么发现？想到这里，松井尚元再也坐不住了，他知道自己一定要去见一个人，也许这个人能解开自己心中的疑惑。

松井尚元站起身匆忙钻进车里，那辆黑色轿车在夜幕的掩护下缓缓驶离了炮局监狱，松井尚元坐在车里思忖着，从那个人如此流利的汉语来看应该不会是日本人，如果他是个中国人那么究竟是什么人能有这样通天的本事？这一切的疑问一直不停地在松井尚元脑海中盘旋，他知道如果想弄清楚这个人的身份，那么唯一的线索应该就在那个人的身上。轿车在暗夜的北平城快速穿梭着。

夜风微凉，几个星星点点的火把在这密林小径中快速地移动着，狂乱的马蹄声不时惊起藏在路边的野鸡、鹌鹑，不时传来“扑棱棱”的声音，接着数只栖息在路边的野鸡逃命似的从草丛中沸腾起来，然后落在远处的草丛中。

这六男一女骑着快马向鬼镇的方向疾奔而去，夜露初上，马蹄的震动使草叶上的露珠颤落下来，从客栈到鬼镇有四五十里的山路，虽为山路但因客商常年来往于此，因此相对平坦，这行人花了大半个时辰翻过一道蜿蜒的盘山道，随着那盘山道直上山路穿过两座小山之间，走到那两山之间，一个四面环山的小盆地豁然出现在了眼前。

眼前的商道在这环山的山腰一直蔓延到对面的山口处，而在这环山下面竟然真的有一座镇子，几个人在山口处止住胯下的马，原本微弱的夜风在山口处也变得强烈了起来，让人身上阵阵泛冷。而据此山口两三百米的山下那个青砖碧瓦的鬼镇里，此刻正灯火通明。

时淼淼站在最前面细数了一下，这鬼镇中有院落十六所，四四整齐排开，而且所有院落的布局几乎完全一致，全部是宽敞的一进院落，此时不论是这院子之中或是院门口的灯笼都亮着，宛然有人居住在此一般。

“你们看见了吗？我没有骗你们吧，这鬼镇每到晚上所有的灯便都会亮起来！”经过这一路的颠簸和夜风，汉子的酒劲儿早已醒了大半，此时指着山下那座鬼镇说道。

“哎哟妈呀，还真是！”旁边一个胆子稍小的年轻汉子伸长脖子向山下望着说道，“真他妈的是见鬼了，一个人没有这些灯竟然还都亮着！”

“嘘！”为首的汉子对周围人做了一个噤声的手势小声说道，“你们听……”

所有人都止住了声音，侧着耳朵谛听着，就连那马也似乎能感觉到这紧张的气氛，一动不动地站在原地。

耳边除了呼呼的风声便是草丛中窸窸窣窣的虫鸣声，除此之外似乎并没有别的声音。几个汉子听了片刻不耐烦地瞥了为首的汉子一眼，见他双眼微闭始终在侧着耳朵听着，也便学着他的样子继续凝住眉头听了起来。

时淼淼侧着耳朵听了一会儿，除了风声、虫鸣声，似乎还有“哗哗”的水流声，正待她也有些不耐烦的时候，耳边却隐隐传来了人的对话声，那声音缥缥缈缈被刚刚那些声音所覆盖，如果不静下心来绝对不会听到。

“真的有人？”时淼淼诧异地自言自语道。

“姑娘我说得没错吧！”为首的汉子说道，“估计这他妈的是鬼语！”

时淼淼不以为然地笑了笑，虽然那声音极其轻微根本分辨不出在说什么，但是她曾经与日本人打过交道，那些人显然说的是日语，只是让时淼淼感到疑惑的是明明见不到那镇子中有半个人影，而那声音是从何处传来的呢？

想到这里时淼淼跳下马向前走了两步，谁知却被那大汉小声地喝住：“姑娘，你要干什么去？”

时淼淼停住脚步小声说道：“进去看个究竟！”

“你不要命了？这是鬼镇，进去就出不来了！”为首的汉子虽然声音压得极低，却不难听出这声音用上了全身的力气。

“呵呵，这神鬼之事多半是有人作祟，你们怕就回去吧！”时淼淼说完便向前走去，只见那山口处有一条已经被蒿草覆盖住的羊肠小道，时淼淼毫不迟疑地沿着那条小路向山下的鬼镇走去。

几个汉子对视了一下，那为首的汉子也从马上跳下来对身后的几个人说道："是爷们儿的就和老子一起去，胆小的就自己回去吧！"

剩下几个人犹豫了一下也纷纷下马将那几匹马拴在路边的松树上，然后一路小跑着沿着时淼淼刚刚下去的那条小路追了上来，时淼淼停住脚步见身后几个汉子都下来了，心中说不出是什么滋味。

"你们怎么来了？"时淼淼小声地问道。

"连你一个姑娘家都敢夜探鬼镇，我们几个爷们儿要是就这样回去，以后就只能把脑袋伸进裤裆过日子了！"为首的那汉子颇有义气地说道。

"呵呵，难道你们不怕这镇子中真有恶鬼吗？"时淼淼一面小心地向下走一面问道。

"哈哈，最好全都是女鬼！"站在那汉子身后的一个小伙子打趣地说道，他这话引来周围人一阵小声的哄笑，话虽如此时淼淼却没有这般轻松，她隐隐地感觉这鬼镇应该就是庚年所说的那日本人豢养蒙古死亡之虫的秘密基地，从那汉子在客栈的描述中不难看出那种虫凶猛异常，稍有不慎恐怕这几个人便会真的有去无回。

几个人跟在时淼淼身后小心翼翼地从山上下到那镇子外面，蹲在高高的草丛之中，时淼淼见那镇子中一片死一般的静谧，耳边少了那呼呼的风声，此刻那些人絮絮叨叨的对话显得更加清楚了。

"你们听到了吗？"时淼淼扭过头对身后的几个人问道。

"嗯！"几个汉子点了点头小声地说道，"怎么像是鬼子啊！"

"还真的是！"另外一个汉子附和道，"难不成这鬼镇是他妈的那些日本鬼子搞的鬼？"

说话间那为首的汉子已经将自己的王八盒子握在手里，正欲向前，谁知却被时淼淼一把拉住，汉子扭过头惊异地望着时淼淼，只见时淼淼指了指前面。汉子顺着时淼淼手指的方向望去，只见在他们面前一米左右的地方隐约出现几根细细的钢丝。

"咦，这些钢丝是……"为首的汉子小声说道。

正在此时一直藏在草丛中的蚂蚱被刚刚一行人惊着，惊恐地一跃而起，不偏不倚正撞在那铁丝上，只听“啪”的一声那蚂蚱被弹了回来，身边几个人顿时一惊。

“这钢丝上应该是通了电，人一旦碰到轻则被击晕失去知觉，重则当场被电死！”时淼淼一面说一面更加疑惑，这偌大的镇子周围都通上了电网，可是这电是从什么地方来的呢？忽然她脑海中闪过一丝什么，她低下头小声地说道，“这附近是不是有水源？”

“嗯！”为首的汉子点了点头，指着北面的山说道，“那山后面是一座水库，怎么了？”

时淼淼讳莫如深地笑了笑，难怪刚刚耳边除了风声还有潺潺的流水声，她摇了摇头，眼前那电网想必是不想引起外人的注意因此并不算太高，抬起腿便可以轻松越过。时淼淼过了那电网之后，为首的汉子便再不敢走在她前面了。

眼前这镇子的街道果然与那汉子所说一般无二，非常宽阔，能容得下两辆马车并行而过，且打扫得非常干净。时淼淼站在镇口有些犹豫地望着眼前这道路，那些日本人究竟会藏在什么地方呢？时淼淼带着这几个汉子贴着墙脚在那街道中转了一圈。

这所有的宅子全部是红色的大门，大门紧闭，门的两侧各挂着一个灯笼，灯笼中的是电灯，这让时淼淼更加确定了自己的猜测。他们在北面的一所宅子前面停了下来，时淼淼和三个汉子攀着墙壁陆续进入了那所大宅子，剩下三个人手中拿着枪躲在外面观察着外面的动静。

这宅院中空荡荡的，连个鬼影子也没有，时淼淼带着三个人走进那屋子之中，这屋子里和传说中的一样，各种用具一应俱全，在那炕上整齐地摆放着几个被叠得整整齐齐的被褥，墙上挂着四五个水壶，俨然像是一个军营一般。

“姑娘，你看这个！”为首的大汉从另外一个屋子中发现一张未完全烧尽的纸片，虽然已经不能辨认上面写的是什么东西，但可以确定的是那些字全部是日语。果不出所料，想必这里便是日本人训练蒙古死亡之虫的地方吧！

正在此时外面忽然传来了一声枪响，那枪声被这山谷诡异地放大，一声之后接着又是几枪。屋内的几个人对视了一下，正欲向外走只听外面传来了一声奇怪的叫声，那为首的汉子一把抓住时淼淼说道：“就是……就是这种声音！”

时淼淼见那汉子此刻脸色煞白，结结巴巴地说不清楚。

“上次我们就是在这种声音之后遭遇袭击的！”他的话音刚落只听外面传来了几声惨叫，不用问也知道是守在外面观察动静的几个人。看来他们的行踪早已经暴露了。

“姑娘，怎么办？”为首的汉子此刻已经全然失去了主心骨，其他几个人也望着时淼淼，希望眼前这个奇女子能出个主意，而时淼淼此刻心中也烦乱异常，怎么办？怎么办？既然行踪已经暴露了，那么想必日本人会马上包围这里，如果潘俊在这里的话一定会想出主意来的！

走在薛贵前面的潘俊忽然打了一个喷嚏，薛贵关切地望着潘俊道：“潘爷……你受了风寒吧？”

潘俊微微笑了笑与薛贵走到门口，薛贵轻轻地将门推开，那门一打开只见两个人站在门口，一个是下午离开的冯万春，而另外一个竟然就是薛平。此时冯万春一只手抓着薛平，将其手背在后面正对着薛贵和潘俊笑着说道：“潘俊，这小子果然如你所说，刚一放烟花就鬼鬼祟祟地从院子里摸出来了！”

“潘爷，这究竟是怎么回事？”薛贵不解地望着潘俊，这冯万春明明早已经离开，此后也未见潘俊传出口信，怎么会忽然出现在薛家宅门外面，而且将薛平抓住了。

“薛先生，你还记得我在小姐的闺房内曾经问过你的问题吗？”潘俊微笑着问道，“当时我问你小姐的闺房是不是在小姐生病之后才建造而成的。”

“对，潘爷曾经这样问过，我当时还以为潘爷您之前来过兰州城，所以才会有此一问！”薛贵回忆道。

“嗯，恐怕当时建那所房子的主意也是出自此人之口吧？”潘俊指着眼前的薛平说道。

薛贵眉头微微皱了皱思索了片刻说道：“正是如此！”

“这就没错了，他唯恐小姐处于嘈杂的环境中会醒过来，所以才建议您修建那所房子！”

“可是……”薛贵疑惑地瞥了冯万春一眼说道，“这位冯爷今天下午不是已经离开了吗？我记得我特意让人送他们几个人到的虫草堂，怎么会……”

“哈哈！”冯万春笑了笑说道，“其实在我离开之时潘俊就用暗语告诉我，在我回到虫草堂之后便返回到薛家宅门外守候着，一旦宅门里燃放烟花时有人从宅中离开便立刻将其拿下！”

“那潘爷您让我去买那两个白纸人？”薛贵似乎有些明白了，此刻只是想从潘俊口中得到确切的答案。

“哈哈，那两个白纸人只是为了麻痹他而已！”潘俊微笑着说道，“既然他想出将小姐的闺房迁至宅门里的僻静之处，必定是知道那宝财的忌讳，如果被他看出来其中的妙用，必定会立刻出逃，而且当时我还不敢完全确定就是他。我让你去买两个白纸人，他不明底细自然一直跟踪你，见你买的不过是白纸人，必定以为我不过是巫医神汉而已，也便放心地静观其变。而当他发现我们竟然开始燃放鞭炮，且敲锣打鼓之时才真的沉不住气了，连忙仓皇出逃！”

“哈哈，却不知道我老冯早就在这里等候他多时了！”冯万春笑着用力一推那薛平，只见薛平个子不高，贼眉鼠眼，四十岁不到头发已经掉得稀稀拉拉了，他一直低着头不敢抬头正视薛贵。

薛贵这时走到薛平身边说道：“薛平，这么多年我也算是待你不薄啊，你为什么要对薛兰下毒？”

“大哥，我是一时糊涂啊我！”薛平说着“扑通”一声跪在地上，磕头如捣蒜一般地说道，“你就饶了我这次吧！”

“我书房里的东西在你那里？”薛贵咬着牙冷冷地说道。

“嗯，嗯！”薛平努着嘴说道，“东西在我的口袋里！”

薛贵三步并作两步走上前去，伸手从薛平的口袋中摸出一个小盒子，他仔细打量了一下那盒子，确定无异之后才揣在怀里说道：“薛平，这是薛家的传家之宝，世代相传至今已经有几百年了，为了这个传家宝，薛家祖先不知多少人死于非命，难道这些你都忘记了吗？”

“大哥，我没忘记，没忘记！你就饶了我吧！”薛平向前走了两步，泪眼蒙眬地望着薛贵说道，“念在这么多年我一直伺候在大哥身边的分上你就饶了我吧！”

薛贵长叹了口气说道：“也罢，你走吧！以后不要再说是我兰州薛家的人！”

“谢谢大哥，谢谢大哥！”薛平连忙磕头道，之后薛贵侧着脸摆了摆手，薛平如获大赦般地站起身扭头便向黑暗处跑去。

回到大厅之时，所有家人仆役早已各司其职去了，薛贵请潘俊上座，眼前这个青年不但医术高明而且聪明过人，绝不是一般人可以匹敌的。因此薛贵心中对潘俊又多了几分敬仰，世人皆云盛名之下名不副实者居多，而眼前这位却真真是个异乎寻常之人。

“潘爷！”冯万春与潘俊落座之后，薛贵站起身来从怀里掏出那个精致的盒子说道，“这内中之物便是薛家祖传之宝，相传从唐朝流传至今已经有几百年的历史了，这几百来薛家几经人世沉浮却从未打过这个宝贝的主意。”

“这内中究竟是什么宝贝？”冯万春盯着薛贵手中的盒子细细打量了一番问道。

薛贵皱了皱眉头说道：“潘爷，想必庚年也曾和您说过唐朝贞观年间关于硕鼠运粮的传说吧？”

潘俊点了点头，他在第二次回到北平之时，确实曾经听闻庚年谈起关于硕鼠运粮之事，时至今日潘俊对此也不敢完全相信，不过薛贵忽然问起此事不禁好奇道：“难道那硕鼠运粮果有其事吗？”

“确有其事！”薛贵长叹了口气说道，“想必庚年与您所说的也并不完整！”

“愿闻其详！”潘俊盯着薛贵说道，薛贵沉吟片刻说道：“二位随我来！”

说罢薛贵带着潘俊、冯万春二人向门外走去，再次回到刚刚保存着这传家之宝的密室中，在刚刚那桌角的地上又轻轻敲击了几下，只听“吱吱”的声音，面前的那道墙竟然移向了一旁。潘俊和冯万春对视了一下，薛贵见那密室打开伸手说道："二位里面请！"

潘俊与冯万春二人一前一后进入到那密室中，原来这密室比刚刚那书房要大很多，里面的摆设也更为繁复，墙壁上挂着各色名家字画，其中不乏价值连城的世间精品。在那密室正中是一张桌子，上面摆放着文房四宝，而最为显眼的要数桌子后面的那张画像了，画像中的人身穿银盔战甲，手执方天画戟立于马上，弓箭挂在马背一侧，英姿飒爽，豪气万丈。

在那画像前面摆放着香炉牌位，薛贵恭敬地拿起三炷香点燃祭拜，然后扭过头对潘俊和冯万春说道："潘爷，冯爷，可知这画像之人是谁？"

潘俊上下打量了一下画像中人道："如果我所猜不错，此人应该是'三箭定天山'的唐朝名将薛仁贵！"

"潘俊，这人手中拿的可是方天画戟，《三国志》中善用这种兵器的不是吕布吗？"冯万春辩驳道。

"冯师傅您有所不知，那《三国志》中所述吕布确实是善用方天画戟，但多有后人牵强附会之嫌，而历史上有明确记载善用方天画戟的名将是唐朝的薛仁贵！"潘俊娓娓叙述道。

薛贵赞许地点了点头道："潘爷果然名不虚传，博古通今，所猜不错，这画像中人正是薛仁贵，也是我薛家先祖。"

"原来如此！"

"那硕鼠运粮一事便是由他流传下来的，历史上人们只知薛仁贵'三箭定天山'，知道他远征吐蕃，却极少有人知道他远征吐蕃的真实目的！"薛贵伸出手示意潘俊和冯万春坐下，然后接着说道，"在那硕鼠运粮的事情之后，皇帝便对驱虫师既敬又畏，而随着国力日渐强盛，朝廷对驱虫师能力的畏惧完全盖过了敬重，于是皇帝便开始在全国范围内秘密绞杀驱虫师。最后几个驱虫师一路逃亡至西藏，皇帝便下令薛仁贵征战西藏吐蕃！"

"此一役虽然败北，然而薛仁贵却得到了这个宝贝！"薛贵将那传家之宝放在桌子上说道，"在薛仁贵进攻吐蕃之时，几个驱虫师为了避免干戈，便将此物献给了薛仁贵。"说完薛贵将那个盒子轻轻打开，潘俊与冯万春不禁好奇地从椅子上站了起来，这内中竟然安放着一块乌黑的墨块，烛光之下这墨块光泽细腻，浑体圆润，在墨块的上方有一个细小的孔，如针孔大小。

“据祖上说这里面藏着一幅地图，怎奈却没有留下开启之法！”薛贵万般无奈地说道，“多年前庚年不知从何处得知此物在我的手中，便匆匆从北平赶到此处，我见他能说出此物妙处便将此物视与他，他看完之后告诉我可开启此物者世间只有一人而已，那人便是……”薛贵抬起头望着潘俊说道，“潘爷您！”

“我？”潘俊颇为诧异地望着薛贵，又转而望着那桌子上摆放的墨块，他隐约能感觉到面前的这墨块似乎与驱虫师有关，然而他却从未听父亲说过。他看了片刻，扭过头看了看冯万春说道，“你可曾听说过关于这墨块的传说？”

冯万春摸着下巴看了片刻，也是无奈地摇了摇头，“从未听说过此物！”

“当年庚年曾让我将此物交与潘爷，但毕竟是传家之宝，流传几百年之久。”薛贵长叹了一口气说道，“但数年来不断有人暗中窥伺这宝贝，而且日本人也曾多次派人向我询问此物下落，我宁可毁掉此物也不会交给那些日本鬼子。而多年来我一直听闻潘爷是个少年才俊，更兼一副侠义心肠，早已有将此物赠予您的想法。今日一见果然名不虚传，我想它也应该找到能够驾驭它的主人了！”说着薛贵将那木盒盖上双手托起递给潘俊。

“薛先生，这是你祖上遗留之宝，怎么使得？”潘俊推辞道。

薛贵诚意拳拳地说道：“难道潘爷希望这宝贝旁落到日本人手中吗？”

冯万春在一旁点了点头说道：“薛先生说得有理啊，潘俊如果你不收下的话恐怕早晚会落在日本人的手中。”

潘俊这才双手将那盒子接过小心翼翼地揣在怀中，谢过薛贵之后几个人离开那密室回到客厅之中。刚刚落座只见薛宅仆人引着一人急匆匆地从外面走了进来。

一进屋子刘衎满头大汗，一脸惊慌地说道：“少东家，出事了！”

潘俊一惊连忙问道：“怎么了刘衎叔，您慢慢说！”

“欧阳姑娘失踪了！”刘衎气喘吁吁地说道。

“什么？”潘俊与冯万春对视了一眼，双双从椅子上站了起来，“这是什么时候的事情？”

“今天下午！”刘衔擦了下额头上的汗水，“我已经在虫草堂前前后后寻找了个遍，现在已经打发所有的伙计到街上去寻找了。可是始终没有发现欧阳姑娘的下落！”

“燕云刚刚到兰州城，在这里人生地不熟应该不会走远才是！”潘俊一直有种不祥的预感，那火系驱虫师的旁支一直忽隐忽现，虽然不知道那个驱虫师究竟是谁，但是却总是时不时出现，似乎是在提醒他们那个人的存在。他们与欧阳家素来有仇，如果燕云落到他的手中……潘俊想到这里不禁紧紧握住拳头。

此时薛贵走过来说道：“潘爷，莫急，我薛贵在兰州城地界上还是能说得上话的，我立刻和警察局联系，只要这欧阳姑娘尚在兰州城附近便一定能找到！”

潘俊拱手道：“多谢薛先生！”

“潘爷哪里话！”说完薛贵向那仆人招了招手说道，“你去带些人上街和虫草堂的人一起找欧阳姑娘！”说完薛贵走到一旁拿起电话，拨通了警察局局长的电话。

挂断电话，潘俊与冯万春便辞别了薛贵与刘衔，一起坐上一直停在门口的车回到了虫草堂。此刻虫草堂中的伙计和长工都已经被派到街上去寻找燕云，三个人穿过一、二进院落来到第三进院的时候，潘俊忽然抓住刘衔的手臂说道：“刘衔叔，你详细说说燕云是怎么失踪的？”潘俊这一路上一直在思索着，虽然燕云那脾气火暴，性子很急，然而历经了安阳之行之后燕云这脾气改变了很多，如果不是遇到了什么事情是绝不会轻易离开的。

刘衔踌躇了一下说道：“少东家，你随我来！”

潘俊与冯万春对视一眼之后两人跟随刘衔走到三进院中，刚一进院段二娥便拉着金龙奔了上来，只见段二娥满脸泪水地说道：“潘俊哥哥，燕云姑娘……”

“怎么回事？”一种不祥的预感悄然爬上了潘俊的心头。

“是蒙古死虫！”段二娥扭过头指着身后的地面说道，在那地面上竟然有一个洞口，潘俊所能想象出来的最坏的事情终于还是发生了，那火系旁支果然一直在跟着潘俊等人，想到这里一阵剧烈的痛感忽然传进脑海，他眼前段二娥的脸在不停地晃动着，渐渐变得越来越模糊，渐渐变成了一张精致绝伦的脸——时淼淼。

十 豢死虫，绝境逃生天

时淼淼此刻可以清晰听到外面街道上响起的整齐的脚步声，粗略估计外面的人不下三十个，这几个汉子的目光全部盯着眼前这位冷艳的女子。正在此时屋子内外的灯忽然全部熄灭了，瞬间的黑暗让人一时间迷失了方向。

眼前的那扇门在轻轻地颤抖着，应该是有人在开门。难道今晚是在劫难逃了？正在此时忽然一只手按在时淼淼的肩膀上，时淼淼手疾眼快立刻抓住了那只手，谁知那人低声说道："想活命的话就跟我走！"这声音虽然轻微却有些耳熟。

旁边的几个汉子也发现了凭空多出来的那个人，时淼淼松开了手中的力道，只见那汉子带着几个人走进左边的屋子，在那土炕上轻轻搬动了一下，一个入口竟然出现在了他们眼前。那人率先钻进洞穴，身后的几个汉子相互对视了一眼纷纷向时淼淼望去，而时淼淼此刻一直在回忆着那个熟悉的声音，黑暗中她瞥见几个人正在盯着自己，心想，不管那个人出于何种目的，如果不跟着他的话，那么日本人进入这个院子，自己这一干人必定立时毙命。

想到此处，时淼淼点了点头，几个大汉这才跟着那个人鱼贯而入，时淼淼则跟在最后面，见前面几个人都进入其中，她这才钻进那个洞口，正在此时那扇门被人轰然推开，接着一阵嘈杂的脚步声传进了时淼淼的耳朵。时淼淼刚一进入那洞口，身后的洞口便立时关闭了。眼前一片漆黑，有人在她耳边轻轻说道："不要出声！"

隔着那洞口时淼淼清晰地听到几个人闯进屋子里的声音，他们在屋子里找寻了一番，几个人在嘀嘀咕咕地说了几句日语之后才退了出去。

当屋子里的动静彻底消弭的时候，时淼淼的眼前一亮，只见刚刚那个人点亮了一个火折子，随即映出一张熟悉的脸，这个人竟然是客栈掌柜。

"怎么会是你？"为首的大汉诧异地望着那掌柜说道，那掌柜冷笑一声并未回答，弓着身子走到前面说道，"想出去就跟我来！"

说完头也不回地向前走去，这隧道四周是用水泥浇筑而成的，有一米多高，不能直立，只能弓身而行。向前行了十几米的样子，眼前的隧道豁然开阔了，眼前的隧道足够两辆马车并行而过，隧道上方悬挂着白炽灯，下面则铺砌着纵横的几条轨道。

掌柜的在隧道口停了一下，将手中的火折子熄灭，扭过头说道："这里的隧道像个迷宫，你们一定要小心跟紧，跟丢了可别怪我！"说完他便弓着身子小跑着向外奔去，几个人学着他的动作紧紧地跟在他的后面，唯恐在这鼠穴一般的迷宫中迷失了方向。

掌柜的沿着中间众多铁轨中的一条一直小心翼翼地快速向前奔跑着，时淼淼一面跟着前面的人，一面打量着四周，如果不是亲眼所见，她怎么也不会想到这鬼镇的下方竟然已经被日本人挖得如此四通八达，这也能让她确定一点，这鬼镇必定是日本人的秘密基地。然而最让时淼淼想不清楚的还是那个掌柜的。

他究竟是什么人？前一天下午她见这掌柜手段惊人，心想必定有些来历。但是看他却并不像是日本人，如果是日本人的话恐怕现在也不会出现在这里了。忽然一个念头在她脑海中一闪，难道他是……

掌柜的带着这几个人在隧道中绕了几圈，如果是第一次来的话，恐怕真的会在这错综复杂的隧道中迷路。渐渐地时淼淼耳边“哗哗”的流水声渐盛，宛然便是瀑布一般。而此时隧道也像是一直在向上蔓延，内中的水汽越来越重，时而有水滴从头顶滴落。

忽然那掌柜的停下脚步，身后几个人不明所以也跟着掌柜的停了下来，几个人你瞧瞧我，我瞧瞧你，不知道发生了什么事。一会儿工夫，从他们前面的隧道里传来了几个日本人的对话。

虽然听不清楚，但这几个人心中却还是一怔，接着只听一阵有力的脚步声，那声音似乎正是向这个方向而来，掌柜的连忙向身后招了招手，时淼淼立刻会意向后退了几步，谁知一不小心脚下一滑，瞬间整个人向后倒去，谁知她向后一靠，后面的那面墙竟然向一面一开，内中竟然有一个小小的密室。

后面的几个人诧异之余也跟着时淼淼进了那间密室。这间密室似乎并不大，从对面射进来一些光。几个人进来之后，时淼淼环顾了一下四周，这密室只有十几平方米的样子，那光线是从身后的一个半米见方的窗口射进来的。

时淼淼疑惑地贴着墙，走到窗口的一边透过窗口向外望去，只见那窗口外面竟然是一个巨大的地下大厅，那大厅中灯火通明，下面来回穿行着上百个穿着白大褂的日本人，而地面上则是各种高矮不同的铁笼子。

其中一个穿着白大褂的日本人将一个铁笼子打开，然后远远地离开笼口之后，将一块肉放在自己面前一米远的地方，拿过一块石子向刚刚那块肉上轻轻一掷，瞬间一个长相怪异的虫子从那铁笼中蹿出，动作极快，精准无误地扑在那块肉上。

此处距离那儿太远，时淼淼虽然看不清楚那虫子的模样，但是可以确定的是她从未见过，难道那是蒙古死虫？正在这时从旁边走来一队日本人，那几个日本人押着一个汉子，那个汉子正是之前守在外面的三个人之一。

“兄弟，那是我兄弟！”为首的汉子激动地说道，时淼淼轻轻瞥了一眼为首的汉子又向窗口望去。

身边几个穿着白色大褂的日本人沿着地面上的圆形轨道，拉过来一个巨大的圆形铁栅栏，将那汉子置身其中，然后将圆形栅栏彻底锁好。那汉子双手被反绑着，眼前是一个盖着黑布的巨大笼子。只见一个穿着黑色中山装的日本青年站在笼子前面，吹了一声口哨，一只更大的虫子竟从笼子中钻出，站在笼子前。

眼前的汉子见到如此怪异的庞然大物早已经吓得不敢动弹了，他惊恐地向后退，直至退到笼子边缘，紧紧地靠着笼子，对身后的日本人歇斯底里地喊道："你们他妈的想干什么？"

鬼子根本不理睬，只见一个日本人从后面抓住那汉子绑着的双手，拿出一把刀将绳子松开，又将一把匕首丢进笼子。那汉子早已明白日本人的意思，双眼盯着眼前那怪物，小心地弓下身子摸过那把刀，瞥了一眼这笼子，想找到一个出口，可是看了一圈他有些失望。

正在此时那鬼子青年又吹了一声口哨，只见眼前那怪虫闻声尾巴轻轻地在地面上叩击了几下，那声音很有节奏，汉子一听那声音身体不禁微微一颤，向前走了两步。谁知他刚一走动，那怪虫竟然立时从口中喷出一股黑色黏糊糊的液体，汉子手疾眼快连忙躲闪，然而毕竟距离太近汉子虽然身体躲过，那液体还是擦着汉子的左肩而过，瞬间汉子的左肩立刻溃烂开来，汉子吃痛地喊道："操你妈，狗日的鬼子！"

一直躲在密室中为首的汉子紧紧地握着拳头怒道："这些狗日的鬼子究竟想做什么！"说完转身便向外走，谁知刚跨出一步却被那掌柜的一把拉住。为首的汉子大怒，满腔的怒火瞬间燃烧了起来，明知自己不是掌柜的对手却还是挥出一拳，这一拳的力道非小，那掌柜的另一只手一把握住汉子的拳头说道："你是想出去送死吗？这鬼镇的底下住着四五百鬼子，还有上百只死虫，你出去不但救不了他，自己也会死在这里！"

为首的汉子呼呼地喘息着，但听着掌柜的话确实有理，手上的力道渐渐松了下去。而刚刚掌柜的话却让时淼淼一惊，"死虫！"难道这掌柜知道关于这个秘密基地的事情，她心中更加确信这掌柜的身份了。

正在这时窗外又传来了一声惨叫，几个人都围到窗前向外望去，只见此时那汉子身上已经伤痕累累，人也被逼到笼子中的一个角落里，那把刀早已经不知去向了。那汉子勉强支撑着身子靠在铁笼边上，这时那个黑衣日本人将一把长刀丢在汉子面前。那汉子斜了一眼，却并不去捡那把刀。

那日本人见此情景不禁有些恼羞成怒，踹了那汉子一脚，谁知那汉子早已静待多时，他弓下身子一把抓住那日本人的大腿，顺势捡起地上的那把刀没有丝毫犹豫，将那把刀刺入眼前那日本鬼子的胸口，那日本人便是死也不会想到，已经被他们折磨得如此不堪的汉子竟然会有这一手，那刀刚一没入胸口，他最后吹了一声口哨，那虫子身体微微一颤，眼前的汉子身体剧烈地抽搐着，表情扭曲，而双手却死死地抓着那日本人的腿。他抽搐了一会儿，盯着已经被自己刺死的日本人，脸上露出一丝不屑的扭曲的笑意，重重地倒在了地上。那虫立刻跃到汉子身上，顷刻间虫子的身下便只剩下一摊血污了。

为首的汉子一直紧紧地握着拳头，胸脯在不停地上下起伏着，身后的几个兄弟眼眶都已经湿润了。而时淼淼则转向那掌柜的道：“你究竟是什么人？”

那掌柜的靠在墙角瞥了一眼时淼淼，冷冷道：“你觉得我是谁？”

“小北风？”潘苑媛坐在一张桌子前面，她面前坐着一个姑娘，正是客栈的那个小姑娘。

小姑娘低垂着头微微点了两下，烛火摇曳，烛光中能隐约看到眼前的女孩眼角的泪花。她顿了片刻，抬起头说道：“姐姐真的是北平城中潘家的人吗？”

“嗯！”潘苑媛莞尔答道，其实在时淼淼醒来关窗子的时候她便已经醒了，只是一直在暗中观察着这个冷艳的姑娘，至于那客栈中几个汉子所谈论的事情她也尽皆听到了。待他们走后，潘苑媛发现后门被人推开了，一个人骑着快马紧随时淼淼一行人离开了客栈。

潘苑媛自从看到那个古怪的规矩。便一直隐约觉得这家店似乎与潘俊有些关联，唯恐会对潘俊不利，因此在那个人离开客栈之后，潘苑媛便悄悄摸到这客栈的后院中，见一个屋子里的灯依旧亮着，内中那个小姑娘一直坐在蜡烛前发呆，便推开门走了进来。

当潘苑媛告诉小姑娘，她便是北平城中潘家的人之后，那小姑娘竟然一惊，她诧异地上下打量了一番眼前这美貌的女子，问及关于潘家的事情，谁知这女子均说得一清二楚，这才放下戒心与潘苑媛攀谈起来。

原来这女孩子叫张玉鑫，是老北风的遗孤，老北风生前经常负伤，去北平治病，最后经人介绍认识潘俊，对潘俊的医道和为人大为赞赏，因此这家客栈才会有那几条古怪的规矩。

当潘苑媛问及这掌柜究竟为何人之时，张玉鑫咬了咬嘴唇说道：“小北风！”

小北风原名张继元，黑龙江人，1928年便跟随着老北风东征西讨，1932年5月，老北风被任命为东北抗日军区第二军区第三路司令长官，小北风任其副官，老北风过世之后，小北风便带着老北风的遗孤神秘地离开了东北抗日军。

谁也不知道原来这小北风带着张玉鑫来到了这荒山僻壤之中当了土匪，而他之所以会忽然离开抗日军的原因也是因为那鬼镇，张学良曾经密令张继元暗中调查鬼镇，因为他从日本人内部得知，日本人在北方某地秘密建了一个基地，以活体实验来研究秘密武器。张学良当时交代小北风，一旦得到确认千万不可单独行动，一定要等待后援部队，可小北风意想不到的是张学良因受到“西安事变”的影响被蒋介石软禁，这一计划也便就此落空。

本来小北风准备相机而动，可事有凑巧。日本人在附近寻找活体样本之时，不巧将在山中迷路的张玉鑫带到鬼镇之中。这便有了那为首汉子在客栈中所说的一百多名土匪进攻鬼镇的一节。

那一仗小北风损失了所有的兄弟，但幸好之前对鬼镇有一些了解，在那群兄弟的掩护下，发现这镇子中的密道，与张玉鑫二人九死一生地逃出鬼镇，在距离鬼镇四五十里处开了这家客栈一直至今。

听完张玉鑫所说，潘苑媛微微点了点头说道：“原来是这样，你们的真实身份还有别人知道吗？”

张玉鑫摇了摇头：“叔叔唯恐我会暴露我们的身份，因此我一直装作哑巴！”女孩说完扬起嘴角笑了笑，那笑容让潘苑媛心中一暖，眼前这女孩让她想起了金龙，眼睛瞬间湿润了。她轻轻咳嗽了一下说道：“那……”潘苑媛忽然停住了，对张玉鑫做了一个噤声的动作，然后站起身蹑手蹑脚地走到门口，握住把手猛地将门拉开，一个黑影从门外猛地撞进来，那人见自己被发现，正欲转身逃走，谁知潘苑媛手疾眼快，伸出手握住那人的手腕轻轻一用力，脚尖在他膝盖内侧轻轻一踢，那人顺势跪在地上。

潘苑媛示意张玉鑫将门反锁上，之后从怀里抽出一根银针刺入那人的大椎、天井、命门三处穴位，之后松开手。坐回到椅子上端起茶碗说道：“抬起头让我们看看你是谁？”

那人却始终低着头，这时张玉鑫走到那人前面弓下身子盯着那人一看顿时惊住了：“怎么会是你？”

这时那地上的人才抬起头，嘴角扬起说道：“嘿嘿，原来你会说话！”

这倒在地上的人不是旁人，正是这店中的伙计小六子。他挣扎了一下想要从地上站起来，怎奈不知潘苑媛对自己做了什么，身体的力气像是被人抽走了一般。他抬起头望着潘苑媛说道：“姑娘，刚刚我真的是无意听到你们说话的！”

“无意？”潘苑媛淡淡笑了笑，手中擎着茶碗瞥了小六子一眼，从怀里摸出一张字条丢在地上，纸条飘到小六子面前，小六子脸上那副无辜的表情立刻僵在了脸上，他瞥了一眼潘苑媛道：“既然被你发现了，那就动手杀了我吧！”

张玉鑫好奇地拾起那张纸条，上面写着一行日语：サンプル。她奇怪地望着潘苑媛，只见潘苑媛沉吟片刻说道：“如果你现在如实说我还能让你减少一点痛苦！”潘苑媛虽然一直奉行医者父母心，但经历了太多的事情之后她也变得冷酷了许多！说着她掏出一根银针，银针在烛火前面灼灼生辉。

小六子大义凛然地笑了笑，潘苑媛见此情形，将那银针准确无误地刺入到小六子的涌泉穴中，这穴位可谓是人体内最疼的穴位之一，小六子吃痛，脸色铁青着，咧着嘴刚要喊叫，只见潘苑媛快速将另外一根银针刺入他的扶突穴，小六子只觉得喉咙像是被什么东西堵住了一样，任他喊叫也出不来声音。一会儿工夫，那小六子便疼得大汗淋漓，这时潘苑媛才将两根银针抽出，小六子趴在地上不停地喘息着，疼痛已经让他的脸有些扭曲变形了。

“现在你肯说了吗？”潘苑媛冷冷地说道。

小六子连连点头，原来这小六子是日本人安插在客栈中的特务，他的任务是为鬼镇的鬼子提供试验品情报，那行日语的意思是样品。那小六子说完之后便昏死了过去。

“姐姐，你是怎么得到那张纸条的？”张玉鑫好奇地望着潘苑媛。

潘苑媛笑了笑说道：“丫头，我们刚入住这店中，我便从那窗口看到这院子的后院竟然养着几只鸽子，这些鸽子在外人看来与一般的鸽子无异。但内行人一眼便知那些是信鸽。我一直很好奇这荒郊野店怎么会有信鸽。也便多留了一个心眼。在你叔叔小北风离开的时候，我刚要关窗子便看到一只信鸽向西面飞去，于是便用诱虫术将它截下！”

“真没想到小六子竟然是日本人！”张玉鑫直到此刻心中还有些不敢相信眼前的事实。

“对了，丫头你知道你叔叔小北风离开客栈的事情吗？”潘苑媛总觉得自己疏忽了一些事情。

“他是晚上听那汉子所说那夜也曾随自己去过鬼镇，见他们夜探鬼镇想去阻止他们！”张玉鑫说到这里低下头，不敢正视潘苑媛的眼睛。潘苑媛淡淡笑了笑，她心知这女孩说的必定不是实话，倘若小北风果真想阻止他们，恐怕在他们离开前便出面阻止了，可是既然不是去阻止他们，那小北风要做什么呢？潘苑媛忽然想起了什么，在小北风离开的时候她隐约见到小北风的那匹马两侧似乎挂着一些沉甸甸的东西。想到这里潘苑媛心头一惊，脸色大变，她终于想起自己疏忽的那件事是什么了，小北风根本不是去救那群人，而是……想到这里潘苑媛推开门快速向门口的马厩走去，牵过自己那匹马翻身上马，疾驰而去。

小北风与时淼淼几个人在那暗无天日的密室中静待片刻之后，蹑手蹑脚地走到门口，贴着门向外望去，见外面没有动静，这才轻轻地推开那扇门向身后招了招手。时淼淼带着几个汉子跟在小北风身后，继续沿着眼前那条隧道向上走，耳边“哗哗”的水声越来越响，而且越往上走那日本人的巡逻小队便越是密集。

虽然小北风在那密室中已经将自己的身份告诉了大家，然而时淼淼却越往前走越觉得怪异，却一直想不明白究竟有什么奇怪的。又转过几个路口之后，小北风带着几个人躲进了一个与刚刚类似的密室中。

“前面是日本人在这山中建的发电站，出口就在发电站的右边，从那个出口出去便是上面的水库。但是这发电站却是鬼镇的命脉所在，所以外面至少有三四十个荷枪实弹的鬼子。”小北风神情若定地说道，“如果想离开这里必须要绕过这些鬼子，一会儿我出去将这些鬼子兵引开，你们趁机从旁边的出口出去！”

几个汉子对视了一下，为首的汉子疑惑地说道：“那您呢？您怎么出去？”

小北风说道：“你们只管走，不用管我！”

“不行！”为首的汉子断然拒绝道，“你去引开鬼子兵那就是死路一条，虽然我们哥儿几个不是什么人物，但这种事如果传扬出去，以后我们兄弟还有什么脸面做人啊！要走一起走，要留一起留！”

“你们……”小北风忽然停住了，他对眼前这些人做了一个噤声的手势，然后贴着门口向外望去，只见此时一队荷枪实弹的日本兵正从不远处的隧道经过。片刻之后当那些日本兵走过去之后小北风接着说道，“这鬼子的隧道错综复杂，我单独一个人将鬼子引开，还能躲进隧道里寻找时机再出去，如果你们随我一起目标太大，最后只能是白白牺牲！”

几个汉子想这小北风说得确实有理，不禁点了点头，而一直站在黑暗处的时淼淼却洞若观火般地站在一旁一言不发，此刻她的一只手伸进放在墙角的一个包裹里，从内中掏出了一些粉末状的东西，她将那些东西靠近鼻子闻了闻，一双眼睛冰冷地盯着眼前的小北风。

“好了，事不宜迟，大家马上行动，这里是鬼子的禁区，稍有不慎便会被鬼子发现，那时就前功尽弃了！”小北风说完正欲向外走，谁知时淼淼却三步并作两步挡在了小北风前面，小北风一愣说道，“姑娘，你这是……”

“恐怕你让我们走的那条路是一条死路吧？”时淼淼的话让小北风一惊，黑暗处虽然看不清小北风的脸，但却依稀能感觉到他的呼吸变得急促了起来。

小北风干笑了两声说道：“姑娘何出此言！”

“是啊！姑娘，人家小北风老大只身引开鬼子让咱们逃命，你怎么能这么怀疑人家啊！”为首的汉子为小北风抱不平道。

“恐怕他这次根本就没想过要离开这里！”时淼淼步步紧逼地说道，“既然这个出口被守卫看守得如此森严，那你又是怎么进来的呢？”

“我……”小北风万不曾想到这个女子竟然有此一问。

“因为你是从另外一个出口进来的对吗？”时淼淼代替他回答道，“还有大家向后面的那个墙角看看，那里有个包，里面都是一些你们闻起来很熟悉的粉末！”

几个汉子疑惑地向那个方向摸了摸，果然摸到两个大包，从内中摸出一把粉末，放在鼻子前一闻顿时失色，你看看我，我瞧瞧你，最后都将目光落到了小北风的身上：“小北风老大，这是火药？”

小北风的脸立时绷了起来，紧紧地握着拳头，目光如刀地盯着时淼淼，恨不得现在便将眼前这女子杀之而后快。时淼淼却全然不在乎这些，继续说道：“其实你来救我们是假，利用我们引开发电站的那些日本人才是真实目的吧！”

“引开那些日本人？”为首的汉子琢磨着时淼淼的话，恍然大悟般说道，“姑娘的意思是……”

“没错，一旦我们从另外一个出口离开的话，必定会将发电站中的日本人都吸引过来，想必他给我们指明的那条路必定是死路，或者是通往日本人的要害所在，之后他再回到这里将炸药安放在发电站中。”时淼淼说到这里瞥了一眼小北风。

“小北风老大是不是这样的？”为首的汉子简直不敢相信自己的耳朵，素闻这小北风义气过人，怎么会将自己这些人当成是鱼饵呢？

“几年前，我带着一百三十二个弟兄闯入这鬼镇中来营救玉鑫，本想将这里摧毁，谁知一进入这鬼镇才知道，原来这鬼镇的机密之处并不是上面的那些青砖大院，而是这地下的秘密基地。我带着那些兄弟冒死闯进这迷宫一般的基地中，谁知一进入这迷宫的隧道立刻遭遇了日本人的伏击，我们边找寻玉鑫边摸索这隧道的出口。最后终于在一间密室中救下了玉鑫，而我那一百三十二个兄弟只剩下二十几个人了。”小北风说到这里身体微微颤抖着，之后捂着脸蹲在地上说道，“最后他们拼死掩护我和玉鑫，我找到出口之后和玉鑫两个人顺利逃出了这地狱般的鬼镇。”

“后来我为了方便监视这鬼镇，便在据此四五十里的地方开了一家客栈，一旦有时间就从那出口进入这鬼镇中，几年来我已经摸清这鬼镇地下迷宫的地形，而且我发现这个鬼镇的一个致命点！”小北风狠狠地咬着嘴唇说道。

“发电站！”小北风和时淼淼异口同声道，小北风抬起头好奇地盯着眼前这个聪颖过人的女子说道：“你怎么知道的？”

“其实在我进镇子的时候便听到了溪水声，还有鬼镇的电网。当时他们告诉我在这鬼镇后面的山上有一座水库，我便猜测日本人必定是在这山中建造了一座发电站，利用水库的水发电！”时淼淼淡淡地说道。

“虽然我不知道你是如何猜到的，但正是如此！”小北风的语气中少了些愤怒却多出了许多钦佩之意，“这些日本人确实是将水库中的水引入这山中的水电站，利用水来发电。当时我便灵机一动，倘若将这水电站炸毁的话，那水库中的水一定会倒灌进来，这鬼镇必定会被淹没。”

“对，也许这是彻底毁掉这里的唯一办法！”时淼淼当时也想到了这个方法。

“只是日本人也知道这地方是他们的要冲之处，因此守卫在这里的小鬼子不下四五十人，而我的那些兄弟却都已经不在了，单凭我自己根本无法做到这些！”小北风长叹了一口气颓然地说道，“所以我才会出此下策，这姑娘说得没错，发电站右边的那条小路是通往水电站控制室的，一旦日本人发现有人进入控制室必定会全力扑上去。而我就能趁着这个机会将炸药安置在发电站的水库上。”

待小北风说完之后，在场的所有人都陷入了沉默，这个漆黑的小屋中一时间竟然安静得如同一座墓室。密室外面再次响起日本人整齐的脚步声，听上去有十几个人的样子，穿着厚重的皮鞋，脚步声在这隧道中产生出一种恐怖而怪异的回音。

那队日本人离开之后，小北风忽然站起身来从怀里拿出一张地图说道：“这张图是我这几年绘制出来的这地下迷宫的地形图，照着上面的粗线可以找到后山的出口，那里守卫的日本人最少，每隔半个时辰才巡逻一次！”说着他将那张地图递给了时淼淼，“姑娘，你带着这班兄弟离开这里吧！”

“那你呢？”为首的汉子立刻问道。

“我？”小北风凄厉地冷笑了几声道，“那一百三十二个弟兄的命让我苟活了这么多年，每天晚上我都能在梦里见到那些弟兄，这么多年我一直夜不能寐，时时刻刻忍受着内心的煎熬，明知道害死他们的人就在这鬼镇之中，却迟迟不能为他们报仇，我活下去便如行尸走肉一般，我心里有愧啊！”说完他攥紧拳头狠狠地捶着自己的胸口。

为首的汉子咬了咬牙说道：“如果把那些日本人引开的话，小北风老大你真的能将那水库炸毁吗？”

“啊？”小北风和时淼淼又是异口同声惊诧地发出声。

“我是说如果把外面的日本鬼子都引开你真的能把水库炸开？”为首的汉子又重复了一遍，小北风点了点头：“只要给我一刻钟的时间就足够了！”

“好！”为首的汉子豪情万丈地说道，“他姥姥的这群日本狗，早就看不惯他们了，哥儿几个愿意留下来的就准备准备，一会儿跟老子去把那些日本狗引开，怕死的就和这姑娘一起去出口逃生。不过以后就算是到了阎王老子那里也别说我他妈的认识你！”

“大哥说得没错，早就忍够那些小鬼子了。干！他妈的就算死了能拉上这好几百的小鬼子也值了！”一个汉子赞同地说道。

“你们……”小北风全然没有想到这群汉子会有如此血性，吃惊地望着眼前的几个汉子，此前他出此下策也实在迫于无奈，“兄弟们，去的话恐怕是九死一生啊！”其实小北风本想说去的话是十死无生，但心中却实在有些不忍。

“嘿嘿，小北风老大，我们这几个兄弟都是死过一次的人了！”为首的汉子冲那几个人努了努嘴说道。

“我们哥几个之前都是国民革命军五十六军的弟兄，最后实在受不了委员长一退再退的那份气才离开了队伍贩起了马！”一个汉子笑着拍了拍旁边的弟兄说道。

“好，既然如此就多谢兄弟们了，如果有来生我小北风给各位兄弟当牛做马！”小北风这几句话说得也是慷慨激昂。

“兄弟们带上家伙跟着老子上！”为首的汉子说着摸出腰里的王八盒子，将枪上膛，然后对时淼淼说道，“姑娘，你按照这张地图快点离开吧！”说完几个汉子正要开门出去，谁知耳边却传来了一阵嘈杂的脚步声，听那脚步声的方向似乎正是朝着这里而来，几个人不禁心头一惊，紧紧按住了手中的枪。外面的水声此刻显得越发响亮。

十一 缘石斋，骨肉再相逢

水声越来越响，潘俊挣扎着睁开眼睛，但见眼前一个女子正背对着自己在脸盆中揉着一块毛巾，而自己的额头上也搭着一块毛巾。那女子似乎并未发现潘俊已醒，而跟在女子身旁的孩子却警觉地扭过头，见潘俊睁开眼睛脸上立刻露出惊异的笑容道："段姐姐，潘哥哥醒了！"

段二娥连忙扭过头，见潘俊醒来，脸上也挂着微笑："潘俊哥哥，你终于醒了！"说完她走到潘俊床前，潘俊只觉自己身上酸痛，四肢无力，他双手撑着身子勉强从床上坐起来，金龙连忙奔到潘俊面前扶着他，潘俊靠在枕头上轻轻摸了摸金龙的头。

"段姑娘，燕云……"潘俊只说到这里，便发觉段二娥一脸失落无奈地摇了摇头道，"昨晚上你晕倒了，冯师傅将你安排好之后就带着虫草堂的人去寻找燕云，到现在还没有回来！"

潘俊闻言撑着身子便要下床，段二娥连忙阻拦道："潘哥哥，你身体还没有完全好转，再休息休息，冯师傅和薛先生他们一有消息就会回来通知咱们的！”

潘俊自感身体不支，微微地点了点头，心想，自己对这兰州城并不熟悉，独自出去倘若走失只会给大家徒增烦恼而已。段二娥这时端过来一杯热茶递给潘俊，潘俊接过那杯茶喝了一口，顿时觉得神清气朗，这是潘家秘制的冰花清茶，内有薄荷、冰片、菊花等提神之物。一杯茶下肚潘俊立刻觉得精神好了许多，他将茶杯放在一旁的桌子上，正在这时外面传来了一阵急匆匆的脚步声。

段二娥和潘俊都抬起头向外望去，只见冯万春满头大汗，气势汹汹地从外面走了进来，紧随其后的还有刘衎和几个伙计，冯万春进了屋子见潘俊已醒，脸上的怒气顿时消减了大半道：“潘俊，你小子总算是醒过来了！”冯万春说着拿起一旁的茶壶对着壶嘴“咕咚咕咚”地将剩下的半壶茶一饮而尽。

“少东家，你醒了！”刘衎虽然也口干舌燥，却并不像冯万春这般大大咧咧。

“嗯，刘衎叔，有燕云的下落了吗？”潘俊急切想知道关于燕云的消息，刘衎刚要开口，冯万春便放下茶壶抢在前面说道：“别提了，我和刘衎两个带着几十人从昨天晚上便开始在这兰州城大街小巷寻了个遍，可是这燕云却一点下落也没有！”

潘俊听冯万春说完瞥了一眼刘衎，见刘衎也点了点头说道：“跟我们去的那帮伙计全是兰州城本地人，应该没有什么遗漏之处，除非欧阳姑娘昨天晚上已经出城了，否则……”

“不可能！”这声音从门外传来，几个人循声望去只见薛贵从外面缓缓走了进来，他进来向潘俊拱了拱手说道，“刚才刘掌柜说欧阳姑娘出城是绝无可能的，我昨晚便向警察局询问了，城门在七点左右就已经关闭了！而且今晨警察局的人便在城门把守着，一直没有见到与冯师傅描述的姑娘相貌相似的女孩！”

“薛先生，辛苦了！请坐！”潘俊站起身示意薛贵坐下。

“这么说欧阳姑娘还在兰州城里？”刘衎皱着两条浓眉琢磨着，“如果没出城，这街道上也没有踪迹的话，那么会不会是住进了客栈，或者是欧阳姑娘在兰州城中尚有亲朋？”

刘衎的这句话倒是提醒了潘俊，他皱着眉头思索着什么。

“客栈我也已经派人找过了，只是未曾找到与欧阳姑娘相似的人！”薛贵接过段二娥手中的茶说道，刘衎心中暗想这薛贵能成为兰州城第一富商果然名不虚传，做事心思缜密，滴水不漏，他扭过头向潘俊望去，见潘俊始终沉默不语像是在思考着什么。

“这就奇怪了！”冯万春点上一根烟靠在桌子上，将手中的火柴在空中晃了两下熄灭之后说道，“段丫头，燕云是不是追着那只蒙古死虫出去的？”

段二娥点了点头。

“既然是这样怎么会忽然消失得无影无踪了呢？”冯万春百思不得其解，瞥了一眼潘俊道，“潘俊，你想什么呢？”

潘俊一愣，抬起头见几个人正看着自己，这才幽幽地说道：“刚才刘衎叔的话提醒了我，我在想燕云在这兰州城中会不会有熟悉的人……”

“这……”几个人听闻潘俊所言均皱起了眉头。

“即便燕云这丫头真的有亲属在兰州城中，我们也不知道啊！”冯万春捶了一下桌子说道。

“其实还有一个人可能知道！”潘俊若有所思地说道。

“谁？”冯万春与刘衎异口同声地问道。

“燕鹰！”潘俊的话顿时让两个人倍感失望，燕鹰自从上次劫了段二娥和金龙又放回之后便一直毫无消息，即便现在知道燕鹰的下落，可现在他在帮助日本人，想必找到他也是困难重重。

“算了！”潘俊有些无奈地叹了口气站起身来拱手道，“薛先生，兰州城中还请你多多帮忙，如果发现燕云的下落请和我们联系！”

薛贵站起身还礼：“这是自然，潘爷的事情就是我薛贵的事情，只要那姑娘还在兰州城中，我就保证她万无一失！那我现在再去安排一下！”薛贵说完便告辞了，潘俊目送薛贵离开之后刘衎便走了上来说道：“少东家，那我们接下来怎么办？”

“大家从昨天晚上至今都没有休息过，先吃点东西各自休息一下，等一等薛先生那边的消息。”潘俊说完，刘衎便依照潘俊的吩咐去安排大家休息了。

此时屋子内只剩下潘俊、冯万春、段二娥和金龙四人。冯万春心中一直有些憋火，埋怨燕云这丫头太过鲁莽，现在大家都在为她担心，在屋子里走了两圈，段二娥看了看心神难安的冯万春，又望了一眼潘俊笑着说道：“冯师傅，你在安阳的时候答应我教我做几道东北菜的！现在大家都饿了，你教我做菜给大家吃吧！”

冯万春瞥了段二娥一眼，挠了挠头说道：“也罢，反正老子现在也睡不着！”说完背着手带着段二娥向二进院中的厨房走去。

而潘俊扭过头见金龙始终坐在椅子上望着外面的天出神，他缓缓走到金龙身旁说道：“看什么呢？”

金龙伸出手指指了指天空中飘着的一块云彩道：“潘俊哥哥，你看那朵云像不像巴乌？”

巴乌是那只陪着金龙从小长大的藏獒，可惜在安阳为了救金龙，死在了日本人的皮猴的利爪之下。

“想巴乌了？”潘俊自从知道这孩子是姐姐潘苑媛的亲生儿子，心中对他便更多了一分怜爱。

“嗯！”金龙拄着小下巴说道，“潘俊哥哥，你说是不是人死了之后就会变成鬼啊？”

“啊？”潘俊不知金龙在想什么。

“爷爷活着的时候说如果有一天他死了的话，巴乌会陪着我。如果巴乌也死了的话，他们就都会变成鬼魂陪着我的！”金龙说到这里抬起头，一双眼睛充满渴望地望着潘俊，在他幼小的心里潘俊是一个无所不知的人，他相信潘俊所说的话。

“嗯，会的！”潘俊摸了摸金龙的头，“你爷爷和巴乌都会一直守在你身边的。”

金龙听了潘俊的话，满意地笑了笑，继续望着天空中的那朵云自言自语道："我就知道，那朵云一定就是巴乌。巴乌不是一条狗，燕鹰哥哥给我的狗都取代不了！"

"燕鹰？"潘俊一诧，"他说要送你一条狗？"

"嗯！"金龙点点头，"燕鹰哥哥答应送我一条比巴乌还要好的藏獒，但是巴乌只有一个，而且它会一直陪着我的！"

金龙后面的话潘俊一点也没有听到，整个人都陷入了沉思，片刻工夫，潘俊弓下身子对金龙说："金龙，把你们在树林中见到燕鹰哥哥的事情告诉我好吗？"

金龙将目光收回转向潘俊。

夜幕下的兰州城脱掉白天西北城市特有的雄浑，露出了一丝旖旎多姿。兰州城始建于公元前86年，因筑城之时挖出金子，故称"金城"。此后隋炀帝废郡置州，于此处设立兰州总管府，"兰州"之称始见于史册。后虽州、郡数次易名，但兰州的建置沿革基本固定下来，相沿至今。

潘俊站在虫草堂的第三进院落之中踱着步子，傍晚的时候薛贵派人来转告潘俊，依旧没有燕云的下落，因此冯万春再次不安地与刘衎到街上询问燕云的下落，而潘俊自从他们离开之后，便一直在院子中静静地等待着，如果他猜想得不错的话，那么今晚应该会有消息了。

正在这时一个伙计忽然从外面奔了进来，那伙计跑到潘俊面前说道："东……东家，这有一封信要交给您！"

潘俊嘴角轻轻敛起接过那封信说道："送信的人呢？"

"是个乞丐，把信放在门口说交给潘爷之后就跑了！"伙计简短地说道。

"好了！你下去吧！"潘俊摆了摆手，然后自顾自地走进屋子打开那封信，信上只有一行字：官园正街，缘石斋。

"缘石斋"三个烫金大字挂在门上，一扇红色的大门立在燕云面前，她随着那蒙古死虫的震动追赶到此处，站在门口却犹豫了，这"缘石斋"是爷爷欧阳雷火多年之前在兰州城中的秘宅，即便是火系欧阳家的人知道的也不过数人而已，他们在从新疆前往北平的时候曾经在兰州城的此处歇脚，只是已经荒废多年，早已无人居住了。

但这蒙古死虫确实是向此处而来，燕云站在门口不知是否该进去，正在此时东面忽然鞭炮齐鸣，她看着那个方向宛若是薛家宅门，是不是潘哥哥已经将薛家小姐治好了？她这样想着，忽然在“吱呀”一声之后那院门缓缓打开了。

一股冷风从门里吹出来，燕云顿了顿，心想是福不是祸，是祸躲不过。想到这里迈开步子向院子中走去。

这缘石斋只是一个两进的院落，坐落于兰州城中最错综复杂的官园正街，不熟悉的人进入这个民巷区便像是进入了一座迷宫一般。而这两进院落恰好位于官园正街的中心位置，从正门进入，首先映入眼帘的便是一堵影壁墙。

燕云绕过影壁墙谨慎地沿着砖石小路向一进院落中的屋子走去，刚要进入房间忽然发现那原本漆黑一片的屋子竟然亮起了烛光。她立刻怔在了原地，屋内蜡烛将三个人的影子映在窗户上，一个坐在桌子前面的老者，一个女孩拄着下巴坐在桌子前面，而在老者桌子的对面则是一个男孩的影子。

这窗户上的影子瞬间让燕云恍然如梦，这是他们在从新疆去北平之时歇脚于此的那天晚上的情形。想到这里燕云掏出腰间的匕首三步并作两步走到门口，飞起一脚将门踢开，旋即拿着匕首向屋子内环顾一圈，只见那蜡烛摆在桌子上，屋子里空荡荡的，刚刚在窗户上所见到的影子竟然是屋子之中三个惟妙惟肖的白纸人。

燕云收起手中的匕首，走到那桌子前面，只见在那张桌子上放着一张字条：你来了！

瞬间燕云觉得眼前一黑，屋子里顿时漆黑一片，而脚下的地面忽然裂开了一道口子，整个人瞬间顺着脚下的口子滑了进去，随着下滑眼前越来越亮，接着整个人重重摔在了地上，她觉得身体像是散了架一样，迷迷糊糊地睁开眼睛，这是一个地下密室，不远处有一个盖着黑布的笼子，在笼子前面的桌子上点着一根蜡烛，蜡烛对面坐着一个男人，燕云一眼便认出了那个男人。

“你……”燕云伸出手无力地指着眼前的男人，只觉得眼皮越来越沉，晃了两下便倒在了地上。

燕云觉得眼前很亮，很刺眼，她缓缓睁开眼睛见自己身边有一个人，那个人正是潘俊。

“潘哥哥！”燕云小声地说道。

潘俊见到燕云清醒过来，不禁惊喜地说道：“燕云，你终于醒了！”

“潘哥哥，我在哪里？”燕云撑着身子，靠在后面的枕头上打量着眼前这个屋子。

“虫草堂啊！”潘俊说着正欲站起身给燕云倒水，谁知燕云像是想起了什么一样眼睛放光，身上立刻来了力气挣扎着便向床下走，双腿刚一着地，立刻觉得膝盖酸痛无力身子向前倒去，潘俊手疾眼快一把扶住燕云道，“燕云，你怎么了？”

燕云咬着嘴唇热泪盈眶却始终不肯说话，潘俊抱住燕云在她耳边轻轻地说道：“你是要回缘石斋吗？”

燕云听了潘俊的话忽然停止了挣扎，用一种几近哀求的眼神望着潘俊。只见潘俊皱了皱眉头说道：“昨天晚上我刚到官园正街的时候便听到深巷中传来了一声巨响，接着里面火光冲天浓烟滚滚，我便向那火光的方向奔去，谁知到了才知道起火爆炸的地方正是缘石斋，我在巷口发现了昏迷不醒的你！”

“那……缘石斋呢？”燕云紧紧抓着潘俊的肩膀说道。

“毁了，什么也没有了！”说话的是正从外面走进来的冯万春，此刻他浑身上下都是灰尘，像是刚从灰堆里爬出来的一般，而跟在他身后的刘衍情况也比他好不到哪里。

“什么？冯师傅，你说缘石斋没了？”燕云简直不敢相信自己的耳朵。

“嗯，我和刘衍从昨天晚上到现在一直守在那里，缘石斋被炸得七零八落，还燃起了大火。根本什么东西都没有了！”冯万春说话间，段二娥已经给他和刘衍端来了水。

“真的没了！真的没了！”燕云失落地瘫坐在床上，目光空洞地望着窗外，泪水缓缓从燕云的眼角滑落下来，落在她的手背上。

几乎一整天，燕云始终一言不发地坐在桌子前面，望着窗口发呆，谁也不知道燕云失踪的这一天一夜究竟发生了什么。潘俊发现她的时候，她身上遍体鳞伤，伤口很像是被某种动物咬伤的。但让潘俊始终想不明白的事情也在于此，如果是火系另外一支的人想要将燕云杀死报仇，将其锁在装着野兽的笼子内想将她折磨致死，这倒是可以理解。可出乎意料的是为什么在那个宅子被毁掉之后，燕云却被放了出来，难道是有人救了她？

潘俊坐在燕云身后的床上，手中一面摆弄着薛贵送给自己的那个传家之宝，一面思忖着。这所有的事情就像是一团纠缠不清的乱麻，任他如何聪明也想不透。恐怕这一切只能等燕云情绪稳定之后从她的口中得到答案了吧！

是夜，月色朦胧，清风徐徐，傍晚的时候冯万春拗不过金龙，带着他和段二娥去逛这兰州城。而潘俊则始终在房间中陪着燕云，整整一天燕云一直痴痴地望着窗外。

“潘哥哥！”不知过了多久燕云忽然小声说道，潘俊连忙抬起头见燕云扭过头正望着自己。

“燕云，感觉好点了吗？”潘俊柔声问道。

“嗯，我有些饿了！”燕云的话让潘俊心里有些惊喜，连忙吩咐刘衎做了几个菜端了上来。然后搀着燕云走到饭桌前坐下。

“刘衎，有酒吗？”燕云问道。

“酒？”刘衎疑惑地看了一眼潘俊，见潘俊点了点头，然后笑着说道，“有，你等等！”

片刻工夫，刘衎手中提着一坛子上好的郎酒放在桌子上道：“欧阳姑娘，这酒怎么样？”

燕云轻轻扬起嘴角笑了笑：“谢谢刘衎叔！”

“好，那你们先吃，我去前面打点一下生意！”说罢刘衎识趣地退了出去。只见燕云将那坛子酒打开，双手抱住仰起脖子“咕咚咕咚”喝了起来，潘俊连忙站起身来将燕云手中的坛子夺过来，只见此刻燕云泪眼蒙眬，不停地抽泣着。

潘俊将酒坛子放在桌子上说道："燕云，你怎么了？你失踪这一天究竟发生了什么事？"

谁知燕云抱住潘俊整个人都瘫在潘俊怀里，身体不停地颤抖着说道："潘哥哥，为什么会这样？为什么会这样？"

潘俊耳朵一红，抬起手顿了片刻，然后轻轻抚摸着燕云的肩膀说道："燕云，我知道一定是发生了什么事情，能告诉我吗？"

"潘哥哥，我们真的不应该来北平，如果那样的话恐怕所有的一切都不会发生，爷爷不会死，燕鹰也不会离开我。"潘俊知道燕云自小便和弟弟燕鹰跟着欧阳雷火相依为命，而短短一个多月的时间欧阳雷火惨遭不幸，而自己的亲弟弟燕鹰也与自己分道扬镳了，对于一个只有二十来岁的女孩子来说，燕云所要承受的实在是太多了。

燕云哭了片刻终于静了下来，从潘俊的怀里爬起来说道："潘哥哥，你还记得乔荣吗？"

乔荣，潘俊听到燕云说到这个名字，心里猛然一颤，潘俊微微点了点头："是你们在那个镇子中救下的走垛子的人！"

谁知燕云苦笑了一下，摇了摇头道："潘哥哥，乔荣根本不是走垛子的！"

缘石斋巨大的爆炸声在兰州城中响彻的时候，很多看热闹的人都聚集到了缘石斋附近。此时缘石斋那两进两出的院落早已经陷入了一片火海。各色看客交头接耳，相互询问着这缘石斋的主人，等待着有人会忽然从这熊熊火海中奔出，然而最终的结果却让他们大失所望，这火着了几个时辰，却不见有一个人从里面出来。

而任何人也没注意到一个年轻人将一个女子从巷口背走，更没有人注意到在这密密麻麻的人群之中还有一个六七十岁的老者，那老者躲在人群之中咬着牙，握着拳头的手青筋迸出，咯咯作响，惋惜地望着被烧毁的缘石斋。

片刻之后，这老者转身离开了人群，向茫茫夜色深处走去。在兰州城北的一个不起眼的小院子中，一个女子静静地坐在烛火前，手中拿着一根竹签轻轻挑弄着那烛火，嘴角露出浅浅的淤痕。

忽然那扇反锁着的门被打开了，女子依旧镇定自若地坐在椅子上。那老者站在门口向身后望了望，见四下无人这才将门反锁起来。

“怎么？缘石斋没了？”女子冷漠的语气中带着几分嘲弄。

那老者像是被激怒了一般握紧拳头正要发作，最终还是将拳头松开了：“金素梅，任你怎么说我都不会再出手了！”

“哈哈！”女子爽朗地笑了笑站起身来说道，“没想到这十几年您也学会了隐忍！”金素梅皱了皱眉头故作歉意的表情道，“不，应该说你已经隐忍了很多年了对吗？”

“你……”老者显然被金素梅的伶牙俐齿说得哑口无言。

过了好一会儿老者才愤愤地说道：“你这个祸水，如果不是你的话，我欧阳家也不会落到今天这样！”

“哈哈！”金素梅戏谑地笑道，“是吗？那也应该是你自己种下的恶果吧！”

“我真是恨自己当时为什么没有狠下心将你一刀杀掉，也许那样的话烟雷也就不会……”欧阳雷火说到这里紧紧地握住拳头砸在桌面上，恨不得立时便将金素梅撕成碎片。

“或许只有烟雷才是最可怜的！”提到这个名字金素梅的心头微微一颤，她望着眼前摇曳的蜡烛，红烛微动，红烛的对面出现了一个二十多岁的男人，他皮肤微黑，一双褐色的眼睛，脸上轮廓分明，金素梅第一眼看见他便被他深深迷住了。

眼前的男人穿着一身红色的新郎服，他是她的丈夫欧阳烟雷。新疆火系驱虫师的下一任君子，他微笑着挽起金素梅的纤纤玉手，金素梅有些害羞，脸上胭脂更显出一种别样的红晕。金素梅从小便生活在北平城中，为了眼前这个男人她愿意远赴新疆，这一路上的风沙并未让这个痴情女子有任何退缩。

在北平的金家，金素梅平日见的最多的便是如金顺、金银一般矮丑的侏儒，而欧阳烟雷的出现让她眼前一亮。她知道自己要嫁给这个男人的时候，曾数日兴奋得无法安眠，正如她所期盼的那样，二人在新疆火焰山的欧阳大宅结婚之后生活一直很幸福。

平日里欧阳烟雷去训练皮猴之时，金素梅便会在家中为其准备一顿丰盛的晚餐。偶尔，欧阳烟雷也会带着金素梅一起去训练皮猴，每每看到那些长相凶恶的怪物时金素梅总是担心自己的丈夫稍有闪失被那怪物所伤。

所幸她的担忧是多余的，欧阳烟雷虽然生在欧阳家，继承了父亲欧阳雷火的家传绝学，却并未延续他那“火雷子”一般的暴脾气，因而他操纵的皮猴显然比欧阳雷火更胜一筹。

他们在这样平静的生活中迎来了两个人的第一个孩子，欧阳燕云。燕云的出生无疑给这个家庭带来了前所未有的欢乐，欧阳烟雷每天便像是生活在蜜罐一样，那张嘴总是乐得合不上。他常常对金素梅说：“素梅，你真是上天赐给我最重的宝贝，现在有了燕云，哪怕便是让我现在即刻死去我也毫无怨言！”

金素梅每每听到此处，便会轻轻地捶打欧阳烟雷的肩膀怪他胡说。

可是他们却并未察觉到，在这平静而美满的生活下藏着一个足以将这一切打破的危机，这件事彻底改变了一切，那个原本美满的家庭瞬间变得支离破碎了。

眼前的蜡烛忽然晃动了两下，将金素梅从那遥远的记忆中拉了回来，那蜡烛的对面只是一面黑乎乎的墙，金素梅这十数年每天都在逃避着的这段记忆，此刻竟然如此汹涌地向自己扑面而来，她的眼睛竟然在不知不觉间湿润了。

“其实……”欧阳雷火皱了皱眉头，紧握的拳头也缓缓地松开了，“其实烟雷没有死！”

“什么？”金素梅诧异地望着欧阳雷火，那双原本冰封的眼睛此刻多了几份期许，她渴望从欧阳雷火的口中得到确切的答案，只见欧阳雷火微微地点了点头，“他确实还活着！”

正在此时窗外传来了“哗啦”一声，欧阳雷火警觉地抽出腰间的匕首，随即推开房门，刚一出门见一只黑猫“喵”的一声从窗子直蹿上一旁的院墙，欧阳雷火这才放下心收起手中的刀，向后退了两步关上门回到屋子中。

“你刚刚说烟雷还活着是真的吗？”金素梅此刻心如乱麻，她本以为这么多年过去了自己的心早已经死了，至少不会再有这样的感觉了。

“什么？”潘俊惊讶地抓着燕云的肩膀说道，“燕云你说那乔荣是你父亲？”

燕云微微颔首：“是啊，如果不是亲眼所见，我也不敢相信乔荣竟然是我的父亲！”

“燕云，你接着说吧！”潘俊正色道。

燕云点了点头，望着潘俊的眼睛，潘俊乌黑的眸子中映着一盏烛火，那盏烛火放在不远处的桌子上。

燕云在缘石斋晕过去之后不久，觉得身上的每个关节都酸痛无比，她迷迷糊糊地向四周环顾了一下，发现周围黑乎乎的，恍惚之间她像是想起了什么，警觉地从床上爬起来。

“你醒了！”一个声音从燕云身后的黑暗处传来，燕云的身体猛然一颤，如此熟悉而陌生的声音让燕云禁不住将头扭向一旁。

只见从一旁的黑暗处走出来一个男人，那男人竟然是乔荣，但是燕云明明记得乔荣说话的声音似乎要比现在粗犷得多。她上下打量着乔荣，只见乔荣微微笑了笑，手中端着一个碗走到燕云前面，将碗递给燕云说道：“燕云，你总算是醒过来了！”

燕云警觉地将乔荣手中的碗推开，目光如炬地盯着乔荣说道：“你究竟是什么人？”

乔荣微微笑了笑，转身走到桌子前面将碗放在桌子上，跷起二郎腿说道：“驱虫者讲究身、意、气三者合一，缺一不可。虫动，人动；虫静，人静。得以人虫合一。”

乔荣的几句话正是燕云年幼之时父亲对她所说，不管那声音还是那神态都与父亲一般无二，可眼前之人的容貌却与父亲迥然。乔荣似乎是看出了燕云的疑惑，微微笑了笑，在自己的脸上轻轻摸了摸，将那张人皮面具摘掉之后，一张熟悉而略显沧桑的脸出现在了燕云的面前。

燕云望着眼前的人，泪水一直不停地在眼眶中打着转。燕云本以为此生再也见不到父亲了，没想到他竟会出现在此处。

“父亲……”燕云挣扎着从床上站起来跪倒在欧阳烟雷的膝前说道，“这么多年我和弟弟都以为你已经……”

“都以为我已经死了是吗？”欧阳烟雷轻轻抚摸着燕云的头发说道，“孩子，这么多年难为你了。”

燕云紧紧地抱着欧阳烟雷，止住了哭泣轻轻抹了抹眼泪道：“父亲，爷爷在北京……”

刚说到这里，欧阳烟雷轻轻摆了摆手道：“这些我都知道了，你弟弟的事情我也有所耳闻！”

提到燕鹰，燕云心中有种说不出的歉意，她低着头沉默了一会儿道：“父亲这么多年你去了哪里？”

欧阳烟雷微笑着站起身来说道：“孩子，你跟我来，我让你见一样东西！”

“啊？”燕云疑惑地望着欧阳烟雷，只见他带着燕云走到眼前的那个盖着黑布的大笼子前面说道：“燕云，知道这里面是什么吗？”

燕云打量了片刻，然后轻轻地摇了摇头，欧阳烟雷笑着轻轻一拉笼子一旁的绳子，瞬间那块黑布从笼子上脱落了下来，接着一只巨大的蒙古死亡之虫竟然出现在了燕云面前，眼前这条巨虫较之前看到的要大出好多，它一见到光立时发出一声闷闷的低吼，然后向前猛冲了过来，幸好被那笼子挡住。

燕云惊慌地向后退了两步，担心地望着欧阳烟雷。忽然燕云听到耳边响起一阵轻微的口哨声，那声音正是欧阳烟雷发出来的。那巨虫的大脑袋轻轻地抖了抖，蠕动着身子向后退去，一直退到笼子的最里面。这时欧阳烟雷才将那笼子轻轻打开，自顾自地走了进去。

只见他走到那巨虫面前，伸出手在巨虫的脑袋上轻轻抚摸了一会儿，那巨虫一反之前的狂暴之气，变得温顺无比，这一切让燕云看得心惊肉跳。片刻之后，欧阳烟雷才从笼子里走出来，又将那块黑布盖在笼子上，扭过头见燕云目光始终疑惑地盯着自己。

“父亲，难道那个驱使蒙古死亡之虫的人就是你吗？”燕云简直不敢相信眼前所看到的一切。

欧阳烟雷肯定地点了点头，“我便是用它将你引到咱们欧阳家的旧宅的！”

此时燕云便如同丈二的和尚摸不到半点头脑，直到现在她依旧清晰地记得火系另外一支人与欧阳家的那次殊死之战，可是为什么父亲竟然也成了那一支的驱虫师了？

欧阳烟雷似乎看透了燕云心中所想，将她叫到一旁说道：“在你母亲离开家之后不久，欧阳家便遭遇了火系另外一支驱虫师的进攻，我想那时候你应该有所记忆！”

“嗯！”燕云点了点头道，“当时爷爷让我带着弟弟躲在密室中，虽然如此，还是能听到外面杀声震天，厮杀声和惨叫声整整持续了一个晚上才停歇。到第二天早晨的时候院子里到处都是尸体，血流成河！”

“是啊！”欧阳烟雷长出一口气说道，“当时的情形非常混乱，那时候不知你爷爷从何处得到的消息，知道那些驱虫师会进攻老宅，所以提前便有了准备。但是我们还是过于低估他们的实力了，平日里已经堪称凶猛的皮猴那时竟然变得不堪一击，我带着几个门下的弟子一直冲在前面杀得红眼，完全不知道和自己同去的弟子已经全军覆没了。最后我带着三只皮猴一直追赶着一只受了伤的蒙古死虫到沙漠深处，直到那时我才知道自己已经中计了！”

“刚到沙漠深处便被数只早已等候在那里的蒙古死虫包围了，三只皮猴顷刻之间便死在了我的面前。我知道只有死路一条，而且自从你母亲离开之后我一直有求死之心。想着便手中握着长刀没命地向前冲，谁知还未近身便被蒙古死虫释放出来的电击晕了。”欧阳烟雷一面回忆着一面幽幽地说道。

“那后来怎么样了？”燕云一双眸子水汪汪地盯着父亲。

“后来当我苏醒过来的时候见到了一个已经年迈的老者，他一直戴着黑色的面纱，黑帽子。当我苏醒之后，他冲着我微微笑了笑，他很快便表明了自己的身份，他就是火系另外一支的驱虫师名叫乔荣。我本以为他会杀了我，谁知他却冷笑了几声，告诉我他的目的并不是杀我，而是让我继承蒙古死亡之虫的驱虫之术！”

“当时我很犹豫，因为很早之前便已经听闻这火系另外一支的驱虫之术甚是邪恶，不但是火系一族，便是其他驱虫师也对此嗤之以鼻。然而当我说出犹豫的原因之后，乔荣淡淡地笑了笑告诉了我一个惊人的秘密。也是这个秘密最终让我决定继承蒙古死虫的驱虫之术！”欧阳烟雷狠狠地咬着嘴唇说道。

“秘密？”对于父亲这么多年离奇的经历，燕云只觉得惊讶异常，“什么秘密？”

“这个秘密是驱虫师家族酝酿了几代人的阴谋！”欧阳烟雷瞥了燕云一眼顿了顿说道，“而和你在一起的木系君子潘俊是这阴谋中最为关键的环节！”

“啊？”燕云一听这阴谋涉及潘俊，心中顿时生出许多担心，“父亲，究竟是什么阴谋？”

“孩子，你不要多问，这已经不再是一个人的事情了，我想如果不错的话，这件事恐怕关系着天下人的存亡。”欧阳烟雷凝视着眼前的烛火说道。

“那应该赶快告诉潘哥哥让他早做准备啊！”燕云焦急地说道。

“傻丫头，这一路上我早看出你喜欢潘俊。”欧阳烟雷微笑着说道，“你的眼光没错，潘俊确实是万里挑一的人物，也正是因为如此我才将你引到此处告诉你，潘俊的身上有太多的阴谋，哪怕是他一步走错，必将会粉身碎骨啊！”

“既然是个阴谋，那我就想办法让潘哥哥远离这场阴谋！”燕云迫不及待地说道。

“呵呵，不可能的。如果一开始就发觉的话，恐怕还可能抽身出来置身事外，而现在你的潘哥哥已经陷入太深，便是想要抽身出去也不可能了！”欧阳烟雷无奈地说道。

“那你答应了乔荣之后这些年呢？”燕云好奇地追问道。

“嗯，那个秘密改变了我对火系旁支驱虫师的看法，然而随着我和乔荣的接触越来越深，我渐渐发现，他与之前我们所听闻的火系旁支驱虫师完全不同，而这蒙古死虫也并不像传说的那般凶残，甚至较之皮猴更容易控制。”欧阳烟雷说到这里，燕云不禁扭过头再次看了看那盖着黑布的笼子，即便父亲如此说燕云始终觉得那蒙古死虫更凶悍一些。

“这之后我渐渐发现了很多事情，那乔荣之所以一直戴着黑帽子，脸上遮着一块黑布，是因为他的脸早已经被大火烧得面目全非。每每我问及此事的时候，乔荣只是微微摇头，他说即便是他告诉我恐怕我也不会相信，只能让我自己去弄清楚。在和乔荣一起生活了两年之后他便过世了，在弥留之际他告诉我，之所以攻击欧阳家并不是因为别的事情，而是他知道自己大限将至，只能另寻一个继承人。而我是他唯一的人选！”欧阳烟雷说到这里神色有些忧伤，沉默良久长出一口气说道。

“难道火系旁支便只剩下乔荣一个人了吗？”燕云接着问道。

“嗯，是啊。其实火系旁支一直生存在沙漠深处，他们深居简出，极少与外人来往。虽然人丁一直不甚兴旺，但尚有几十人，七十年前却惨遭屠戮，最后只剩下乔荣一个人生还！”

“乔荣过世之后，父亲你为什么没有回到老宅啊？”燕云不解地说道。

“丫头，其实我回去过，只是你不知道而已。这么多年我虽然身在大漠深处，但是我一直耿耿于怀的一件事就是你母亲的不辞而别！”欧阳烟雷想到金素梅，心中忽然出现了一丝暖意，“在你母亲生下燕鹰不久，便忽然变得沉默寡言，每次问及此事她总是遮遮掩掩。而燕鹰刚刚周岁那天她便留下一只明鬼，失踪了！”

“母亲离开之后去了日本，我不久前听燕鹰说了这件事！”燕云谈到母亲心中有些失落，她始终不明白，为什么母亲会忽然和日本人连在一起，那个让她记忆犹新、温柔和蔼的母亲和燕鹰口中的金先生完全是两个人。

“嗯！”欧阳烟雷长出一口气说道，“这件事我也听说了，只是她现在已经不知了去向！”

“啊？”燕云虽然心中对母亲的作为不认同，但她始终是燕云的母亲，这一点始终无法改变。

“嗯，至今尚不知下落呢！”欧阳烟雷说道。

燕云琢磨了一会儿说道："父亲，这么说这火系旁支驱虫师便只有你一个人了！那在雾隐镇的时候……"

"哈哈，其实那完全是个巧合。我知道你们离开安阳便先行一步，谁知走到那雾隐镇的时候却发现前一天便有日本人埋伏在那里了！我混进那镇子暗中观察，竟然发现那些日本人全部是青年人，而且他们也会一些杂七杂八的驱虫术，我唯恐他们对你不利便将他们除掉了。后来我想想还是以乔荣的身份陪在你身边，这样一来方便保护你，二来就是还有另外一件事要做！"欧阳烟雷望着燕云说道，"第二件事你已经经历了！"

"第二件事？"燕云琢磨着父亲的话，过了一会儿恍然大悟般地说道，"难不成是那火系的密语？"

"嗯，火系求救的密语是我留下的！"欧阳烟雷淡淡地说道。

"为什么要留下那种求救的密语？"燕云不解地望着父亲。

"因为潘俊！"欧阳烟雷长叹了一口气，"这件事说来话长，以后你慢慢就会知道了！"

"嗯！"燕云点了点头。

"好了燕云，话就说到这里，今天把你引到这里还有一件事！"欧阳烟雷说着站起身将燕云扶起说道。

"什么事？"燕云望着父亲的眼睛问道。

"这件事你不能告诉任何人，包括潘俊！"欧阳烟雷说到这里带着燕云向着密室一侧走去。

十二 破凶镇，凶域变湖泽

燕云长出一口气顿了顿说道："后来父亲给我喝了什么，我觉得脑子里昏昏沉沉的，醒来的时候便发现自己已经在床上了！"

"原来如此！"潘俊轻轻地揉着下巴，琢磨着燕云的话，"那些蒙古死虫本是火系欧阳家的死敌，而它们一路上却似乎在一直保护着咱们！"

"嗯！是啊，那应该全部是父亲所为！"燕云将这些话说完之后，自己的心结也顿时打开了，她感觉肚子有些饿，便拿起筷子胡乱地吃了起来，"潘哥哥，我父亲说去新疆是一个巨大的阴谋，那我们能不能不要去了！"

"呵呵！"潘俊见燕云一面吃一面说话的样子甚是可爱，于是微微笑了笑说道，"燕云慢些吃，小心呛到！"

"这几天我一直在琢磨着这些话要不要和你说，如果和你说的话，怎么说才能劝你不要去新疆！"燕云口中咀嚼着青菜抬起头对潘俊说道。

潘俊从窗口走过来，坐在燕云身边轻轻将她嘴旁的饭粒拨落说道："燕云，你父亲说得没错，如果这真的是一个阴谋的话我现在已经涉身太深了，即便是真的想抽身出去恐怕也不可能了！”

“其实我知道，我一定劝说不了你，但是你放心吧，不管是刀山还是火海，我欧阳燕云都愿意陪着你一起过！”燕云手中掐着筷子正色道。

“嗯，我知道！”潘俊微微笑了笑说道，正在此时冯万春带着金龙和段二娥也从外面走了进来，见到燕云吃得正欢，哈哈笑道：“燕云这丫头终于肯吃饭了？”

“嗯！”燕云将口中的菜咽下去说道，“冯师傅，您还真是够偏心的！”

“咦？你这丫头刚回来就埋怨我老冯偏心啊？”冯万春轻轻拍了一下燕云的脑袋说道，“你说说我老冯哪里偏心了？”

燕云握着筷子指着桌子上的菜说道：“你瞧冯师傅，这一桌子菜都没见到你上次在安阳给我们做的你那招牌菜！”燕云撇着嘴，但说的这话却让冯万春心里美滋滋的，他笑着说道：“丫头，你喜欢咱老冯的手艺啊？”

“嗯，这一桌子菜也吃不出个味道来，还是冯师傅的招牌菜最好吃！”燕云的话中尽是溢美之词，说得冯万春哈哈大笑。

“好，既然你喜欢吃，那老冯我就舍命陪君子一回，你慢慢吃，等着我给你去做个东北大乱炖！”说罢冯万春笑眯眯地向厨房走去，也不管此时已经半夜了。段二娥见冯万春走了出去也跟了出去。

正在这时，刘衎匆匆从虫草堂前院走了进来，一直向这第三进院走来。他刚刚从外面回来，来到三进院中间潘俊房中的灯依然亮着，犹豫了一下，最后还是走了进去。

“少东家！”刘衎一脸愁容地走到潘俊面前说道。

“怎么了，刘衎叔？”潘俊见刘衎一脸焦急的样子问道。

刘衎在潘俊的耳边轻轻说了几句什么，潘俊顿时愣住了，他抬起头望着刘衎道：“人在哪里？”

“门口的车里！”刘衎一字一句地说道。

“燕云，你和金龙在这里等着冯师傅，我和刘衎叔去去就来！”说完潘俊在刘衎的引领之下向门口走去。

潘俊一面走一面在心中默默祈祷着……

而在距此百里之外的鬼镇地下密室之中，时淼淼一行人你看看我，我瞧瞧你。门外的脚步声越来越近，越来越重，最后那脚步声竟然在门口处停了下来。

这密室中的几个人立刻将心提到了嗓子眼，手都不由自主地摸着自己的配枪小心翼翼地将枪上膛，准备随时冲出去，此时屋子里的所有人屏气凝神，似乎等待着即将爆发的一刻。接着，眼前的那扇门被人轻轻地晃动了一下。

就在这千钧一发之际，忽然这鬼镇上方传来了一声巨响，那声音如同是一声闷雷，这密室也随着那声音震动了一下。几个人对视了一下，谁也不清楚究竟发生了什么事。

眼前的那扇门立时关闭了，接着鬼镇地下的鬼子骚动了起来，原本看守着水坝的四十几个鬼子只剩下了两三个人而已，余下的全部带着枪从水坝上下来，经过密室前面的隧道向鬼镇上方而去。

不一刻，鬼镇上方再次响起了一声巨响，这次的声音较之刚刚的声音有过之而无不及。更加剧烈的震动虽然不能破坏这坚固的地下隧道，但却足以将其撼动。时淼淼见时机正好立刻吩咐道："现在鬼子都已经撤走了，正是炸掉水坝千载难逢的机会，咱们马上行动！"

说完几个人点了点头，推门走进隧道之中。

走出隧道，眼前的景象除了小北风外的几个人都是一惊，没想到这鬼子竟然在这山中修建了如此庞大的一个地下水坝。左右有四十多米长，水坝从脚下直通到山体之中，这水坝中的水应该是与外面水库的水相连。而水坝上每隔二十米便有一处泄水口，泄水口中的水从十多米高的地方喷射下来，落在远处事先挖好的一个水泥沟渠，沟渠并不算宽。如果将水库炸开个口子的话，大水必定可以将这鬼镇的地下迷宫尽皆淹没。

想到这里，小北风毫不犹豫地背着事先准备好的炸药，沿着左边钻到了泄水口处，一直在水坝上方的三个日本鬼子完全没有注意。

小北风此前一直跟随老北风在东北与日本人周旋，这炸药如何摆放才能更显威力自然不在不话下。他将几个炸药包在水坝的泄水口下安排好，将一根长长的引线拉到隧道口小声地对时淼淼和身后的几个汉子说道：“好了，姑娘你带着几个兄弟赶紧离开这里！”

“那你呢？”为首的汉子低声问道，“要走一起走！”

“兄弟，这引线只有这么长，总要留下一个人来点火。你们几个随着这姑娘快点离开，三分钟之后我就会引爆炸药，一旦水坝炸开就是想走也走不了了！”小北风一面说着一面观察着水坝上几个小鬼子的动向。

“可……”为首的汉子还要说什么，但见小北风一副决绝的样子，也最终咽了回去。

“快走吧，迟了恐怕小鬼子回来我会提前引爆炸药，到时候咱们大伙都是白白送死！”小北风拍了拍那汉子的肩膀，“如果可以的话帮我把店里的那女孩送到东北辽河去，我留了一封信在我的房间里，如果遭遇不测的话东北的那群兄弟会代替我照顾她！”

“好，兄弟放心吧！”为首的汉子拍着胸脯说道。

“快走吧！”小北风推了他们一把，又望了一眼时淼淼，两人相互点了点头。

时淼淼转身带着三个汉子沿着隧道走了出去，小北风在这地图上将出去的路用一条粗粗的黑线详细地标明了，而时淼淼渐渐发现这小鬼子的地下迷宫虽然错综复杂得如同一张蜘蛛网一般，但在每个隧道口都有明显的标记，那些标记与小北风地图上的标记毫无二致。

他们走了片刻之后，忽然，时淼淼的耳边再次响起了一阵急匆匆的脚步声，听那声音像是刚刚那涌上鬼镇的大批鬼子正在返回。时淼淼立刻让几个人躲进一个深深的隧道中去。一会儿工夫，只见从主隧道旁边的每一个小隧道中都钻出至少不下十个鬼子，这些鬼子沿着主隧道向各个方向而去，而最让时淼淼担忧的是，那离开水坝的三十几个鬼子此时正小跑着从他们身边经过。

她低下头借着隧道里的灯光看了看小北风的那张图，此处距离出口还有一段距离，如果那些鬼子回去的话小北风必定会提前引爆炸药。想到这里她立刻站起身说道：“咱们得快点走！”

说完时淼淼带着一行人，矮着身子顺着主隧道的方向向小北风在地图上标明的东北方向的出口奔去，因为担心会被回来的鬼子发现，他们现在的速度较之刚刚便慢了下来。谁知刚走出几百米，忽然这隧道中传来一声巨响，这声音比刚刚那地面上所发出的声音要响亮得多，紧接着是第二声巨响，整个隧道都在这巨响中剧烈地颤动着。

时淼淼心道不好，一定是小北风被那些日本人发现了，所以提前点燃了导火索。她立刻带着几个人沿着眼前的主隧道向前又奔跑了数十米，向左转进了地图上的小隧道。

那爆炸声在这隧道中渐渐平息，可是那剧烈的震动却丝毫没有停歇的征兆，反而越发剧烈。虽然此处距离水坝已经有数百米之遥，但是一股夹着水腥味的气浪还是很快便扑了过来。躲在隧道中的小鬼子根本不知道发生了什么事情，手中端着枪一窝蜂地向水坝的方向奔去，刚刚奔到那小隧道的入口，一个巨大的水柱便从小隧道中冲了出来。

前面的几个鬼子还未来得及反应，便被这浪峰扑倒在地，那隧道虽然表面是水泥，而内中却依然是泥土，水坝一破巨大的水压以摧枯拉朽之力，瞬间便将那小小的隧道口撕裂，那口子在洪水的冲刷下越来越大。

时淼淼带着几个人沿着小北风地图上所指明的那条小隧道向出口而来，这条隧道是从背面的山上挖通的，坡度极大，因此越是向上走越觉得困难重重，走了片刻便觉得大腿酸麻，像是被人注入了铅水一样，每上前一个台阶都极为困难，可能也是如此日本人才没有在此处设防。

巨大的洪水源源不断地向这鬼镇地下迷宫注入，隧道中的鬼子从未遭遇过此劫，早已经丢盔卸甲，向那些分散在主隧道一旁的小隧道奔去，每一个小隧道上面都是一所房子，希望能从那些房子中逃出生天。

然而所谓聪明反被聪明误，日本人为了在此处秘密研究蒙古死虫，特意花费心血再次建了鬼镇，又在山中修建了一个可以自给自足的水电站，他们不但在鬼镇周围布置了电网，更精妙之处在于那隧道的每一个入口都是用电来控制的，从外面可以轻易拉动入口，而从里面便只能用按钮开启，这水坝一破之后与水坝最近的发电站首当其冲，那原本庞大的地下电网立时瘫痪。

当小鬼子们走到那原本进出自如的出口之时，却发现无论如何按动按钮，那扇门依旧死死地锁着，洪水已经完全冲破了水坝，那水坝前面原本狭小的隧道也被水坝的混凝土巨块砸成了通衢，洪水以迅雷不及掩耳之势迅速灌满了主隧道，进而漫延到那些小鬼子们聚集的小隧道的隧道口。

只听“砰”的一声，接着这声音像是多米诺骨牌一样接连不断地在镇子中响起，随着那声音的此起彼伏，鬼镇那一栋栋青砖碧瓦的屋顶瞬间被奔涌而出的洪水弹飞，隐约可以看到在那水珠之上依稀有几个人影。那些被洪水从地下隧道中冲出的日本人一息尚存，然而当他们落在地上的时候却被摔得粉身碎骨。而那洪水却依旧毫不留情地迅速占据这里，几条水流快速汇集到一起，进而漫延了整个镇子。

只是眨眼工夫，水位便已经淹没了鬼镇的那些破败不堪的青砖大院。那洪水的一股支流离开主隧道向时淼淼他们所在的隧道奔涌而来，势不可当，一会儿工夫便已经来到了他们身后。

“快走，姑娘，水进来了！”走在最后的汉子惊慌地喊道。

时淼淼向后面瞥了一眼，丝毫不敢怠慢，紧紧加快脚下的步子，那水位上升的速度更快，这是一场与死神的赛跑，如果输了的话便会成为那群鬼子的陪葬品。

“姑娘还有多远？”为首的汉子一面望着脚下的水位一面问道，此时他脚下的鞋子已经沾水，而最后的那个汉子的膝盖一直浸泡在水中。

“马上，马上就到了！”此时这隧道中的灯尽皆熄灭，眼前黑洞洞的，伸手不见五指，向上攀爬也只能凭借感觉，更不要说是看地图了。即便是有光亮，现在也根本来不及再看，时淼淼这样说也只是给几个汉子打气，也是给自己打气。

又向上走了百余步，时淼淼的脑袋忽然“砰”的一声撞到了什么，她揉了揉脑袋，而身后的大汉却丝毫没有察觉时淼淼已经停下，向前一用力险些将时淼淼撞倒。

“姑娘，怎么不走了？”为首的汉子气喘吁吁地说道。

“我们可能到了！”时淼淼说着从怀里掏出一个火折子吹了吹，然后掏出地图，对照这地图观察了一下四周，脸上露出一丝喜悦的神情道：“我们到了！”

几个汉子也是一喜，这大难不死尚能逃出生天的感觉自然让人喜不自胜。然而当时淼淼轻轻按动地图上标的那个按钮的时候，却发现那按钮按下去眼前的出口根本纹丝不动。

“怎么了？”为首的汉子焦急地望着时淼淼说道。

“如果照着地图上所说，这出口的按钮就在此处，可是为什么根本打不开啊！”时淼淼也有些焦急，因为她此刻已经明显感到隧道中的水已经没过了自己的脚踝。

“让我试试！”为首的汉子走到时淼淼身旁按住那个按钮，可是与时淼淼一样，按钮按下去根本毫无反应。几次试下来汉子有些恼火了，他骂骂咧咧道，“姥姥的，狗日的小鬼子一扇门也整出这么多花样来，老子就不信不用他这套还真的打不开？”说完那汉子向前走了两步，摸到头顶上的那块铁板用尽九牛二虎之力向上顶着，可是半晌那铁板竟然纹丝不动，而脚下的水却已经没过了时淼淼的腰。

“来，哥几个一起上来！”为首的汉子向跟在时淼淼后面的两个汉子说道。

那两个汉子闻言立刻走上前去，与老大一起用力，然而结果却依旧让他们大失所望。眼看着那水位一点点上升，马上便要没过胸口。时淼淼和几个汉子都放弃了，时淼淼心想也许自己此生命该如此。

“呵呵，姑娘，估计一会儿水位就涨上来了，哥几个就要和你一起死在这里了还不知道你的芳名呢！”为首的汉子刚刚那一阵撞门，加上之前爬这台阶已经用尽了全力，此刻已经再无力气。

“时淼淼！”时淼淼觉得那水压得胸口有些气闷，阴冷的洪水让她身体微微颤抖了起来，身上的热量正一点点地被那包裹在身边的水流吸走，一阵困意渐渐扑面而来，她觉得自己从来没有像现在这样困过。

“嘿，你们发现了没有，这水好像不再上涨了！”一个汉子惊喜地说道。

这句话让几个人稍微兴奋了一些，时淼淼也发觉似乎这水刚没过胸口便不再上涨了，只是即便这样又能如何，他们几个人被困在这里，恐怕谁也不会找到出口，时淼淼想到这里又有些丧气，靠在隧道的墙上，眼皮一点点地下垂。

“喂，姑娘，千万不能睡啊！”为首的汉子虽然自己也早已睁不开眼睛，但还是提醒道，“在这里睡着了就再也醒不过来了！嘿嘿，你，说你呢！”为首的汉子拍了两下站在自己旁边的汉子的嘴巴说道，“你他奶奶的别睡着了啊，小心点一会儿这水里的鱼钻出来咬掉你那要命的家伙！”

“嘿嘿，老大我没睡，刚刚稍微打了个盹！”另外一个汉子憨笑道。

“咱们不行这样吧，每个人轮流讲自己的一件最难以启齿的事情。”为首的汉子强打精神道，“我跟你们说啊，我们隔壁住着一个孙老头，那都老八十了还娶了个小老婆，这小老婆嘴刁得很，见谁不顺眼就骂。老子早就想修理修理她了，但是咱老爷们儿不能亲自动手啊！后来一次我和孙老头吃饭，中间我出去了一次，再回来就和孙老头说，我说老孙头我和你说，你婆娘刚勾搭我了。”

“老大，他婆娘真的勾搭你了？”另外两个汉子听得津津有味。

“鬼才要她，我就是骗那老孙头。”为首的汉子嘿嘿笑了笑。

“那他肯信吗？”一个汉子疑惑地问道。

“这老爷们儿就算是真做了王八也不会在人前认啊，更何况他根本不信。”为首的汉子坏笑了一声说道，“后来我和他说，我说你要是不信啊，你可以现在回去，摸摸你婆娘的屁股，估计现在还是凉的呢！”

“后来呢？”两个汉子来了兴致问道。

“后来那老孙头看我说得真真的，就起身回家了，一摸他婆娘的屁股，你猜怎么着？真是凉的！这不由分说上来就是一顿揍！”为首的汉子说到这里更是哈哈大笑起来。

“老大，你不是说他婆娘没有勾引过你吗？怎么屁股会是凉的？”另外一个汉子不解地说道。

“呵呵！不管男人和女人，平日里屁股都是凉的！”说话的人是时淼淼，她也唯恐自己睡着了，强睁着眼睛听着为首汉子说的不荤不素的段子。

“对，对，对，还是这个姑娘有见识！”为首的汉子挑起大拇指说道，“姑娘该你说一个了！”

时淼淼站在水中想了片刻说道：“我最难于启齿的事情就是……”想到这里时淼淼竟微微地笑了起来，这个平时极少露出笑容的女孩子笑起来格外漂亮，她忽然想起了潘俊，在安阳城外的那个小树林中，篝火便如同时淼淼那时的心一般，在不停地跳跃着，潘俊紧紧握着自己的手，瞬间时淼淼的脸上飞出一道霞光。她知道她还不能死，绝不能死在这暗无天日的水墓之中，为了他，为了那个她深深愧疚的男人，她一定要活下去。

正在这时头顶上忽然传来了一阵轻微的脚步声，时淼淼警觉地说道：“你们听，是不是有人来了？”这句话无异于暗夜中的一盏明灯，几个人都侧着耳朵静静地听着，耳边除了哗哗的水声之外，果然隐约传来了一阵脚步声。

这声音立时让大家兴奋了起来，他们拼命地敲打着头顶上的铁门，半晌之后却毫无反应。几个人停住了动作，在侧着耳朵听时那脚步声早已不在了，难不成刚刚那脚步声是什么动物不成？当人看到了希望却再次失望的时候，那最后的力气便完全耗尽了，此刻所有的人再无精神讲故事了。

正在此时，时淼淼朦胧中忽然听到头顶上的铁门在微微颤抖着，转眼间那扇铁门被拉开了，一道强烈的白光从洞口射进来，时淼淼见在那出口处站着一个女子，那女子的身体投射在阳光里，便如同仙女一般。

时淼淼觉得眼前的阳光越来越刺眼，她睁开眼睛下意识地用手挡在前面，那光线不是从一个方向照过来的，似乎周围所有的地方都在发光。当她的眼睛适应了眼前的光线之后，缓缓地将手放下才发现此时自己正躺在鬼镇北面的山上，不远处的鬼镇此时波光粼粼，水面微风清徐，带着淡淡的腥味。

几只蜻蜓在水面上追逐嬉戏，那个鬼镇已经变成了一片湖。

“你醒了！”潘苑媛见时淼淼醒过来，站起身走到时淼淼身边说道。

时淼淼扭过头见潘苑媛正微笑着站在自己的身边，她又疑惑地向四周打量了一番发现那三个汉子已经不在了。

“别找了，他们几个已经回到客栈去了！”潘苑媛笑着伸出手，时淼淼会意地拉着潘苑媛的手站起来说道：“刚刚是你从隧道里把我们救出来的吗？”

潘苑媛不置可否地说道：“身体怎么样？还能上路吗？”

时淼淼虽然觉得身上还有些乏力，但是却不想在此处过多停留，她点了点头。潘苑媛这才将一直眯在一旁的两匹马拉过来翻身上马。

而那三个汉子却对这两位女子更加佩服，据张玉鑫所说第二个女子叫潘苑媛，是北平城中潘家的人。潘苑媛在离开这客栈之时，将小北风剩下的两包炸药带了去，又向张玉鑫询问了那鬼镇地下隧道的入口，至于炸药做什么用张玉鑫不知，可是那三个汉子心中再清楚不过了。至于潘苑媛是如何做到的，却无人知晓。

时淼淼骑在马上跟随着潘苑媛，前面马上的那个女子虽然只有三十岁出头的样子，但在危机之时她能将事情看得如此透彻，便如同是她一直在自己身边清楚自己的处境一般。她的心机和城府绝对不在潘俊之下，时淼淼心想，自己也许需要重新认识一下眼前这个看似柔弱的女子。而转念之间她又想到了更深的一层，究竟是什么人能将如此这般的一个女子控制在手心数年。想到这里时淼淼不禁有些心惊。

潘苑媛见时淼淼始终没有跟上自己，不禁轻轻地勒住缰绳扭过头，见时淼淼似乎一直在沉思着什么，她微笑着说道：“怎么了？时姑娘，如果身体不舒服的话，我们休息吧！”

时淼淼催马赶上道：“不要紧，潘姑娘，如果我们的速度可以快点的话，估计还能赶在潘俊他们离开兰州之前赶到，和他们会合！”

“那好吧！”

“潘姑娘！”时淼淼轻轻唤了声说道。

“嗯？”潘苑媛的脸上始终挂着淡淡的笑意，与之前在北平城中所见的那个女子完全判若两人。

“我……”时淼淼忽然觉得有些尴尬，低着头顿了片刻才说道，“你比我大，以后我叫你潘姐吧！”

“嗯，好！”潘苑媛说到这里，嘴角微微敛起道，“既然我们是姐妹了，那妹妹肯不肯以真面目示人啊？”

时淼淼浅浅一笑，微微低下头。

“哦！”潘苑媛会意地说道，“如果妹妹有什么不方便的话权当姐姐说的是玩笑！”

谁知潘苑媛的话音刚落，时淼淼将脸上的人皮假面轻轻除去，露出一张精致绝伦的脸，潘苑媛眼前一亮，心说这时淼淼的真容比那人皮假面何止美上百倍，若非自己亲眼所见绝不相信这世上的女子竟然能生得如此惊艳。

“姐姐，怎么了？”时淼淼见潘苑媛一副吃惊的表情不禁问道。

“我此刻方知妹妹之所以戴那人皮假面的原因，是因为本人实在太漂亮了！”潘苑媛虽是玩笑却丝毫没有恭维之意。

“姐姐见笑了！”时淼淼说着将那张人皮假面重新戴了回去。

“对了，妹妹你刚刚说，我们如果快一点的话便能赶在潘俊他们离开之前会合，难道妹妹你知道潘俊他们会在何时到达兰州城？”潘苑媛淡淡地笑了笑问道。

“这……”时淼淼沉吟片刻并未说话，她的脑海中闪过一个人，爱新觉罗·庚年。

“庚年兄怎么样了？”潘俊坐进停在虫草堂后院的一辆黑色的轿车中，薛贵坐在轿车里低着头，潘俊一眼便瞥见了薛贵左腕上的黑纱，那种不祥的预感立刻得到了应验。

薛贵从怀里拿出一封信，潘俊迟疑地接过信，信封上书：潘俊潘爷亲启。这笔迹虽然陌生，但却写得苍劲有力，潘俊连忙拆开信。

潘俊兄：

见信如面！

兄见此信之时，恐庚年早已成鬼。早年便听闻兄之大名，怎奈无缘结识。月前在北平城中与兄相见，倍感相逢恨晚，只怪庚年无福与兄做毕生知己。

兄诚信道家中庸之道，欲在此纵横逆流之中安于一生。可自甲午之战以来，那弹丸岛国倭寇盗强之心昭昭然于天下，我五千年泱泱大国此刻正是危急存亡之际，国之兴亡匹夫之责。庚年虽为清朝后裔，却不忍见国破山河，望以一己之力为苍生振臂一呼。

与兄虽只是短暂一瞥，却深感兄忧国忧民之心。兄虽身居宅院之中却心存天下大义，驱虫家族之秘关乎生死，望兄慎之又慎。庚年便是死也可含笑九泉。

庚年此路已至尽头，兄之路尚远。

望兄保重，再拜！

爱新觉罗·庚年绝笔，于安阳

潘俊将这封信反复地读了几遍，虽然他与庚年仅仅两面之缘，然而这个年轻人的身上却散发着一种忧郁的感染力，这种感染力让潘俊也觉得相逢恨晚。更让他没想到的是仅仅数日之别，却已经是人鬼殊途了。

"庚年前日清晨便在安阳城的旧宅中被日本人杀害了！"薛贵似是自言自语地说道，这个叱咤西北，纵横商场多年的西北汉子说到此处之时，语气中满怀悲怆之音。

"这封信是庚年在临死前派人秘密从安阳带出来的！"薛贵并不等待潘俊答话，依旧自顾自地说道。

潘俊一直沉默着，紧紧地握着拳头，他始终想不明白，凭借爱新觉罗·庚年的身份和地位怎么会忽然之间惨遭不幸，他侧着头望着窗外的阑珊夜色，此时的兰州城，像一个襁褓中熟睡的婴儿一般静谧。一过午夜，黄河水腾起的水汽便笼罩了整个兰州城，悬于天空的那轮皓月氤氲在水汽之中，而几天之前，在这轮明月之下的安阳城中的一处旧宅子里却站着两个年轻人。

“原来你们彼此早就相识！”管修望着庚年递给自己的那封信诧异地说道。

“嗯！”庚年站起身来双手背在后面悠然地走到管修身旁，抬起头望着天上的月亮，“很多年前，自从我发现了湘西水系时家人的那场蹊跷的火灾之后，便认识了他，后来我才知道，他也和我一样对那七十年前的火灾心中充满了疑惑。但为了避免麻烦我们一直在秘密联络！”

“哦，原来是这样！”管修若有所思地沉吟片刻说道，“庚年兄，是时候了，赶紧离开安阳吧，日本人已经发现了你在安阳的行踪了！”

“呵呵，管修兄，其实你今天忽然来到安阳，我就已经知道是什么事情了。其实之前金素梅曾经给我打过电话提醒我，让我离开北平早作打算。你今天来是不是……”庚年没有继续说下去。

站在一旁的管修长出一口气微微点了点头：“庚年兄，你说得不错，我是随特高课一起来的，他们此行的目的就是将你杀掉。另外几个人现在在宪兵队，不过应该不出两天便会发现你的行踪！你快点逃吧，逃到海外去！”

庚年摇了摇头叹了口气说道：“能逃到哪里？美利坚，还是英格兰？”庚年自嘲着说道，“国破山河在，八国联军闯入北平城，西太后仓皇出逃，最后这群强盗烧杀抢掠；袁世凯登基称帝，清宫后裔怕受殃及纷纷逃亡海外，而现在日本人来了，难道我们还要逃吗？”

“可是庚年兄，如果你有什么不测的话，那之前你的所有计划就会付之东流啊！”管修苦口婆心地劝说道，“你必须走，必须赶紧离开安阳，我已经在安阳城外安排了车马，他们会暗中送你去武汉，然后你从武汉辗转到香港！”

“管修兄！”庚年厉声正色道，“倘若我走了，那所有的计划才会付之东流。这个计划我们筹备了多年，一直等待着这个时机，如果我自己都怕死逃到海外，那么别人呢？他们还会依照之前的计划行事吗？”

“可……”管修是个冷静而聪明的人，瞬间他便明白了爱新觉罗·庚年的用意，伸出手在他肩膀上用力地按住，神色凝重，喉咙哽咽。

“而且你今天冒险来到这里本来就是个错误，一旦我出逃的话，那么日本人必定会知道他们内部有奸细，如果那样的话你就危险了。”庚年娓娓地说道，“管修兄，你太重要了，在安阳城外我已经见到了潘爷，将事情都告诉了他，而另外一些事情也会由那个人来做。我现在已经毫无价值了，而你却不同。”

“庚年兄……”管修还要说什么，忽然耳边响起了一阵整齐的脚步声，那脚步的声音似乎正是向这个方向而来。

庚年和管修二人警觉地屏住了呼吸，过了片刻，庚年忽然快步走进屋子从里面取出一封信说道：“估计是日本人已经发现了我的行踪，这封信你交给潘爷。”说罢庚年将那封信塞给了管修，管修木讷地接过信。

接着庚年上下打量了一下管修说道：“杀我！”

“什么？”管修诧异地望着庚年，耳边的脚步声越来越近，显然已经将整个宅院包围了起来。

“哎呀，管修兄，你还等什么？”说着庚年将管修腰间的配枪抽出来上膛，递给管修道，“快点动手，否则被日本人发现你我在一起的话，恐怕就前功尽弃了！”

管修伸出手接过枪，将手指按在扳机上却无论如何也扣不下去。

“快点动手！”庚年一字一句地说道，他的话音刚落院门便被几个日本人踹开了，而与此同时管修的手指微微一颤，随着一声枪响，一滴滚烫的血喷溅在了管修的脸上，而眼前的庚年重重地摔在了地上，双眼微闭，嘴角微微上敛，带着淡淡的笑意，那笑像是欣慰，又像是对日本人的嘲弄。

黑色相框上的庚年留着平头，戴着一副眼镜，嘴角微微露出一丝笑意，看上去干练精明，但那微笑却凝固在了照片上。在这薛家宅门的三进院的一个房间中，薛贵布置了一个灵堂，四周黑幔缭绕，潘俊左腕上戴着黑纱，在庚年的遗像前深深鞠了一躬。

此刻潘俊的心中如翻江倒海一般，从小他便学习《道德经》，深通中庸之道，凡事置身事外，作壁上观，国共之争如此，日本人入侵如此。潘俊也经常在考量着这祖先遗学是否正确，然而越是聪明的人，越是容易让自己走入歧途而不可自拔。庚年的死对于潘俊的震动极大，他心里的天平渐渐开始倾斜了。

潘俊和薛贵二人祭拜了庚年之后缓缓走入正厅，此时已经快三更时分，仆人倒上两杯茶之后便退了下去，薛贵喝了一口茶惋惜道："庚年与我虽然只有一面之缘，但这一面之缘却让我对他印象极深。此后数年我和他常有书信往来，这数年中他告诉了我两件事，第一件事是沿着古丝绸之路开辟新疆商道，这件事让垂死的薛家生意再度兴隆；第二件事便是介绍了潘爷您，让小女得以解除病患之苦。因此，庚年于我恩同再造。"

"庚年兄，世之英雄也！"潘俊皱着眉头想，何谓英雄？英雄不论出身、地位、往昔所为，在民族危亡之际，危及生死之秋，是否肯上前一步，迈出此步者便是英雄，退缩者必定被世人所弃。

"唉，天妒英才啊！"薛贵不禁长叹道。

"是啊！"潘俊每每想起庚年便觉得心酸，两个人沉默片刻潘俊抬头看天色渐晚站起身道，"薛先生，时候不早了我也该告辞了，恐怕这几日略微打点一下行李便要起程了！"

"哦？"薛贵皱着眉头顿了一会儿道，"敢问潘爷是不是要从此处前往新疆？"

潘俊亦不避讳微微点头。

"此处去往新疆，虽然已经脱离了日本人的势力范围，但这一路上却也并不太平。时有山贼，劫匪出没。"薛贵有些担忧地说道。

"是啊！"潘俊本想在兰州城中稍事休息，然后做好准备便起程前往新疆，谁知中间却又出现了这许多事端，打乱了他的行程，而此时一切尽皆尘埃落定，所以让他担忧的反而是出兰州至新疆这一段的路程。

"不过潘爷也不必有过多忧虑，我薛家在这古丝绸之路上走商多年，与各方势力都有些来往。如果潘爷不嫌弃这商贾身上的铜臭味，不如与我那商队一起上路，这样一来多些照应，二来这一路之上也能少一些事端，早日到达新疆！"

薛贵的话让潘俊心中大为感激，这几日让他发愁之事顷刻之间便已解决，潘俊拱手道：“真能这样就再好不过了，只是不知商队何时出发？”

“三日之后便会出发！”薛贵盘算了一下说道。

“好，那多谢薛先生，潘俊告辞！”潘俊说着拱手告辞。

潘俊离开薛家宅门并未乘坐停在门口的黑色轿车，而是自己孤身一人走入了这茫茫的夜色之中。庚年的忽然遇难对潘俊来说无疑是个不小的打击，他的脑海中时不时会闪现出庚年口若悬河滔滔不绝的样子。

十三 凶蛊虫，驱虫家族人

潘俊从兰州城东，沿着洪恩街一直向北而去，此刻已经过了三更天，宽阔的街道上空荡荡的，偶尔能在街头巷口见到几个靠在墙上，怀里抱着半个破碗，双手攥着一根棍子睡熟的乞丐，抑或是一两只无家可归的流浪狗。

他并未回虫草堂，而是在街角一拐，向官园正街的方向走去。氤氲在水雾中的毛月亮照在官园正街如同迷宫一样的巷子中，潘俊凭着记忆在巷子中辗转了一会儿，一片废墟出现在了潘俊的眼前，这就是欧阳家在兰州的旧宅——缘石斋。

虽然大火早已在一天之前熄灭了，然而即便是此刻依旧能嗅到一股浓重的焦味。潘俊双手背在身后站在那片废墟前面，这场大火甚是凶猛，此时的旧宅已经是断壁残垣，瓦砾无存，只剩下一扇大门兀自立在面前。

正在此时，一丝光亮忽然从潘俊的眼前闪过，他见那片废墟之中似乎有一个小小的亮光。潘俊心下狐疑地向前走了两步，但见那光亮在一堵尚未倒塌的墙后，似是一堆篝火。潘俊越发觉得疑惑，脚下不禁加快了步子。艰难地走过地上碎裂的瓦砾，潘俊绕到那堵墙后面，见一个衣衫褴褛，瘦骨嶙峋的老乞丐正在那火上烤着一个玉米，淡淡的香味从未熟透的玉米上散发出来。

那老乞丐忽然发觉有人在盯着自己，连忙将那玉米丢到一旁，双手抱着头瑟缩成一团，惊惧地说道：“别再打额了，别再打额了，额以后再也不敢来了！”

潘俊见那老乞丐一副可怜的样子心中有些不忍，弓下身子从一旁拾起那个未烧熟的玉米递给老乞丐道：“我不会打你的！”

那老乞丐这时才半信半疑地将手从脑袋上拿下来，却不敢正视潘俊，只是侧着脸惊魂甫定地望着潘俊。

潘俊微笑着将手中的玉米向那老乞丐伸了伸，老乞丐试探着伸出手，却在即将抓到玉米的时候停住了，又看了潘俊一眼，这才一把抓过那个玉米如获至宝般地抱在怀里。

“老人家，我听你的口音不像是兰州本地人啊！”潘俊拿过一块砖坐在老乞丐的对面问道。

那老乞丐盯着潘俊看了片刻，戒心放下许多，正了正身子，将怀里的玉米再次放在火上慢慢烤着，又扭过头从身后的一个破面口袋里掏出一根没有剥皮的玉米递给潘俊，潘俊笑着接过那根玉米也放在火上轻轻烤着。

过了良久，那老乞丐才开口道：“额是陕西人，陕西渭河人！”

“看您今年也应该有六十岁了吧？”潘俊一面烤着手中的玉米，一面借着眼前的火光打量着对面的老乞丐，他头发花白，嘴角有淡淡的瘀青，眼角破了一块皮，像是被人打伤的。

“额今年六十八了！”老乞丐说着将那烧得半生不熟的玉米拿到面前闻了闻，然后大口啃了一口，一面笑一面津津有味地咀嚼着。

“那你家人呢？”潘俊看那老乞丐的吃相心中有些酸酸的。

他这话一出口老乞丐停住了咀嚼：“死的死，逃的逃了，本来儿子在兰州城，可到了兰州城才知道额娃几年前就死了！”说到这里老乞丐的眼角淌下一行浑浊的眼泪。

“老人家，你脸上的伤……”潘俊刚刚听闻那老乞丐说“不要再打”的时候就猜想一定是有人打过他。

“一群狗日的狗娃子。额老头没要过饭，在街上要了一天也没要到一点吃的，实在没办法就跑到城外玉米地里偷了几颗青玉米。可是这玉米生吃太难受，正好昨天额见这宅子着了大火就想着在这火堆里把玉米烤熟，后来大半夜的不知从哪里冒出几个狗娃子把额暴打一顿，在临走的时候还让额以后滚远点！”老乞丐说完继续吃手中的玉米。

一时间潘俊陷入了深深的沉思之中，那群忽然在半夜里冒出来的人究竟是谁？他们为什么要来这个老宅子，又为何要将这个老乞丐赶走？忽然潘俊觉得手一疼，连忙缩了回来，原来自己不知不觉中竟然将手伸进了火堆中。

那老乞丐见此情形不禁哈哈大笑了起来，潘俊觉得有些尴尬，这时老乞丐将自己的那根打狗棍递给潘俊。潘俊会意地接过打狗棍在火堆里轻轻地拨了拨，将那玉米拨出来，正要用手去拿，忽然他的目光盯住了这火堆中的一个物事。

他拿过那根打狗棍小心翼翼地在火堆中又翻了翻，那件物事被潘俊完全从火堆中拨弄了出来，那是一个制作精良的金属小盒，掌心大小，潘俊将它晾凉之后才拿起来放在手中细细观察，这盒子潘俊看着有些眼熟，一时之间却想不起来在什么地方见过。

一个精致的金属小盒放在一块红布之上，冯万春将金龙哄着睡着之后坐在桌子前面。他剑眉微颦，盯着那个小盒看了片刻，下意识地将手伸到怀里摸出一根烟，同时掏出一个与桌子上摆放的几乎一模一样的金属盒，用手在上面轻轻握了握，那小盒上面竟然冒出一盏火苗，冯万春点上那根烟将两个小盒放在一起。

这种盒子名叫任地（农家学派经典著作），是土系驱虫师的专用之物，因为土系驱虫师平日多生活于地下，用一般的火折子往往会因受潮或者沾水不宜点燃，因此才有这专门用来生火之物。这盒子内中有两个精巧的夹层，最里面装的是白磷混合物，所以只要身体的温度便可以点燃，人在任何地方都可以点燃，这也是任地的另一个含义。

而此时让冯万春头疼的是眼前这个任地竟然是出现在湘西水系时家七十年前那场火灾现场的。他即将离开之时，那老头将那个红包交给了冯万春，而让冯万春吃惊的是内中竟然是此物，冯万春几经辗转却始终未将这件物事交给潘俊。

这段时间一有空闲冯万春便会将这任地拿出来细细琢磨，他想不明白七十年前的火灾现场怎么会出现这种东西，虽然冯万春不愿相信那场火灾与土系驱虫师有关，但这任地的出现也让他觉得跟自己脱不了干系。

它就像是一个烫手的山芋搅得冯万春痛苦不堪，他今天终于决定，一旦潘俊回来便将此物交给潘俊，冯万春一根接着一根地抽着烟，一直等到四更天的时候冯万春才听到虫草堂后面的脚步声，他立刻丢掉手中的烟正要向外走，忽然怔住了，这脚步声不是潘俊，而更像是两个女子，想到这里他的脸上露出一丝微笑。

冯万春迎出门的时候，只见刘衎笑眯眯地带着两个女子正从外面走进来，一个是时淼淼，而另外一个是不认识的女子。

“时丫头！”冯万春自从在安阳城外与时淼淼分开之后，虽然后来潘俊赶了上来，而时淼淼却始终音信全无。

“冯师傅！”时淼淼微笑着说道。

“都来了就好了！”冯万春有些激动地说道，经历了北平和安阳这两次之后虽然互不相熟，甚至彼此之间都心存芥蒂，但也已经不知不觉之间成了患难之交。

“这位是？”冯万春惊讶地望着站在一旁的潘苑媛问道，刘衎抢在前面说道：“嘿嘿，冯师傅，这是少东家的姐姐潘苑媛小姐！”

冯万春恍然大悟般地张大嘴，上下打量着眼前这女子，除了漂亮之外更透着一种说不出的东西，那东西此前冯万春只在潘俊的身上感受到过。

“呵呵，冯师傅你好！”潘苑媛脸上挂着淡淡的微笑。

目光似乎是要将时淼淼看穿一般。坐了一会儿燕云觉得无趣，便站起身向门外走去，此时已经过了四更天可是却依旧没见到潘俊的影子，燕云心中略微有些不安地向虫草堂门口走去，谁知她刚到门口却发现在虫草堂的门口趴着一个老乞丐，台阶上还有一摊血迹。

燕云一面招呼内中的伙计，一面奔下台阶扶起那个老乞丐，只见老乞丐遍体鳞伤，额头和嘴角都留着血痕，燕云在那老乞丐的耳边唤道："你怎么了？快醒醒！"

不一会儿老乞丐挣扎着睁开眼睛，嘴唇微微嗫动声如蚊蚋地说道："额找虫草堂刘掌柜！"说着那老乞丐吃力地抬起握得如石块的拳头，伸到燕云眼前轻轻展开，那个盛着青丝的盒子立刻出现在了燕云面前，燕云顿时觉得脑袋"嗡"的一声大了起来。

这时几个伙计已经从内中奔了出来，他们围上来，燕云手中拿着那个盒子向四下打量着，这盒子是潘俊的传家之物，潘俊一直随身携带，即便是睡觉也不肯离身，此刻那盒子竟然会出现在这个老乞丐身上，那就意味着潘俊出事了，燕云不敢继续想下去，她在虫草堂旁边的街道上一面寻找，一面大声地喊道："潘哥哥，潘哥哥，你在哪里？"虽然她心里清楚这样叫也许没有一点作用。

"欧阳姑娘，您快过来看看！"一个伙计焦急地向不远处的燕云喊道。

燕云闻声便奔了过去，只见那老乞丐身体剧烈地颤抖着，一口血水从口中缓缓流出，血液中还夹杂着一些玉米粒，他忽然大睁着眼睛，口中吐出许多血沫断了最后一口气，而那双眼睛却始终没能闭上。

东方鱼肚泛白的时候，在兰州城中的虫草堂中气氛异常压抑。冯万春焦急地在屋子里踱着步子，不时停下来瞥一眼放在桌子上的那个装着青丝的盒子，而坐在一旁的潘苑媛和时淼淼却显得镇定得多。

燕云早已经坐不住，在门口焦急地向门外张望着，一会儿工夫，刘衎带着薛贵急匆匆地走了进来，薛贵径直走进屋子，而刘衎却被燕云拦住了："刘衎叔，有潘哥哥的下落了吗？"刘衎无奈地摇了摇头，跟着薛贵走进了大厅。

薛贵见到冯万春拱手道：“冯师傅！”

“薛先生，怎么样？警察局那边有没有什么消息？”冯万春急切地问道。

薛贵叹了口气说道：“现在兰州城警察已经全部出动了，我刚刚去找了驻军方面的朋友，希望他们能在兰州城附近帮忙搜查！”

“唉，我现在最怕潘爷遭遇什么不测！”薛贵说着拍了一下脑袋说道，“我昨天如果能亲自将他送回来就好了，如果潘爷有什么不测我真的就成了千古罪人了！”

“你们放心吧，潘俊不会有危险的！”说话的是潘苑媛，她表情平静地说道，“我想如果我猜得不错的话，想必潘俊还在兰州城中！”

“哦？”冯万春和薛贵惊异地望着眼前这位神态自若的女子说道，“姑娘何出此言？”

“你们有没有想过劫走潘俊的会是什么人？”潘苑媛的话让在场所有的人都是一愣，冯万春和薛贵、刘衎几人见潘俊失踪顿时乱了阵脚，哪里还去想究竟会是什么人劫走的潘俊，经由潘苑媛这一提醒冯万春皱起了眉头，思索片刻恍然大悟般刚要说话，时淼淼便抢在前面道：“日本人！”

“嗯，我想也只有日本人了！”潘苑媛淡淡地说道，“虽然现在兰州城并不在日本人的势力范围内，但是这城中一定有他们的奸细，我想潘俊肯定是被那些奸细盯上了！”

冯万春觉得潘苑媛说得有理，只是冯万春始终想不明白的一件事便是，潘俊手中有独门绝技青丝，可为何不用，反而将那青丝交给了一个老乞丐？现在那个老乞丐已经死了，恐怕只有找到潘俊才能知道原因吧。

接下来整整一天薛贵和刘衎二人都在警察局和驻军方面奔走着，希望能够借助他们的帮忙找到潘俊的下落，可一直到晚饭时分依旧没有任何消息。

晚饭时分，时淼淼身体不太舒服早早离开了，冯万春吩咐大家一定不要单独离开虫草堂，现在兰州城中究竟藏着多少日本人尚不清楚，一旦走失恐怕会乱中添乱。他这话其实是说给燕云听的，然而燕云根本没听进去。

刚吃过晚饭燕云便悄悄摸出了虫草堂，她在巷口叫了一辆洋车，径直向薛家宅门奔去。这丫头虽然平日大大咧咧，然而遇到事情的时候还是有一点心思，她想既然潘俊是在离开薛家宅门的路上失踪的，那么如果重新将这条路走上一遍或许会有所发现。她坐在洋车中一面向外张望，一面尽量体会潘俊当时离开薛家宅门的心境。

这洪恩街甚是宽阔，左右两边都是一些店面铺子，街上行走着服装各色各异的人，忽然一个熟悉的背影出现在了燕云面前，她连忙喝住洋车，塞给那拉洋车的一些钱，匆忙下车跟着那人向前走，前面的那人显然并未发现燕云，依旧自顾自地在这条街上走走停停，时而健步如飞，时而停下脚步悉心琢磨。

燕云跟着此人心中疑窦丛生，正在她迟疑间，那人竟然消失在了夜色之中，燕云一慌快步跟了上去，来到那人刚刚站着的地上，左顾右盼间一个声音忽然从她身后响起："你是谁？为什么一直跟着我？"

欧阳雷火这几日也忙得不亦乐乎，他一直在筹备着从兰州前往新疆的事宜。他刚刚从一家商铺出来，此刻已然是深夜了。欧阳雷火对从兰州通往新疆的这段路非常熟悉，自然知道此路艰险无比，也想借助商队之力，这样路上会少些麻烦。他走出客栈站在门口左右环顾一圈，不知为何他这几天一直有种被人跟踪的感觉，因此他在兰州城中兜绕了几圈，这才回到兰州城北的宅院之中。

推开门，金素梅依旧坐在桌子前，眼前燃着一根红烛。见欧阳雷火回来金素梅视而不见，依旧自顾自地拿起放在一旁的一截竹签，轻轻地挑弄着有些暗淡的烛火。

"金素梅，你确定秘宝会出现在新疆吗？"欧阳雷火将金素梅劫持之后，便向她逼问火系秘宝的下落，金素梅告诉他那火系的秘宝必定会出现在新疆，便是这样二人才匆匆由北平赶来兰州。

"呵呵，你如果不相信我的话，可以自己去寻秘宝的下落！"金素梅冷言冷语道，而手中的动作却一时没有停歇。

"你……"欧阳雷火握紧拳头，他早已对眼前这女子这副趾高气昂的模样忍无可忍了，就在他准备出拳的瞬间，欧阳雷火却停了下来，虽然此时金素梅已经四十出头但是她的背影却与当时嫁到火系欧阳家一般，没有半点变化。

欧阳雷火渐渐松开了拳头，金素梅的背影渐渐模糊开来，五大驱虫师家族素来有通婚的传统，虽然后来经历诸多纷杂之事，几个家族往往很少往来，这通婚之事也渐渐消弭。但金家与欧阳家却始终保持着这种传统，欧阳雷火多年之前接到一封来自北平的信，信中金无偿娓娓告诉了他一件事，清朝皇室觊觎金家河洛箱，后在木系潘家的帮助之下不但拿回了一直在金家手中的洛箱，而且将一直保存在皇室手中的河箱也一并拿到了手中。信中金无偿让欧阳雷火如果近期有时间便来北平一趟，有些事宜不便在信中写明。

欧阳雷火收到那封信之后便立刻筹备了半个月有余，然后带上自己的儿子欧阳烟雷从新疆辗转兰州最后到达北平。此时的北平城历经了八国联军的洗劫之后满目疮痍，哀鸿遍野，欧阳烟雷第一次来到北平，他不解这帝都怎么是这般模样。

金无偿在北平城的琉璃厂重开一家店铺，听闻欧阳雷火不远千里来到北平自然喜不自胜。两人在攀谈之时欧阳雷火才知原来金无偿的家眷老小都被亲王所害，而他却收养了亲王的小格格，如同亲生女儿一般对待，这小格格年纪虽小但聪明异常，她与欧阳烟雷二人在北平城中玩得甚好。也便是如此欧阳雷火在临行前提出了这门婚事，当时金无偿颇为犹豫，但见欧阳雷火诚意拳拳，那两个孩子也相处得非常融洽也就答应了这门婚事。

转眼十几年过去了，刚满二十的欧阳烟雷便前往北平城将金素梅娶回。这十几年的时光金素梅已经从一个小女孩长成了一个大姑娘，出落得美貌大方。欧阳烟雷与金素梅两人成婚之后婚姻甚是完美。

欧阳雷火对这样一个长相俊俏，聪明伶俐的儿媳非常满意。然而所有的转折点都是在为燕鹰庆祝周岁之时。

五个驱虫师家族的人丁都不甚兴旺，男丁稀少，而金家更是因为研习金石之术，极少有后代。金素梅第一胎是个女儿，这第二胎的儿子给这个家族更是带来了极大的安慰，因此燕鹰周岁更显得隆重。

欧阳家老宅在火焰山东面，一个东面靠火焰山的火红色山脊，西面是干涸古水道的八进八出的大院落。当天这宅院中张灯结彩，仆人、徒弟，各个面若桃花。欧阳雷火一只手掐着腰，一只手中握着一个景德镇的紫砂壶，心里美滋滋地看着一干人在忙碌着。

偶尔听到金素梅的房间中传出一两声婴儿的哭泣声，欧阳雷火也如同是吃了蜜一样哈哈大笑。当天宴请的宾客颇多，欧阳雷火一面忙于应酬，一面吩咐金素梅将孩子抱出来让大家看看。交杯换盏间，欧阳雷火已经喝得醉眼蒙眬，他手中握着酒壶往来于客人之间，正在此时，一个穿着一袭黑装的男人忽然出现在欧阳雷火面前。

“恭喜欧阳兄！”男人举起酒杯淡淡地说道。

这声音让欧阳雷火心中一悸，酒立刻醒了大半，他瞠目结舌地望着眼前的男人，惯性地与那男人撞了一下酒杯说道：“你……你怎么会在这里？”

男人将手中的酒一饮而尽，然后自顾自地走了出去，欧阳雷火向身边的人笑了笑，放下手中的酒壶跟着那个男人走了出去。

这八月的新疆火焰山夜晚也有些凉意，凉风已经让欧阳雷火完全清醒了过来。他跟着那男人走到后面的院落，那男人停下背对着自己，欧阳雷火走上前去向身后望了望说道：“你怎么会忽然来到新疆的？”

“这里不是说话的地方！”男人冷冷地说道。

“好，你跟我来！”说着欧阳雷火带着那人走到了自己的卧室里，站在门口向两旁张望了一下，见四下无人这才关上房门。

“这里安全吗？”男人背对着自己站在桌子前面，拿起桌子上的一个雕刻得极为精致的和田玉镇纸说道。

“嗯，绝对安全，现在家里所有的人都在前面的客厅里！”欧阳雷火小声地说道。

“那就好！”男人放下手中的镇纸扭过头说道，“欧阳兄，我这次来是想问你想好了没有？”

“你是说那件事？”欧阳雷火舔了舔嘴唇，在屋子里踱了几步说道，“这件事我前后想了无数次，但是我总觉得这样做悖逆祖宗！”

“哈哈，祖宗？难道湘西水系时家的那场火灾你们欧阳家没有参与吗？”男人嘲弄般地笑了笑，“驱虫师家族从古到今一直为天下苍生卖命，而最后换来的是什么？吕不韦借助驱虫师之力帮秦嬴政登基为王，换来的却是焚书坑儒的下场。韩信为刘邦打通了陈仓古道，可是最终呢？不仅自己身首异处，还被夷灭三族。难道这样的例子历朝历代还让我一一举给你吗？我们手中掌握着可以得到天下的秘术，为何要为别人做嫁衣啊？”

“可是……”欧阳雷火犹豫不决地攥紧拳头说道，“可是这样造孽太多，难道我们此后一辈子都要活在对后代的谎言和对祖先的背叛中吗？”

“为了那场火灾，我们告诉后代，水系的旁支如何邪恶，不能与之相交。其实不过是因为他们不愿参与其中而已。现在水系已经没有传人了，火系的旁支恐怕也彻底消失了，我们已经作了太多孽了，该是收手的时候了！”欧阳雷火苦口婆心地说道。

“哈哈，欧阳兄，是不是你有了孙子，这种安逸的日子让你退却了！”那男人冷冷地说道，“你千万不要忘记，你的儿媳是清朝的后裔，他们都是因为驱虫师的秘宝才死的。如果有一天她想起来，或者有人告诉她这一切的话，那么你还会如此吗？”

“你……”欧阳雷火不敢相信眼前之人竟然会用这种话来威胁自己，“就算是我答应，凭着我们也无法开启驱虫师最终的秘密，你不是不知道五大家族的秘宝只有人草师才能开启。别说人草师下落不明，即便是找到他，你认为人草师会听我们的吗？”

“人草师当然不会，但是如果是他的孩子呢？”男人冷冷地说道。

“人草师的孩子？”欧阳雷火简直不敢相信自己的耳朵，“你说什么？你找到了人草师的后代？”

“对！”男人淡淡地说道，“欧阳兄，现在你已经退无可退了，如果金素梅知道了一切你就连自己的家庭也毁掉了！”

欧阳雷火听到此处已经忍无可忍，握紧拳头便向眼前的男人打去，男人手疾眼快向后退了几步，冷冷地笑了笑推开门便向外奔去。欧阳雷火追着那男人一直到欧阳家宅门之外，见那人已经没了踪迹，这才回到房间中。

此刻他心乱如麻，如果那个男人真的告诉了金素梅她是亲王的格格，她的父亲虽然不是驱虫师亲手所杀，但也与驱虫师家族脱不了干系，那么恐怕他的家庭也岌岌可危。想到这里欧阳雷火重重地一拳砸在桌子上，忽然他一怔，桌子上本放着两块和田玉镇纸，那是在琉璃厂开店的金无偿作为嫁妆赠来的，一直摆放在桌子上，而此时却只剩下了一个。

他心下大骇，正在此时桌子下面传来了一声婴儿的啼哭。

欧阳雷火想到这里眼睛有些湿润，他长出一口气见金素梅始终背对着自己；“金素梅，其实这么多年我一直对你心有愧疚！”

“呵呵，难得您也会有愧疚！”金素梅冷冷地说道。

“当时发现你听到我们的对话之后我应该和你说清楚，其实我和金无偿根本也是被人蒙在鼓里而已！”欧阳雷火长叹了一口气道，“金无偿只是出于好意将你收养，而我也希望你能过上一个普通人的日子！”

“呵呵！”金素梅微微笑了笑，烛光中隐约可见她眼角的泪光，“如果不是那次的事情恐怕你们会把这件事隐瞒一辈子吧！”

“是的！”欧阳雷火毫无隐瞒地说出了自己的真实想法，“如果不是那件事，我真的不想让任何人提及此事，就这么让它永远过去！”

“过去？”金素梅扭过头盯着欧阳雷火说道，“怎么过去？我父亲是因为你们驱虫师家族的秘密而死，难道这血海深仇就能如你所说这样过去吗？”

“唉，你看看这个吧！”欧阳雷火说着撕开衣角，从内中拿出一封信，这封信欧阳雷火一直缝在身上，他将那封信递给金素梅说道，“这是在秘宝遗失之前金无偿给我写的信。”

金素梅迟疑了一下接过那封信，看到这信上熟悉的字体金素梅忍不住鼻子一酸，虽然金无偿不是金素梅的亲生父亲，然而在金家生活的十几年金无偿却待她如掌上明珠一般。她强忍着泪水展开那封信。

欧阳兄亲启：

见信如面！

自素梅之事后，兄与我已然有十数年未曾联系了。这十数年来我一直在派人到处打听着素梅的下落，我想她知道自己的身世之后一定对我们恨之入骨。无论如何亲王也是因我而亡，所以如果素梅来寻我报仇我也毫无怨言。

其实自从素梅嫁到新疆之后她所住闺房我一直不允别人进入，思女心切之时便到房中坐一会儿，宛如素梅还在一般。只恐我在此也时日无多了，我隐约感到似乎有人又在打驱虫师秘密的主意了，可是我实在不想离开这里，人可以走，可是这女儿的闺房却无法带走。

可能是人老多情，这段时日我常常会梦见素梅小时候的情景，当我在马车中发现她的时候，她虽然只有四五岁的样子却镇定自若，丝毫没有半点恐惧，那楚楚可怜的模样让我瞬间就动了恻隐之心。

欧阳兄最近我感觉很差，隐隐觉得似乎有什么不好的事情快发生了。也许这将是我给你写的最后一封信了。如果我此生再也见不到素梅的话，如果你有机会能遇到她的时候把这封信交给她。

金无偿

金素梅读到这里一滴泪水滴落到信纸上，立刻晕开，想到自己这么多年一直视金无偿如仇敌一般心如刀绞。

“金素梅，我们之前确实做过一些对不起你的事情，但是那全部出于无心！”欧阳雷火平静地说道。

金素梅一直沉默不语，手中紧紧抓着那封被泪水打湿的信。

“金素梅，你离开家之后都经历了什么？怎么会和日本人在一起？”欧阳雷火一直好奇金素梅这十数年间身份的突变，其实他在北平时便早已醒来了，当他看到身边的金素梅先是一怔，金素梅不但和日本人在一起，而且似乎地位非凡。

金素梅冷冷地笑了笑，并没有回答，将手中的信拿到眼前的烛火前，那封信被烛火点燃，眼前的火焰在熊熊燃烧着，就像她当年在沙漠中的篝火一般。

她只觉得心惊肉跳，胸口像是被什么东西堵住了一般，想要呕吐却怎么也吐不出来。醒来的时候她眼角依旧挂着泪痕，睁开眼睛依稀可见天上的星星。她连忙站起身来，发现自己正躺在一座沙丘背后，眼前是一簇篝火，篝火很旺。在那篝火旁边坐着一个男人，穿着一袭黑衣戴着一个大大的斗篷。

“你醒了！”男人声音低沉地说道。

“你……”这个声音是如此熟悉，眼前这个男人正是刚刚在欧阳雷火卧室中与他攀谈的那个人，金素梅想到这里猛然从地上坐起来，向四下摸了摸。

这时那个男人将一把短刀丢到金素梅身边说道：“你是在找这个吗？”

金素梅慌忙向前爬了两步，捡起那把刀架在自己面前，男人淡定地坐在篝火前不再说话，而是拿过一坛子酒自斟自饮起来。金素梅见眼前这男人似乎并没有要伤害自己的意思，戒心渐渐放下，将那把刀收起来，看了看自己周围，此地已经远离欧阳家的老宅了，是大漠深处。

“吃点东西吧！”男人将一块肉递给金素梅，金素梅接过那块肉，她确实饿了。刚刚被欧阳雷火发现之后，她便疯了一般放下燕鹰奔出了门，唯恐欧阳雷火追过来，她死命地向前跑，一直向着沙漠的最深处跑去。

她狼吞虎咽地吃掉了手中的肉，男人又把一个酒袋递给金素梅，金素梅会意地接过酒袋一股脑儿地将其喝光。男人淡淡地笑了笑道：“我知道你是谁！”

“我也知道你是谁！”金素梅虽然处境如此，却不想让对方占了上风。

“呵呵，果然有亲王格格的样子！”男人肯定地说道，不过这句话却让金素梅微微一颤，眼前这人显然知道自己的身份来历，她见男人背对着自己，心想先制服他然后再细问，想到这里她缓缓地把刀尖对准那个人的后背。

谁知未等她动手那男人低声说道：“如果你现在杀了我的话，恐怕你一辈子也不会知道自己的身份和你父亲的遗愿了！”

“我知道我是亲王格格就够了！”金素梅冷冷地说道。

“哈哈，难道你忘记你父亲在送走你的时候告诉过你，你不仅仅是他的女儿，更是爱新觉罗的后人吗？”这句话让金素梅又是一颤，她依稀记得父亲确实说过这样的话，之后便抽出匕首自杀了，可是当时在场的人不过寥寥数人，眼前这个人能说得如此清楚，显然当时一定在场，或者是看到了这一切，他究竟是谁？

“不用想了，你不用知道我是谁，以后你也不会知道我是谁。”那个人简直太可怕了，像是会读心术一般可以将人的心思完全看透，“我只问你一件事！”

“什么事？”金素梅壮着胆子问道。

“想不想完成你父亲的遗志，为你父亲报仇！”男人一字一句地说道。

“想！”金素梅回答得干净利落。

男人满意地点了点头，接下来的事情是金素梅不曾想到的，男人将她从新疆带到上海，之后交给了一个日本人，她坐着巨轮来到日本，就像是做梦一般，很快接受了日本军队的训练，那是魔鬼一般的训练，这种训练不但磨炼一个人的身体，更磨炼一个人的意志，渐渐地金素梅将自己以往的感情全部深深地埋在心里，胸中只有复仇和怒火。

自从那时开始那个男人极少与她联络，偶尔会打电话告诉她应该做什么。这十数年间当金素梅再次回到中国的时候早已经物是人非了。

信已燃尽，金素梅连忙松开手，余下的纸片飘落，纸片上最后一个“金”字也缓缓消失在了火焰中。欧阳雷火坐在金素梅身后的炕上，低着头长出一口气：“其实你离开之后最难受的不是我们，是燕云和燕鹰两个孩子。燕鹰刚刚懂事就每天哭着喊着找妈妈，燕云每天坐在门口等着你回去。所以这次听说我要去北平才会一路跟来，可是这两个孩子现在……”

金素梅听到这里脑海中依稀出现了两个孩子的模样，在未遇见燕鹰之前金素梅一直觉得自己做的一切都是值得的，然而当她看到燕鹰之后一切似乎都改变了。她开始怀疑自己这样做究竟有没有价值。

“欧阳雷火，我想问你一件事！”金素梅抬起头狠狠地咬着嘴唇说道，“当年与你联络的那个人是谁？”

欧阳雷火凝住浓眉，踌躇了片刻说道："那个人只是负责联络我们一干人，应该是一个与我们年龄相当的人，但是必定是驱虫师家族的人！"

"这就不对了！"金素梅诧异地说道，"救我的人应该就是和你联络的那个人，可是据我观察他不过二十几岁的样子！这究竟是怎么回事？"

"他戴了人皮面具！"一个陌生而熟悉的声音从外面传来，金素梅和欧阳雷火四目相对，两张脸上都是惊愕的表情。

欧阳雷火连忙站起身走到门口将那扇门缓缓拉开，金素梅紧跟在欧阳雷火的身后，随着那扇门缓缓拉开一张熟悉的脸出现在他们的面前。

十四　百年惑，崎岖新疆路

几天之前兰州城北一声巨响，一个坐落在官园正街的老宅子轰然倒塌。没人注意到一个年轻人将一个女子从巷口背走，更没有人注意到在这密密麻麻的人群之中还有一个六七十岁的老者。可是有那么一双眼睛却一直躲在深巷之中注视着这一切，他不仅看到潘俊焦急地将燕云抱起，看到了欧阳雷火在人群之中因为惋惜自己多年的心血毁于一旦的痛心疾首，更看到了一个熟悉的背影。

这个将这一切看在眼里的人就是欧阳烟雷，之所以要引起那场震动了兰州城的爆炸便是要将潘俊引来救走燕云，也可以不让那个人注意到自己的身份。谁知却发现了欧阳雷火，于是那天晚上他便在后面悄悄地跟着欧阳雷火来到了这兰州城北的小宅子。

之前欧阳雷火听到窗外窸窣的声音其实便是欧阳烟雷，然而那时候欧阳烟雷还有一件事没有完成，所以他当时并未现身。此时此刻欧阳雷火和金素梅见到欧阳烟雷都是热泪盈眶，金素梅三步并作两步扑在欧阳烟雷的怀中，紧紧地抱着他，头贴着烟雷的胳膊忽然狠狠地咬了一口。

烟雷轻轻将金素梅扶起，然后跪在地上说道："父亲，恕孩儿这些年的不孝，还有对您老的怀疑！"

欧阳雷火此时见到失踪多年的亲生儿子，早已经忘却了所有的事情，立刻将欧阳烟雷搀扶起来说道："儿啊，你这说的都是哪里话啊！"

"唉，其实我起初一直以为，您既然知道七十年前湘西水系时家那场灭门的火灾，那么一定参与了之后的阴谋，可是随着我这几年的暗中调查，我终于知道其实父亲一直都在想弥补爷爷所犯的错误，所以您才会如此看重秘宝！"欧阳烟雷站起身娓娓说道。

"烟雷啊，你这句话只说对了一半。我之所以将那秘宝视若生命，确实是不希望再像你爷爷那样被人利用。可是你不知道的是你爷爷在那场灭门的火灾之前便已经醒悟了，只是当时他受到的牵制太多，不能抽身。于是他便用驱虫师的密语给水系君子写了一封信将她支开！"欧阳雷火的话让欧阳烟雷恍然大悟道："难怪现在水系还有一支人尚存，原来是这么回事！"

"对，好了，别站在门口了，我们一家人难得十几年之后再次重逢，快快进来说吧！"说着欧阳雷火让出身子拉着烟雷向内中走，谁知烟雷微微笑了笑说道："还有一个人！"

他的话音未落只见另外一个人从门旁走了出来。

却说在虫草堂附近，一个人从深巷中走了出来，站在燕云身后道："你是谁，为什么一直鬼鬼祟祟地跟着我！"

燕云扭过头瞪了身后的女子一眼说道："哪个说我一直在跟着你了？这路这么宽，本姑娘想怎么走就怎么走，你管得着吗？"身后的女子真是时淼淼，她的想法与燕云不谋而合，既然潘俊是在从薛家宅门回来的路上忽然失踪的，那么重新将这条路走一遍也许会有所发现。谁知不一刻便发现有个人鬼鬼祟祟地跟在自己身后。

听了燕云的话，时淼淼无奈地摇了摇头，知道这丫头根本不会和她讲什么道理，只好沿着洪恩街继续向前走。谁知燕云跟在她身后说道："喂，我说你装不舒服原来是出来闲逛！”

时淼淼心知这丫头无理取闹也无心搭理她，继续沿着那条路向前。洪恩街是兰州城东西走向的主街，从东面沿着这条路走到中间拐过一个巷口便是虫草堂，时淼淼停在巷口处微微皱着眉头。

“燕云……”时淼淼忽然扭过头对一直跟在自己身后的燕云说道。

“怎么了？”燕云诧异地望着时淼淼，平日里时淼淼总是称呼燕云为欧阳姑娘，这燕云两个字从她口中说出确实让自己有些出乎意料。

“你说有没有可能潘俊走到此处的时候，忽然改变了主意去了别的地方？”时淼淼站在这个岔路口向四周打量着。

“不会吧！”燕云皱着眉头说道，“潘哥哥好像并未提起他在这兰州城中还有什么熟悉的人啊！”忽然燕云像是想起了什么不禁一愣说道，“对了，潘哥哥会不会去了缘石斋？”

“缘石斋？”时淼淼此前听冯万春说燕云失踪之后便是在缘石斋找到的。

“嗯。”燕云点了点头。

“你认识路吗？”时淼淼急切地问道，虽然燕云也担心潘俊的安危，但见时淼淼如此担心，心中略微有些不快，她迟疑了一下点了点头。

“咱们去看看！”时淼淼说着抓起燕云向前走，燕云忽然觉得眼前这水系女孩的手也不像她的脸那般寒冷。

夜深人静的兰州城，两个女子穿过洪恩街转入到官园正街，在如同迷宫的巷子里辗转了几个来回，终于出现在了一片废墟前面。两个人穿过那堵兀自而立的门走进废墟中，忽然燕云发现地上丢着一个白色的口袋，口袋外面还丢着几个没有剥皮的玉米。她清楚地记得那个老乞丐的口中吐出了几粒玉米。

想到这里她脸上顿时露出惊喜之色，叫道：“时姑娘，你看这里！”

而时淼淼此刻也有发现，她看到这片废墟上依稀可见星星点点的血迹，那血迹一直延续到废墟上一堵尚未倒塌的墙后面，那墙后有一堆灰烬，灰烬的周围是一些已经干枯的玉米叶子，在那旁边还有一摊黑褐色的干涸的血迹。

“燕云，你过来看看这里！”时淼淼弓下身子，轻轻蘸了蘸那血迹放在鼻子下面闻了闻。

“啊！”燕云见到血迹不禁惊呼一声说道，“难道潘哥哥受伤了？”

时淼淼不敢肯定燕云的话，她又在这周围打量一番，忽然一个彩色的如同一块小石头一般的东西出现在时淼淼面前，她心头一惊，小心翼翼地将那件物事拿在手中。

“时姑娘，这是什么？”燕云好奇地望着时淼淼掌心的那枚彩色的物事说道，时淼淼尴尬地笑了笑默不作声，她知道潘俊将所有的事情都想起来了。

没错，想到这里时淼淼抓住燕云说道：“走，我们回去！”

燕云不解地望着时淼淼：“时姑娘，可能潘哥哥就是在这里被劫走的啊！说不定这里会有线索！”

“燕云，你信任我吗？”时淼淼忽然正视着燕云，脸色凝重地问道。

燕云望着时淼淼的眼睛，说实话，燕云起初只是觉得这女孩一副神神秘秘的样子，除了整天戴着一副人皮面具，说起话来冷冷冰冰的之外，似乎并没有什么让人十分讨厌的地方，甚至有时候燕云会觉得这个女孩子有些可怜。可是自从在安阳城外，她听冯师傅说水系时家早已经在七十年前被灭门了之后，她便对时淼淼多了一层戒备。她皱了皱眉，不置可否地低下头。

时淼淼微微笑了笑，然后在自己下巴的地方轻轻将那张人皮面具揭开。燕云见时淼淼如此不禁一怔，她曾经听闻爷爷说起过驱虫师各家的规矩，而这水系时家的规矩便是非可交命之人，不能以真面貌以示。燕云除了真正看清了时淼淼的长相之外，更被她的诚意打动了。

“时姑娘，你说做什么吧！”燕云爽快地答应道。

二人从官园王街回到虫草堂的时候已经是午夜了，此时冯万春依旧毫无睡意地坐在客厅中愁眉不展地喝着茶，见刘衎从外面奔进来，身后带着时淼淼和欧阳燕云，顿时怒火中烧地吼道：“你们两个去哪里了？”

时淼淼和欧阳燕云对视了一下都低下头：“对不起，冯师傅我们是担心潘俊的安危才……”

“我再三叮嘱你们不要出去，如果你们再走丢了，那我真不知道该如何交代了！”冯万春说到这里自感愧疚，语气也渐渐缓和了下来，“好了，你们都回来了就好！都回来了就好！”

“潘哥哥有消息了吗？”燕云这句话实际上在心中思忖了半天，她想问，却又怕得到的答案又让自己失望。

冯万春瘫软地坐在椅子上默不作声，而一旁的刘衎对两位姑娘小声说道：“薛先生刚刚离开，他已经拜托驻军再向兰州城更远的地方搜索了，而警察局方面也答应明早帮忙挨家挨户地彻查！”

这个答案确实让燕云大失所望。

“你们两个赶紧去休息一下吧！”冯万春愁眉不展地说道。时淼淼和燕云二人告辞离开之后冯万春始终坐在正厅，他心中一直在考量着一件事，几天前的那场爆炸发生的时候，自己和刘衎所在的地方明明就是官园正街，怎么自己赶到的时候潘俊早已经出现了呢？难道他提前得到了消息？

想到这里冯万春忽然想起一件事，潘俊曾经说过如果欧阳家在兰州城中有旧宅的话，那么知道的人便只有欧阳家的人了，这欧阳家的人除了燕云之外那只有……冯万春猛地拍了自己的脑袋一下说道：“刘衎，你有没有见到段丫头？”

刘衎见冯万春语气如此严肃不禁皱了皱眉头说道：“段姑娘……我一直在忙着寻找少东家的下落并未注意段姑娘！”

刘衎话音刚落，冯万春便站起身带着刘衎来到了燕云的房门口，向内中轻声说道：“燕云，段姑娘在吗？”

燕云刚刚坐在床上，也正在好奇这段二娥究竟跑到哪里去了。正好冯万春问起便站起身推开门答道：“没有啊，怎么了？”

“糟了，是我太疏忽了！”冯万春立刻向旁边自己的卧室走去，此前他已经将自己和金龙所住的那间卧室让给了潘苑媛，他从时淼淼口中得知潘苑媛和金龙是亲生母子，希望给他们一些时间增加感情。

可是现在情势紧急，冯万春已经顾不得太多了，他见卧室的灯始终亮着，站在门口略微迟疑了一下，轻轻地叩了叩门。叩门声刚落，便听到里面传来了轻微的脚步声，一会儿工夫那扇门打开了，潘苑媛有些惊讶地望着冯万春说道："冯师傅，这么晚了您有什么事？"

"潘姑娘，实在是打扰您了！"冯万春拱手随即向内中瞥了一眼说道，"金龙睡下了吗？"

"刚刚睡下，冯师傅你找金龙……"潘苑媛不解地问道。

"是啊，潘姑娘，我忽然想起一件事想问问金龙，麻烦您能不能把他叫醒！"冯万春焦急地说道。

"不能等到明天吗？"潘苑媛实在不忍金龙被打扰。

冯万春摇了摇头："潘姑娘实在抱歉，这件事恐怕关系到你弟弟潘俊的安危啊！"

潘苑媛这才点了点头，回过头走到金龙的床前轻轻地在他额头上抚摸了一会儿，又轻轻在他耳边唤了声："小金子，小金子！"

金龙似是听到了，睡梦中迷迷糊糊地伸出手抓住潘苑媛的手，又像是一只熟睡的小狗一样向前蹭了蹭将头放在潘苑媛的掌心。潘苑媛见此情景不禁抬起头，左右为难地望着冯万春。

冯万春这时在金龙耳边说了声："金龙，巴乌回来了！"

金龙一惊，一骨碌从床上坐起来，一面揉着眼睛一面向四下打量着："巴乌，巴乌在哪里？"

"哈哈，小金子，我有一件事要问你，你要好好告诉冯爷爷！"冯万春坐在金龙旁边说道，"要是冯爷爷满意的话以后就给你找一只和巴乌一模一样的藏獒！"

"巴乌只有一条，再也找不回来了！"金龙说着低垂着头，冯万春有些无奈地说道："那小金子，你能不能告诉我咱们在路上的时候，你和段姐姐被燕鹰哥哥带走之后都发生了什么？"

金龙低着头轻轻摇了摇："不能说！"

"是不是段姐姐不让你说？"冯万春心中对段二娥的怀疑更重了。

谁知金龙又摇了摇头道："不是，是潘俊哥哥不让我说！"

“潘俊问过你？”冯万春恍然大悟般地问道，心想自己的猜测应该没有错，潘俊应该早已经知道了段二娥与燕鹰有联系，因此才暗示段二娥向燕鹰要那欧阳家旧宅的地址。这样潘俊能提前到达欧阳家旧宅也就不足为奇了，可是燕鹰和段二娥究竟在那时候说了些什么？冯万春好奇地望着金龙，“小金子，你把那天的事情再说一次，冯爷爷带你去新疆吃烤肉！”

谁知金龙依旧摇了摇头说道：“潘俊哥哥说君子之交淡如水，小人之交甘如饴。而且大丈夫要顶天立地，言必信，行必果！”

金龙这几句话让冯万春觉得脸上一阵红一阵白，却也拿他没有一点办法。他叹了口气对潘苑媛说道：“潘姑娘，那你好好照顾金龙，我先出去了！”

冯万春说完站起身离开了潘苑媛和金龙的卧室，潘苑媛站起身轻轻关上房门，她回到床边把金龙抱在怀里，金龙忽然感到一种从未有过的安全感，一阵浓厚的睡意便如同这浓重的夜色一般扑面而来。他紧紧抓着潘苑媛的衣角酣然入梦，也许母子之间天生便有这种默契，即便不相认，但却依旧能感应到对方对自己的影响。

潘苑媛见金龙依旧睡熟，从怀里拿出潘俊的那个装着青丝的盒子，这个盒子虽然与潘家人所用的青丝盒子不尽相同，但是潘苑媛却曾经见过。她按动那盒子的开关，盒子弹开之后潘苑媛观察着盒子内少的那根青丝的位置，微微笑了笑。

冯万春回到正厅之中坐在椅子上点上一根烟，心浮气躁地吸了两口又将那支烟熄灭掉，刘衍站在一旁如丈二的和尚摸不到半点头脑，想要问却也不敢。

冯万春皱着眉头忽然瞥见站在一旁的刘衍，勉强摆出一副笑脸说道：“刘衍，你先去休息一下吧！说不定什么时候薛先生就会送来潘俊的消息！”

刘衍虽然心有不甘，但依旧点了点头退了出去。冯万春站起身走到门口望着挂在天上的月亮，心中思绪万千，虽然此刻一阵倦意袭来，但是他是无论如何也不可能睡着的，想到这里他迈开步子向门外走去。

同样辗转难眠的还有睡在一旁屋子里的欧阳燕云，她的脑海中不断浮现出潘俊的影子，偶尔还会冒出时淼淼揭开人皮面具的样子，那是一张让女人都羡慕的脸，她忽然自惭形秽地想也许潘哥哥和时姑娘才算是天造地设的一对，而自己又算什么呢？想到此处她长出一口气，心中那一点点落寞在这无尽的黑夜中被无穷地放大了。

忽然她的耳边响起一阵窸窣的脚步声，燕云警觉地停止了胡思乱想，正在这时她听到时淼淼在门口轻声说道：“燕云，你睡了吗？”

“时姑娘？”燕云诧异地说道。

“开门！”时淼淼将声音压得极低，燕云披上衣服从床上下来推开门，见时淼淼穿了一身黑色的夜行衣，她惊讶地“啊”了一声。时淼淼连忙让她噤声说道：“你穿上这身衣服跟我走！”

燕云虽然不知时淼淼所为何事，但既然自己已经答应她一切听她安排，便点了点头接过时淼淼手中的衣服，那也是一件黑色的夜行衣。穿好之后两个人悄悄地从虫草堂后门溜了出去。

她们两个在街上快速地向西面奔去，小半个时辰后两个人都已经累得气喘吁吁了。燕云停下脚步靠在墙边上气不接下气地说道：“时姑娘，我……我们去哪里？”

时淼淼停住脚步微微地对燕云说道：“去验证一件事！”

“什么事？”燕云半弓着身子，觉得嗓子已经冒烟了。

“燕云，你不是体力不行了吧？”时淼淼打趣地问道，燕云立刻站起身说道：“走吧！”

时淼淼觉得燕云这女孩子确实有意思，一副绝不服输的样子。

两个人在兰州城靠近城墙的一座破旧的大宅子前面停了下来，燕云望着这栋宅子。虽然兰州城内的房屋拥挤不堪，但是这栋宅子周围百余米却空荡荡的。在宅子外面立着一棵已经要枯萎的老槐树，干枯的树干宛若一个张牙舞爪的厉鬼一般，在那槐树的顶端还挂着一个黑乎乎的老鸹窝。

“嘎嘎！”一只黑色的老鸹似乎是被树下这两个人惊醒了，惊叫着在树上盘旋了一圈又落回到窝里。燕云咽了咽口水道：“时姑娘，这是什么鬼地方？”

“义庄！”时淼淼一字一句地说道，燕云有些摸不着头脑，这么晚了为什么时淼淼会带着自己来这个鬼地方，难道是吓唬鬼？

“时姑娘，这……我们来这里干吗？”忽然燕云不禁倒吸了一口冷气，一把抓住时淼淼的手说道，“你不会说潘哥哥已经死了，他的尸体就在这里吧？”

刚刚那一抓也让时淼淼惊出一身冷汗，不过听了燕云的话却让她觉得这女孩真是又好气又好笑，她扭过头小声地在燕云的耳边说：“你潘哥哥要是那么容易就死了，那他不知道已经死了多少次了！”

“也是！”在燕云心里潘俊几乎无所不能，无所不知，任何事情总能化险为夷，“不过我们来这里干吗？”

“确实是来找一具尸体，不过不是潘俊而是……”时淼淼在燕云的耳边轻轻说了几句，燕云一诧：“不会吧，我明明见他已经死了！”

“先进去再说！”时淼淼说罢带着燕云轻轻推开义庄的门，顿时一股腥臭味从门口冲出来，燕云和时淼淼连忙将头别过去，燕云心想难怪所有的房子都避开这义庄，原来这里真不是人住的地方啊！

这义庄很大，院子有几丈宽，院子四周都是用木板制成的简陋的小棚子，棚子下面则是一个挨着一个的棺椁，院子中生满了荒草，在荒草之间散落着一些腐朽的棺椁碎片，还有几具早已经腐朽破败的棺材，内中的白岑岑的尸骨从破败处裸露在外面，荒草中间的小路直通到里面，在小路的尽头有一个没有门的大堂。

“时姑娘，我敢肯定他已经死了，咱们还是回去等薛先生的消息吧！”燕云看到此情此景心中多少有些胆怯。

“呵呵，没想到燕云你连那些凶猛的皮猴都能驯服得服服帖帖，竟然怕这些死人！”时淼淼口中虽这样说但心中也有些畏惧，不然她便不会叫上燕云了。

“不一样啊！皮猴总是活的啊！”两个人正说话间，只听荒草从中传来了一阵“呜呜”的低吼声，燕云顿时觉得身上阵阵发冷，心想难不成是诈尸了？或者是变成了僵尸？两个人的目光循着那声音的方向望去，只见一双绿莹莹的眼睛从一口破败的棺材后面钻出，朦朦胧胧的毛月亮下依稀能辨出像是一条狗，又像是一条狼！

时淼淼不禁松了一口气，拍了拍燕云的肩膀说道：“姑娘，这是你的强项，归你了！”

燕云笑了笑迈开步子，向那只像狼又像狗的动物走了过去，走近一看，真是一条狼，她蹲在地上盯着那只狼绿莹莹的眼睛，那狼龇着獠牙，一副凶神恶煞的模样。过了片刻那狼便如同一只小猫一样走近燕云，伸出舌头轻轻地舔舐着燕云的手指，燕云“妈呀”一声将手抽出来道：“忘记了，你这家伙在这里应该是以人肉为食吧！”

那狼似乎是能听懂燕云在嫌弃自己，伤心般地低下头，喉咙中发出“嘶嘶”的“哭泣声”。时淼淼站在燕云身后，对她这火系驱虫师的驯兽之术佩服得五体投地。时淼淼见危险已经解除便沿着那条小路向前面的大堂走去。

进入大堂时淼淼抽出一根火折子轻轻吹了吹，眼前有了一些亮光。而燕云连忙跟了进来，她总是觉得这里阴森森的，说不定身边的哪具尸体忽然会弹起来，掐住她的脖子。大堂中的尸体大多是没有棺椁的，最多在尸身上盖着一块白布而已。

时淼淼一个接着一个地将那些白布掀起来，然后仔细打量着那些尸体。燕云一刻不离地跟在她身后，她始终对时淼淼所说的话不太相信，所谓耳听为虚，眼见为实。那是她亲眼所见，怎么会有假？

当时淼淼将这大堂内所有的尸体都看了一遍之后长出一口气：“果然没错！”

“你是说他真的没有死？”燕云疑惑地望着时淼淼说道。

“嗯！”时淼淼淡淡地笑了笑。

“说不定他的尸体不在这里呢！”燕云不服气地说道。

正在这时燕云的脚踝忽然像是被什么东西碰了一下，她一惊向前一把抓紧时淼淼的手，时淼淼诧异地望着燕云说道：“你怎么了燕云？”

燕云指了指自己的脚下，时淼淼顺着燕云手指的方向望去，只见一只枯干的如同树枝的手从尸床下面快速地缩回去。

“谁，谁在那里？”时淼淼厉声道，声音在这空旷的大堂中阴森地回荡着。

燕云口中低声地吹了声口哨，那只狼立刻龇着獠牙，喉咙中发出“呜呜”的低吼声，前腿紧绷，后退微弓地盯着那尸床下面，只待燕云一声令下便要向内中冲去。

“你……你们是人，是鬼？”尸床下面传来了一个老人颤抖的声音，听到这个声音两个姑娘方才放下心来，燕云轻轻拍了拍那条狼的脑袋，那狼立刻便安静了下来。

“你是什么人？出来！”时淼淼冷冷地说道。

那个人却始终不敢出来，胆怯地躲在尸床下面说道：“不出去，这……这义庄闹鬼！”

“闹鬼？”燕云一面重复着这两个字，一面向周围望了一圈，顿时觉得眼前那些盖着白布的尸体似乎都要坐起来了一般。

“是啊，天刚黑，我就见一个已经死了一天的老头子忽然从床上坐了起来，没等我反应过来就从门口歪歪斜斜地走了出去。我这才吓得钻进了床下！”那人心有余悸地说道。

“你是什么人？”时淼淼弓下身子向尸床下面望去，“你看我长得像鬼吗？”

那老头向外瞥了一眼，见到一张惊艳绝伦的脸，心里的恐惧顿时消减了大半，老头从未见过如此漂亮的女子，虽然已经年过半百，但心中不免生出一些邪恶的念头，自己本是弱者，但见到比自己还弱的便想占些便宜。他色迷迷地笑了笑说道：“姑娘问我什么？”

“你说这义庄闹鬼是怎么回事？”时淼淼毕竟涉世不深，全然没注意到老头的变化。

“那……我要是说了姑娘有没有什么好处？”这句话的语气暧昧，时淼淼冷笑了一声说道：“好哇，那就要看你敢不敢了！”说罢时淼淼轻轻地将脸上的人皮面具一点点地剥落，一张更美的脸出现在老头面前，那老头什么时候见过这种事情，立刻吓得面无血色大叫道：“画皮鬼，画皮鬼！”

“你说不说！”时淼淼将那张人皮面具贴在脸上狠狠地说道，“不说我就吃了你！”

“我说，我说！”那老头再不敢正视时淼淼，唯唯诺诺地说道，“我是看管这义庄的，本来今天晚上我正在喝酒，谁知道尸床上一具昨晚送来的尸体忽然坐了起来，向我看了一眼便从门口走了出去。我这才吓得躲进尸床下面！”

“原来是这样！”时淼淼柳眉微颦地说道，然后站起身来对尸床下面的老头说道，“你应该庆幸没有看见我整张脸，否则就算是我不想杀你也不行。这件事你如果敢对别人说我们必定会回来要了你的性命！”

“不敢，不敢！”老头蜷缩着身子躲在尸床下不停地重复着。

“死老头，从现在起给姑奶奶念一千遍阿弥陀佛，少一遍姑奶奶就让这狼吃了你这副老骨头！”说话的是燕云，她刚刚也听到了那老头色迷迷的话，于是便将那头狼留在此处看着那老头，自己跟着时淼淼离开了义庄。

走出义庄，顿然觉得外面的空气清新不少。时淼淼走在前面，燕云跟在后面笑着说道：“时姐姐，你看那老头都快被你吓得尿裤子了！”

时淼淼一怔，燕云第一次称呼自己为“姐姐”，她心里一暖扭过头望着燕云，只见燕云似乎全然没有在意依旧笑着说道：“什么时候时姐姐教教我这易容术，到时候再见到这种老色鬼我也去吓他一吓！”

“燕云，你想学吗？”时淼淼柔声问道。

“当然了，如果我会了的话，我也易容成一个美女去勾引勾引潘哥哥！”说到潘俊燕云心中不免有些难受，她心中暗想，即便自己变得如时淼淼一般美貌，恐怕也配不上他，能配得上潘俊的也许只有眼前的时淼淼，想到这里燕云的心里似乎一下子便畅快了许多。

“好，我教你！”时淼淼一面走一面说，“只是这千容百貌的绝技是不能传外人的，不过我可以教你一些粗浅的易容术！”

“可以变成时姐姐这样吗？”燕云笑着问道。

“可以啊，其实这个很简单！”时淼淼说着掏出一张与自己脸上这副人皮面具一模一样的面具递给燕云，然后小声地在燕云耳边说了些什么。燕云连连点头，二人你一句我一句地边说边向虫草堂的方向走去。

清晨的时候一辆黑色的轿车停在了虫草堂前面，薛贵一脸慌张地从车里钻出来，手中拿着一封信。迎面遇见正出来接自己的刘衔，薛贵来不及多讲挥了挥手示意内中说话，刘衔带着薛贵一直走到三进院中的大厅，此时冯万春正手拄着胳膊靠在桌子上熟睡，听闻脚步声立刻醒了。见到薛贵急匆匆地赶来，冯万春即刻站起身迎出去道："薛先生，有潘俊的消息了吗？"

薛贵点了点头说道："你们看看这个！"说着将手中的一封信递给冯万春。

冯万春疑惑地看了一眼刘衔接过信，那封信已经拆开了，他抽出里面的信，上面写着："潘俊和段二娥都在我的手上，如果想要见他们就来新疆火焰山欧阳家旧宅！"后边的署名是欧阳燕鹰。

冯万春看完信立刻拍了一下桌子说道："娘的，我老冯打了这么多年的狼，可最终还是被狼咬了！段丫头果然一直在和燕鹰联系，燕鹰这兔崽子竟然把潘俊劫持了！"

"这封信是今天早晨我在一个乞丐身上发现的，估计他是要送到虫草堂的。正好被警察局的人撞见，这才落到了我的手中！"薛贵娓娓陈述着。

"看来燕鹰那兔崽子是打定主意想让我们去新疆了！"冯万春说着对刘衔说道，"你去把大家叫来，我们商量一下即刻启程去新疆！"

屋子里很快便聚满了人，潘苑媛手里始终拉着金龙的手，而时淼淼和燕云坐在一起，听完冯万春的陈述之后，燕云首先坐不住了，她站起身说道："那我们还等什么，赶紧去新疆吧！"

"嗯，我也是这个意思。"冯万春肯定地望着周围的几个人。

时淼淼始终沉默着一言不发，而潘苑媛顿了顿说道："我和金龙留在这里吧！"

"嗯，是啊，潘姐姐的身体不好，恐怕长途跋涉她会受不了！"时淼淼开口道。

冯万春思量了下说道："好，那刘衔你留下来照顾潘姑娘吧。"

“可是冯师傅，我……”刘衎本想跟着冯万春等人一起前往新疆去救潘俊，而此时冯万春既然这样说，自己也不好推辞，最后还是点了点头说道，“好吧！”

“好，既然你们这样决定了我立刻去准备！”薛贵站起身来说道，“你们随着我的商队一起出发，这样路上能避免很多不必要的麻烦！”

“那有劳薛先生了！”冯万春拱手道，薛贵站起身微微笑了笑道：“那我就先告辞回去准备。明早在虫草堂门口等着你们！”

说完刘衎送薛贵走了出去，剩下诸人各自分开去做明日起程的准备。

这是这行人在兰州的最后一个夜晚，这晚的月亮极圆极亮，潘苑媛待金龙睡熟之后，手中端着一壶酒来到后院的石桌前坐下，痴迷地望着天上的月亮。而时淼淼也辗转难眠，她推开门正好遇见院子中的潘苑媛便走了过来。

“姐姐，你还没有睡觉啊？”时淼淼坐在潘苑媛面前，潘苑媛微微笑了笑说道，“时妹妹，此去新疆必定会艰险无比，危机重重啊！”

“嗯！”时淼淼讳莫如深地点了点头。

“不管你和潘俊之前有什么计划，不过千万小心，这个阴谋太深太深了，恐怕完全没有你们想象的那般简单！”潘苑媛担忧地说完喝了一杯酒。

“阴谋？”时淼淼诧异地望着潘苑媛。

潘苑媛笑了笑，从怀里拿出潘俊的那个青丝盒子说道：“这点伎俩也许能瞒过别人，但是我对我的这个弟弟太了解了，恐怕我看得出来，别人也一定看得出来。瞒不了多久的，所以你们要早做打算！”

“嗯！”时淼淼忽然觉得眼前这个女子简直比潘俊有过之而无不及，她似乎一直洞若观火般地将一切都看得透透的，任何事情也逃不过她的眼睛。鬼镇之时如果不是她能看清楚小北风的真实目的，时淼淼早已经在那时便魂归西天了，而现在……时淼淼不禁对眼前这个女子又平添了一分敬佩之情。

“时妹妹，你记得在北平的时候曾经问过我的事情吗？”潘苑媛忽然说道。

“嗯，当时姐姐说只会告诉潘俊！”时淼淼低下头说道。

“恐怕我的身体已经支撑不到见我弟弟了，这件事我现在告诉你，其实七十年前的那场火灾并不是什么意外，而是……”潘苑媛小声地对时淼淼说道。

“原来是这样，真的让外祖母猜到了！”时淼淼虽然之前已经猜到了一些，然而当潘苑媛将整件事情和盘托出之时时淼淼还是心头一颤。

“快中秋了！”潘苑媛仰起头看着天上的圆月说道。

“嗯，还有三天就是中秋了！”时淼淼附和着说道，不禁也抬起头看了看天上的月亮，而在距离兰州城百里之遥的一辆马车上，金素梅也在望着这轮明月出神。

“怎么了素梅？”欧阳烟雷将马头调转过来跟在马车旁边说道。

“烟雷，你还记不记得当年你从北平将我接到新疆时候的情景？”金素梅盯着天上高悬着的那轮明月眼神蒙胧地说道。

欧阳烟雷憨笑了一声，“怎么会不记得呢？我记得那年大概也是这个时候吧，在中秋之前！”

“如果一切都没有发生该有多好啊，现在咱们一家人在新疆生活也应该很快乐吧！”金素梅此刻像是一个已经大彻大悟的行者一般，似乎将所有的假面全部放下了。

“素梅，放心吧，一切都会好的。我们一家人很快就会团圆了！”欧阳烟雷安慰金素梅道，虽然他这样说，但心中对未来始终毫无把握，或者此行真的是生死难料。

“直到昨晚，我才知道原来这个阴谋竟然策划了百年！”金素梅的眼睛中闪过一些泪光，泪光中的月亮渐渐变得模糊了，她渐渐将这所有的事情联系在了一起。

整件事发生在很久之前，那时候驱虫师各个家族严格遵守着祖宗的遗志，居住的住所按照五行方位，金系居东，木系居中，水系居南，火系居西，土系居北。各个家族彼此联系，彼此牵制，相依而存。金系以为皇室研制金石器物，修建墓葬为生；木系以行医救命为生；水系一直十分隐秘并不知作何营生；火系以训练皮猴在荒漠之中狩猎，倒卖皮毛和马匹生意为生；土系门徒众多，以习武或盗墓为生。

从古至今一直如此，虽然世事变迁，朝代更迭，这几大家族却依旧在这浮浮沉沉的世道之中守全着各家的信条，信奉着每个家族不同的信仰，如那些不屈不挠，百折不回的小虫一般延续着。

直到有一天，驱虫师家族的一个人忽然觉得这样的生活简直太不公平，每每世道动乱，危难之时驱虫师家族的人总是舍身赴死，前赴后继，然而就在那些人成就一番大业之后不但不思回报，却对驱虫师家族的人赶尽杀绝，大肆屠杀。夷三族，诛九族。不但如此他们还将驱虫之术视为邪术，看成是眼中钉肉中刺。

那震动历史的焚书坑儒，那历代不绝的文字狱，那为刘邦立下了汗马功劳的齐王韩信，这样的例子比比皆是，数不胜数。虽然驱虫师家族的每个人都对这种不公平心怀不满，然而却从没有一个人肯站出来，敢冒天下之大不韪提及此事。

而那个人却站出来了，他游走各方，将自己的想法告诉其他几个家族的人。早已经对这种不公心怀不满的驱虫师各系君子们立刻纷纷响应。甲午战争之后清朝早已呈现出败亡之气，为什么不在此时运用这驱虫之术为自己打下一片江山？

他们逐渐联合了起来，但是只有水系的君子对此事坚决否定。水系君子是一个女子，从洪秀全起义以来便一直与其联系极为紧密，洪秀全以及下属多名将领都在暗中与之接触。水系君子希望驱虫师家族能一如既往地支持一场新的变革，她从洪秀全的政权中看到了一丝希望。

正如历朝历代的变革一样，如果能得到驱虫师家族的支持，想必这是一个改朝换代的机会。然而她的这番言论却被另外四家人所弃。顺我者昌，逆我者亡。其他四家秘密筹划了一个骇人听闻的计划，他们知道水系君子颇为厉害，不但有三千尺，还有一门独门绝技，这绝技即便在水系君子之中也极少有人学会，名叫蛊惑军心。无论任何人近前数丈之内精神便会被其释放出来的蛊虫所惑，失去心智，相互残杀。而水火不相容，只有火系的一个旁支可以对付这一绝技。那就是生活在大漠深处，从来与世无争的火系旁支，他们与一种名叫蒙古死亡之虫的一种凶悍的怪虫为伍。这是克制蛊惑军心的唯一利器。

那个人于是便来到大漠深处游说火系旁支，最后以如果灭掉水系时家便将水系的蛊惑军心交给那旁支为条件，诱使火系旁支出手。于是在七十年前的一个夏天，四大家族秘密前往湘西，他们通过土系君子用神农挖通的地道进入了时家。

那是一场大屠杀，他们以极快的速度将水系时家的所有人全部残忍地杀死。这场屠杀出乎意料地轻松，几乎出乎了所有人的意料，并未遇到原想的抵抗，那一直让他们担忧的水系绝技蛊惑军心也不曾出现。

这是魔鬼的饕餮盛宴，嗜血的狂徒们在杀死了所有人之后，将所有的房子里里外外找了个遍却不曾发现刻着水系绝技的秘宝。无奈之下他们只能快速撤离，为了掩饰他们的滔天罪行，他们将水系时家的宅院全部燃起了大火。不知是上天的安排，还是在他们放火的时候动了恻隐之心，那个人将一个贸然闯入其中的小孩子放生了。

他们在完成了那件事之后悻悻而归，这驱虫师的最终秘密必须要聚集起五家族之秘，最重要的还需要得到另外一个人的支持。这个人也是驱虫师，只是不属于五大驱虫师家族，名叫人草师。所谓人草，便是在人死之后自愿捐出遗体，然后将一种神秘之物放于死人的体内，然后头朝上埋葬在气候严寒的高山之上。尸体冬天为人形，而到了盛夏时节，温度适宜便会从人的头上长出一根如草一般的东西。这种东西非虫非草，因此叫作人草。可治愈百病，解天下奇毒，也是摄生术唯一的解药。

秘宝必须在新疆欧阳家的那片驯兽场，用人草师手中的秘宝方可开启，得虫族秘密者得天下。但是当他们从湘西回来之后，内部便发生了矛盾，因为没有得到水系的蛊惑军心，只得到了千容百貌这样肤浅的绝技心中甚是不满，于是便找到那人，要求让那人将其独门绝技传于自己，否则便将此事告于天下。

那人表面答应，而火系旁支却不知道危险已然追近。本来找来火系旁支也是无奈之举，现在水系既灭，这火系旁支也再无用处。于是在其他四家的密谋之下由火系欧阳家牵头向沙漠深处的火系旁支掩杀过去。欧阳家势力何其庞大，那弱小的旁支虽然有蒙古死亡之虫的强大武器，但毕竟势单力薄，最后被欧阳家几乎全部绞杀。

不仅如此，那个人为了让人彻底与火系旁支幸存者断绝联系，命令各家将火系旁支描述成残暴之属。那个人后来多次前往湘西，他隐隐地感到那么容易便将水系灭门似乎少了些什么。直到他最终发现了水系秘宝的下落为止。

最后的一件事便是寻找人草师，人草师行踪不定，那人去了三年。三年之后再回来之时便如同变成了另外一个人一般，再不提及此前谋划之事，潜心将自己锁在家中直到终老。

然而这个阴谋在数十年之后却又被另外一个人重新拾起，只是那个人一直如同身在迷雾中一样，戴着一身虚假的面纱。

“素梅，你在想什么？”欧阳烟雷见金素梅低下头眉头紧锁，似乎是在思索着什么事情。

金素梅长出一口气，擦了擦眼角的泪水说道：“我刚刚忽然想起一件事！”

“什么事？”欧阳烟雷微笑着说道。

“我记得当时救我的那个人曾经对我描述过我在离开王府那一晚的事情，其实知道当时情景的人不过寥寥几人而已，其中大多数人都已经死了，就算是，或者到那时候也应该四十几岁了，可是救我的人只有二十几岁，这……”金素梅皱着眉头百思不得其解地说道。

“哈哈，想不清楚就别想了，很快就能到新疆了，回欧阳家的老宅！”欧阳烟雷将话题岔开说道。

“嗯，是啊。我想燕云和燕鹰他们应该也会回去的！”金素梅说到燕鹰，心中略微有些歉意，“唉，现在燕鹰因为我的缘故和日本人在一起，我在离开的时候吩咐他，如果我出现不测的话就到新疆去和我会合！”

“哈哈，素梅，你怎么知道会遭遇不测的？”欧阳雷火在前面骑着马大笑着说道。

金素梅有些歉意地低下头说道："其实我知道你已经醒了！而我又希望能够不在日本人的监视下离开北平，所以当时和你说秘宝将会出现在新疆把你引到新疆来！"

"那秘宝究竟在谁的手上？"欧阳雷火最关心的问题始终是秘宝的下落。

"其实这个问题我也不太清楚，我只是把它送到事先约定好的地方然后就离开了！"金素梅皱着眉头说道，"不过可以肯定，如果那个人让我们来新疆，必定是会带着秘宝一起来的！"

"嗯，没错！"欧阳烟雷点头说道，"对了，素梅你看看他醒了吗？"

金素梅扭过头去，过了一会儿回过头，微微摇了摇头说道："还没有！"

"唉，这小子这又何苦呢？要是按照老子的脾气肯定就直接送他一颗子弹！"欧阳雷火愤愤不平地说道，"哪至于把自己给整成这副模样！"

"其实这也许正是他的可敬之处吧！"欧阳烟雷颇为佩服地说道。

"是啊，宁可自己忍受痛苦也不想冤枉一个人！"金素梅望着车子之中安静地躺着的男人说道。

两匹马，一辆马车在皓月当空的夜晚缓缓向沙漠深处驶去……

十五 火焰山，迷雾欧阳宅

兰州城的清晨，薛家宅门外面鞭炮齐鸣，老跺爷在马车前面摆上生猪、生羊，焚香祭拜，然后将那生猪、生羊的血抹在马身上，祈求这一路上能逢凶化吉，有个好彩头。薛贵出门谢过跺爷与他低语几句，那跺爷高呼一声："薛家走跺了！"

后面几个跺头跟着跺爷这声高喊也随即喊道，然后跺爷上车赶着大车向前走，一直到虫草堂才停下将冯万春、时淼淼、欧阳燕云三人带上之后，沿着洪恩街向西而去。

这走跺的规矩颇多，跺爷不但要会讲很多黑话、行话，而且更要能审时度势，有眼力。这跺头们一路之上不能说不吉利的话，"出跺"也要沿着一个方向。不是实在没有客栈的话，一般的小店是绝不会住的，往往会挑一些比较大的客栈居住，一方面可以让大家得到好一些的休息，另外这些大客栈一般都有人在后面撑腰，一般的土匪不会来抢。

而这薛家的商队更是有些特殊，那便是薛贵为人仗义，在这丝绸古道之上也颇有些威名，因此一般的土匪、强盗也不会来抢。他们从兰州出发，经由青海，一直到了新疆境内。这期间冯万春一直坐在车前，与那踩爷聊得不亦乐乎，甚是熟络，冯万春本也是个直爽之人，交流起来自然容易方便得多。

而时淼淼和燕云两个人一直坐在车里，燕云时不时将时淼淼交给自己的那粗浅的易容之术拿出来研习一下，燕云本来也不笨，很快便能将自己打扮得和时淼淼一般无二，唯独这声音始终无法像时淼淼一般变幻自如。

几日工夫商队终于到了新疆乌鲁木齐，几个人换乘马匹向火焰山的方向赶去。这一路上燥热难耐，四周是死气沉沉的荒漠，偶尔可见远处似乎有几座火焰山在燃烧。

“燕云，这火焰山真的是燃烧的山吗？”时淼淼骑在马上，头上盖着一块黑纱说道。

“嗯，真的！我们训练皮猴的地方不远处就是一座燃烧的山！”燕云绘声绘色地说道，“爷爷说那里的大火已经烧了上百年了！”

“真的有啊！”时淼淼不可思议地说道，“我记得《西游记》中说西方路上有个斯哈哩国，乃日落之处，俗呼‘天尽头’，这里有座‘火焰山，无春无秋，四季皆热’。火焰山‘有八百里火焰，四周寸草不生。若过得山，就是铜脑壳、铁身躯，也要化成汁哩！’”

“当然不是啊，不然的话就真的没法生活了！”燕云头上也戴着一块黑纱，这火焰山附近的太阳异常毒辣，皮肤暴露在外面极容易晒伤。

“哈哈，是啊！”时淼淼难得笑得如此灿烂。

“你们两个姑娘还是省省力气吧，少说点话吧，不然一会儿就会被晒坏的！”冯万春见两个女孩说得如此热闹不禁打趣地说道。

“嘿嘿，我和时姐姐都还好啊！您看您长得那么黑，小心被晒化了才是！”燕云这刁钻古怪的丫头说起话来却是绝不客气的。

“这热咱老冯倒是能忍！”冯万春望着头顶上的太阳又摇了摇挂在马上的酒袋子说道，“这大热的天儿让咱老冯没有酒喝，你说这让我怎么过啊？”

“嘿嘿，冯师傅不用担心，到了我家，我一定把酒窖里最好的酒拿出来给你喝！”燕云安慰冯万春道，“您没听过葡萄美酒夜光杯嘛，到时候我再把夜光杯给您拿来！”

“嘿，你这丫头真是懂我老冯的心思，咱可说定了啊！咱们快点，我这口水都被你说得流出来了！”说着冯万春在马肚子上夹了一下说道，“燕云，咱们来赛赛马，看到底谁更快一些！”

“好啊！”燕云催马跟在后面，在这广袤的沙漠旷野两匹马一前一后向前狂奔着，沙漠中蒸腾起的水汽将两匹马的影子渐渐模糊了，而时淼淼轻轻地催着马向前，她心中始终有些担忧，她担心应该如何把事实告诉燕云。

傍晚的时候夕阳西下，照在西面红色的山脊上宛若那山和天边的飞霞连成了一片，分不清哪里是天，哪里是地。在他们翻过一座巨大的沙丘之后，一个巨大的院落出现在眼前。这院落西边数里之外是红色的火焰山条形山脊，右边则依靠着一处陡峭巍峨的高山而立，院子有前前后后八进，较之北平城那些宅院，这所宅院的每一进都要顶上那里的两三进宽敞。

“前面就是欧阳家的老宅了！”说着燕云捏着嘴唇轻轻一吹，瞬间那沙丘下面的院落中传来一群狗的狂吠，像是附和着燕云的口哨声一般。

一会儿工夫，几个穿着黑色衣服的青年人手中牵着狗从院门口奔出，他们抬起头看见南面沙丘上站着的三个人，中间的燕云便向此处而来，一个年轻人奔到燕云身边道：“小姐，你总算是到了，老主人他们比你们早到此处两天了！”

“啊？老主人？”燕云皱着眉头说道，“什么老主人？”

“小姐，您没事吧！咱们家的老主人啊！”那青年的话音未落，只见燕云向山下疾驰而去，她刚到门口立时怔住了，只见三个人在几个青年的簇拥之下缓缓走了出来。燕云简直不敢相信自己的眼睛，走在最前面的人正是青年口中的老主人——欧阳雷火，而在他左边的是自己的父亲欧阳烟雷，右边的女子燕云之前虽未见过，但隐约觉得有些眼熟。

“燕云，你们总算是到了！”欧阳雷火迎上来将马缰绳接过来说道。

燕云从马上跳下，一下子便扑进欧阳雷火的怀里号啕大哭起来道：“爷爷，真的是你吗？我不是在做梦吧？”

“傻丫头，当然是我了！”欧阳雷火虽然平日里对别人大呼小叫，然而对欧阳姐弟却一直疼爱有加，任他们如何任性自己也不会发火。

“当时燕鹰说您已经过世了，我……”燕云止不住的眼泪又如断了线的珠串般洒落下来。

“好了，傻丫头，别哭了，快来见见你的父母！”欧阳雷火说着指了指身后两个人，燕云接着扑到欧阳烟雷怀里道：“父亲，我以为缘石斋烧了之后你还在里面呢！”

“燕云，没事了！一切都过去了！”欧阳烟雷轻轻拍了拍燕云的肩膀说道，“你们母女到现在还没有见过吧？”

燕云扭过头望着金素梅，金素梅张开双臂一把将燕云紧紧抱住，而燕云在金素梅的怀里却始终毫无反应，在安阳潘家旧宅的时候燕鹰曾经和她说过眼前这个女人让自己回去，如果不回去的话那么就只有死。一个母亲能对自己的女儿下此毒手，还有什么是做不到的呢？

正在这时冯万春和时淼淼随着几个牵着狗的年轻人也来到门口，欧阳雷火大笑着说道：“哎呀，时丫头和冯师傅都来了！”

“欧阳世伯？”时淼淼与冯万春都是一惊，四目相对又看了一眼欧阳雷火说道，“您没有……”

“哈哈，我老头子命硬，哪有那么容易死啊！”欧阳雷火说着走上前去抱住冯万春说道，“一时半刻，死不了！”

“那是，您命大啊！”冯万春附和着说道。

“好了，大家都别站在门口了，咱们进去吧！”欧阳雷火说着招呼大家进入这院子中，欧阳雷火的这院子里假山林立，像很多北平城富家宅院的样子，想必是当年金素梅亲手所做，这么多年也没有变什么模样。

时淼淼看着金素梅也在更是觉得一头雾水，只见金素梅始终抓着燕云的手向内中走，只是燕云的脸上却面无表情，与之前那副活泼的样子判若两人。时淼淼一面向里走，一面心中盘算着，为什么始终不见潘俊的影子，按理说潘俊应该已经到了啊，难道是在兰州城发生了什么事？

一行人走到第二进院一个大厅中，欧阳雷火立刻吩咐下人去准备吃喝，这是欧阳家在十多年来第一次聚得如此之全，如果燕鹰一回来欧阳家就算人都到齐了。想到这里欧阳雷火心中自是喜不自胜。

金素梅母女两个坐在这大厅的一旁，虽然燕云始终不愿理睬金素梅，然而金素梅的眼中却充满了怜爱。“燕云，对不起，这么多年母亲一直没在你身边！”

燕云瞥了一眼金素梅冷冷地说道：“早习惯了！”

“我知道你心里一直恨母亲，当年那么狠心撇下你和燕鹰去了日本！”金素梅想用尽全力让燕云知道自己此刻的心境，然而燕云却丝毫不予理睬，她站起身对时淼淼说道：“时姐姐，你和我来，我带你去看东西！”

“好！”时淼淼站起身对金素梅笑了笑，然后被燕云拉着走到了第三进院中，绕过院子里的回廊，她带着时淼淼走进自己的房间。这闺房布置得非常雅致，梨木雕花桌子，红木书架椅子，金丝楠木镂空的大床，屋子中还种着几盆开放的娇艳欲滴的花，那花时淼淼从未见过。

“燕云，这花是？”时淼淼觉得那花开得如此惊艳，让人不得不赞叹。

“嘿嘿，时姐姐你喜欢这花？”燕云笑呵呵地问道，“那你跟我来！”说着燕云在墙角的一处机关轻轻一按，地上竟然裂出一条缝隙。燕云首先钻了进入，时淼淼紧紧地跟在燕云身后沿着那条隧道向前走。

这条隧道显然是挖通了很久，直接通往东侧的那座陡峭的红色石山之中。她们走出隧道的时候面前是一大片平坦的沙地，沙地的对面是数米高燃烧着的火苗，在眼前的沙地上均是刚刚时淼淼所见的那种开放得无比灿烂的花。

“时姐姐，这花叫作天宝花，原本生长在西域，一个过往的商人送给我一些。这种花极其顽强，也只有它能在这沙漠的酷热中生存了！”燕云蹲在一棵天宝花前娓娓地说道。

“燕云，这里是什么地方？”时淼淼不解地问道。

“嘿嘿，这里是我和燕鹰从小训练皮猴的地方！”燕云说着拉着时淼淼的手走到一侧说道，“时姐姐你看下面！”

时淼淼站在那里往下一看，原来自己已经不知不觉被燕云带到这大院东面的山顶之上了，往下是一处足有数百丈高的悬崖，欧阳家的宅子从此处看的话甚是清楚，那些忙碌在第一进院中的仆人在做什么都看得一清二楚了。

“时姐姐，这个送给你！”说着燕云将自己的那个召唤皮猴的小笛子递给时淼淼说道。

“这……燕云你把这个给我，那你怎么召唤皮猴呢？”时淼淼诧异地望着燕云说道。

“嘿嘿，时姐姐教给我易容术，我就教给你如何控制动物！”燕云微笑着说道，“而且这笛子以后我也不需要了！”说着燕云确定般地点了点头，将笛子塞在时淼淼的手中之后才带着时淼淼回到宅院之中。

“燕云，你是不是很讨厌你母亲？”时淼淼坐在燕云的闺房中问道，燕云沉默片刻说道：“你可能不知道我从小过的是什么样的日子。长大之后弟弟一直吵着闹着找妈妈，当我们找到她之后却发现她甚至会为了自己而下令让别人杀了我！”

“燕云，也许你母亲有太多的苦衷也是身不由己啊！”时淼淼柔声说道，“你应该试着去了解她，体谅她的难处啊！”

“也许吧！”燕云说到这里微微笑了笑说道，“其实我最想不明白的是段姑娘，她明明知道燕鹰做的是错的，为什么还和他在一起。就算是在一起，我也不相信她真的会背叛潘……潘俊哥哥！”燕云本想说“潘哥哥”但想到自己也许真的配不上潘俊便改口道。

“其实……”时淼淼有些犹豫地长叹了一口气正色道，“燕云我要告诉你一件事，不管你信不信这就是事实！”

“什么事？”燕云诧异地望着时淼淼，心想难道她要说的事情与潘俊有关吗？

时淼淼靠近燕云在她耳边低声耳语了几句，燕云听到时淼淼所言惊得瞠目结舌，当时淼淼说完之后，燕云不可思议地摇了摇头说道：“这……这怎么可能？”

时淼淼无奈地点了点头，长出一口气说道：“其实我也希望这一切不是真的！”

正在这时地面忽然剧烈地晃动了起来，紧接着耳边响起了阵阵隆隆的轰鸣声，燕云和时淼淼对视了一下，然后燕云连忙拉着时淼淼向门外跑去，刚推开门只见一个红色的物事不偏不倚地从头顶上飞过来，时淼淼手疾眼快一把将燕云拉住，那红色的物事重重地砸在地上却依旧燃烧着，燕云心有余悸地扭过头对时淼淼微微笑了笑，之后两个人再次跑出门，只见东面的山顶上无数燃烧的细小石块正快速地滚落下来，落在附近的院子中或者房顶上，继续燃烧。而此刻很多弟子已经在院子里聚集起来。

待震动停止之后，他们各自拿着扑火的用具奔上房顶将那燃烧的石头扑灭。时淼淼长出一口气，惊魂甫定地望着燕云说道：“这是怎么回事？”

燕云笑了笑说道：“其实这种事经常会有，小小的地震往往会将东面山顶上燃烧的石块震落下来，而在新疆，这种极小的地震也时常发生并不足为奇！”

时淼淼这才放下心来，望着东面的山顶，心中隐约有种不祥的预感。

晚宴是在深夜开始的，这天是欧阳家族十几年来聚得最齐的一次，而且正好赶上中秋之夜，因此显得格外隆重，欧阳雷火一直在里外指挥着下人们忙活着，他从箱子里翻出多年前燕鹰百岁那天所用的那个景德镇的紫砂壶，许多年过去了，他一次也没用过。今天的气氛又让他想起当年那个晚上了。

他想到这里喝了一口茶，然后将一旁的一个弟子叫来说道：“对了，你去酒窖里把那些陈年的葡萄酒统统搬出来，今儿让所有的弟子都给我喝个痛快！”

“是，老主人！”那小徒弟嬉笑着叫了两个同伴一同前往酒窖去搬来许多陈年葡萄酒。

晚宴是在二进院的院子中举行的，这院子周围张灯结彩，挂满了红彤彤的灯笼，院子里摆了十几桌，主人的桌子摆在最前面，欧阳雷火、欧阳烟雷、金素梅、欧阳燕云、时淼淼、冯万春等人围坐在桌子前面，而余下十几桌全部是欧阳家的弟子和仆人，也有上百人。

刚一开宴，欧阳雷火便站起身举起酒杯说道："今天是十多年来我欧阳家人聚得最全的一次，这么多年了，我老头子刀山火海地爬过来，一直没死，我一直纳闷这是什么原因。今天才知道原来是他妈的在等着今天。正好今天也是中秋，来，大家满饮此杯！"

周围的人全都站了起来，纷纷举起酒杯，正要干杯的时候忽然一个人从外面喊道："爷爷，恐怕还差一个人吧！"

这声甚是响亮，欧阳雷火一怔，连忙放下手中的杯子，只见燕鹰带着一个女孩子正从一进院缓缓向内中走来，在他的身后跟着六七个穿着黑色中山装的日本青年。

"燕鹰……"欧阳雷火眉开眼笑地迎上前去一把抓住燕鹰的手说道，"这次就全回来了，全回来了！"

欧阳雷火将燕鹰拉到自己旁边坐下，燕鹰环顾了一下四周的人冷笑了一声。

"现在我欧阳家的人才算全部齐了！"说到这里欧阳雷火举起酒杯一饮而尽，余下的人也纷纷举起酒杯，只有燕云始终坐着将酒杯紧紧攥在手里。待所有人都喝完坐下之后燕云站起身来，谁知燕鹰也站起身举起酒杯说道："姐，谢谢你这么多年代替母亲照顾我，这杯酒我敬你！"

"呵呵！"燕云冷笑两声说道，"真难为你还记得这些，潘哥哥在哪儿？"

"我说姐，你别一口一个潘哥哥地叫好不好？"燕鹰将那酒杯放在桌子上，瞥了一眼时淼淼，"潘俊把你放在心上过吗？如果那样的话为什么在安阳的时候让你给那个姓时的吸毒疗伤？"

"闭嘴！"燕云被燕鹰这话激怒了，一杯酒泼在燕鹰的脸上，燕鹰也不生气：轻轻地将脸上的酒抹掉说道："你不是问我潘俊在哪里吗？"

"潘哥哥在哪儿？"燕云盯着燕鹰说道。

"我在这儿！"一个声音从屋子里面传来，只见潘俊缓缓从后面的屋子里走出来，这句话让时淼淼、冯万春、燕鹰、燕云都是一惊。本来燕鹰只是听从母亲的命令将冯万春一行人骗到新疆来，却没有想到潘俊真的在此。

“潘俊，你怎么会在这里？”冯万春站起身疑惑地望着潘俊，潘俊微微地笑了笑说道：“冯师傅，也许这里面最希望我出现在新疆的人和最不希望我出现在新疆的人，都是你吧！”

冯万春笑了笑道：“潘俊，你这是什么意思？”

“冯师傅，我想你应该比我们更清楚是什么意思！”时淼淼站起身来说道，“在潘俊让你调查我的时候，其实他也让管修调查了你！”

潘俊微微地笑了笑，“其实在怀疑子午之前，我就曾经怀疑过你冯师傅，后来因为子午将所有的事情都一己承担了，因此我当时确实疏忽了。然而我越想子午的话越觉得奇怪。子午说你在几年前忽然像是变了一个人一样。于是我便给管修写信来调查你，在我们离开安阳的时候，我上了庚年的马车，在临行之前庚年曾经对我说也许你是内奸，我当时问他确定吗？他告诉我十之八九！”

“后来我们离开安阳的时候遭遇了日本人，时姑娘和我引开了那群日本人之后她将一件东西交给了我，那件东西就是你经常用来点烟的任地。那是出现在湘西水系时家火灾现场的东西。联系到管修之前对你的调查和子午的话，我对你更加怀疑了。只是我当时真的很难确定！”潘俊娓娓地说道，“如果你真的是内奸的话，恐怕你隐藏得最深，如果我在你身边稍有怀疑的话，你必定会有所察觉。所以……”潘俊望了时淼淼一眼，只见时淼淼从怀里拿出一个五彩的物事放在桌子上。

“时姐姐，这是……”燕云好奇道。

“这是湘西水系时家的虫蛊，见血为虫，遇土木则化为虫卵！”时淼淼淡淡地说道，“而它最大的用途是迷惑人的心智，令人失去一段时间的记忆！”

“对，在时姑娘将一切都告诉我的时候我已经彻底怀疑你了，冯师傅，只是我唯恐这样的怀疑会让我在你面前露出马脚，因此只有这个办法！”潘俊紧紧地握着拳头说道，“我实在不敢相信冯师傅您是内奸！”

“那潘哥哥你怎么会出现在这里？难道你……”燕云扭过头看了一眼欧阳

烟雷说道。

“他是跟我们一起来的，之前他一直躲在屋子里！”欧阳烟雷平静地说道，“当时在兰州城的时候我在缘石斋遇到潘俊，那时候他正在和一个老乞丐在一起。我见到他的时候他体内的蛊毒忽然发作，谁知片刻之后他竟然完全恢复了记忆。在他想起之前的事情之后，一下就猜出了我的身份。其实这么多年我也一直在调查着七十年前的那场火灾，而且我也渐渐发现有一个人始终藏在你们的身边。”

“哈哈，潘俊，真没想到你为了我花费了这么多心思！”冯万春忽然站起身来冷笑着说道，“不过潘俊，太晚了，你知道得太晚了！”冯万春站起身来向四周的一群穿着黑衣的年轻人望去微微地笑了笑，“还不动手！”

只见他面前的那群年轻人一直坐在桌子前纹丝不动，冯万春那微笑立刻僵在了脸上，他又大喝一声说道：“还不动手！”可是却依旧没有任何人离开座位。

“冯师傅，你是在叫他们吧？”潘俊轻轻地拍了拍手，只见几个火系弟子从后面押出四五个被五花大绑的年轻人。

“怎么……怎么会这样？”冯万春简直不敢相信自己的眼睛，诧异地望着潘俊。

“呵呵，其实这都是潘俊的计划，他知道一旦他离开虫草堂你一定会有所行动！”欧阳烟雷淡淡地说道，“所以当天晚上潘俊让那个老乞丐与自己演了一场自己被劫持的戏！”

“原来是这样，难怪我和时姐姐去义庄的时候没有发现那个老乞丐的尸体！”燕云看了一眼时淼淼说道。

“我想当时冯师傅一定很诧异，因为我的失踪完全出乎了他的意料。于是他连夜离开了虫草堂去了日本人的秘密联络地点，他一定认为是一直跟着我们的燕鹰将我劫走了！”潘俊淡淡地说道，“于是他便准备和燕鹰联系，想要弄清楚我的下落！这也是我最终确定你是内奸的原因。但是你没想到的是燕鹰根本不相信你，他怎么会告诉你实话呢？所以你提前将这些人安排在了欧阳家！”

“在我们回来之后就将他们几个人给抓起来了！”欧阳雷火站起身来说道，“那个一直和我联络的人，最后又救了素梅将她送到日本的人应该都是你吧，冯万春！”

冯万春痴痴地坐在椅子上像是一个泄了气的皮球一般，正在这时他觉得脑袋一阵阵的昏厥，他勉强张开双眼，眼前的人越来越模糊，而其他人似乎与冯万春一样也感到阵阵的头晕，接着全部昏倒在地。

潘俊一惊，看着倒在桌子上的这些人，此刻只有燕鹰、燕云、潘俊、段二娥还有燕鹰带来的几个日本人没有晕倒。燕鹰笑了笑说道：“冯万春算个什么玩意！”

“燕鹰，这……难道是你？”燕云狠狠地说道。

“姐，在这个家里没有人比我更熟悉酒窖了，我比你们任何人，甚至比这冯万春还要早赶回了这里，然后在酒窖里所有的酒中都下了迷药！”燕鹰信心十足地说道，“恐怕这一点你潘俊也没有想到吧！”

“而且现在这里已经完全被日本人包围了，你们再也走不了了！”燕鹰望着潘俊说道。

“你究竟想要什么？”潘俊盯着燕鹰的眼睛说道。

“当然是驱虫师的最终秘密！”燕鹰说着便向潘俊走了过来，谁知这时燕云却飞起一脚，燕鹰连忙躲闪避开了燕云这一脚，扭过头对燕云说道：“姐，你不要逼我出手！”

“好，我倒是想看看这么久你跟日本人学会了什么！”燕云冷冷地望着燕鹰。

（第三季完）

图书在版编目（CIP）数据

虫图腾. 3，疑云虫重 / 闫志洋著. — 北京 : 九州出版社，2014.3
ISBN 978-7-5108-2791-4

Ⅰ. ①虫… Ⅱ. ①闫… Ⅲ. ①长篇小说－中国－当代
Ⅳ. ①I247.5

中国版本图书馆CIP数据核字（2014）第044246号

虫图腾. 3，疑云虫重

作　　者	闫志洋 著
出版发行	九州出版社
出 版 人	黄宪华
地　　址	北京市西城区阜外大街甲35号（100037）
发行电话	（010）68992190/2/3/5/6
网　　址	www.jiuzhoupress.com
电子邮箱	jiuzhou@jiuzhoupress.com
印　　刷	廊坊市兰新雅彩印有限公司
开　　本	700毫米×980毫米　16开
印　　张	17
字　　数	240千字
版　　次	2014年5月第1版
印　　次	2014年5月第1次印刷
书　　号	ISBN 978-7-5108-2791-4
定　　价	32.80元